李山——著

# 讲给大家的《诗经》

人民东方出版传媒
东方出版社

图书在版编目（CIP）数据

讲给大家的《诗经》/ 李山 著 . — 北京：东方出版社，2019.1
ISBN 978-7-5060-9041-4

Ⅰ.①讲… Ⅱ.①李… Ⅲ.①《诗经》— 诗歌研究 Ⅳ.① I207.222

中国版本图书馆 CIP 数据核字（2018）第 131425 号

讲给大家的《诗经》
（JIANGGEI DAJIA DE SHIJING）

| 作　　者：李　山
| 策　　划：李伟楠
| 责任编辑：李伟楠
| 责任审校：谷轶波　曾庆全
| 出　　版：东方出版社
| 发　　行：人民东方出版传媒有限公司
| 地　　址：北京市东城区朝阳门内大街 166 号
| 邮　　编：100010
| 印　　刷：北京联兴盛业印刷股份有限公司
| 版　　次：2019 年 1 月第 1 版
| 印　　次：2023 年 2 月第 7 次印刷
| 开　　本：880 毫米 × 1230 毫米　1/32
| 印　　张：12
| 字　　数：226 千字
| 书　　号：ISBN 978-7-5060-9041-4
| 定　　价：49.00 元
| 发行电话：（010）85924663　85924644　85924641

版权所有，违者必究
如有印装质量问题，我社负责调换，请拨打电话：（010）85924602　85924603

《周南·关雎》瑟－战国早期彩漆瑟（湖北随州曾侯乙墓出土，湖北省博物馆藏）

《卫风·氓》总角－拱手玉人（1959年河南省洛阳市东郊墓出土－高7.3厘米宽2.5厘米厚1.3厘米）今藏国家博物馆

《邶风·燕燕》燕子

|《卫风·伯兮》曾侯乙殳（今藏湖北省博物馆）

《曹风·蜉蝣》蜉蝣

《小雅·四牡》啴啴骆马 – 西周车马博物馆复原图

《周颂·臣工》钱 – 西周农具 – 西周蚌镰，1955年陕西长安张家坡出土，中国国家博物馆藏

《豳风·七月》貉 – 狗獾

# 写在前面的话

这本关于《诗经》的小书,是讲座的整理。致力于文化教养的博雅小学堂,邀我讲《诗经》,听众主要是青少年朋友和一些热爱文化的家长,十五分钟一集,共讲了一百集。后来东方出版社的李伟楠编辑觉得讲座可以整理成文,流通市面,以便更多的古典爱好者阅读,便将录音转写成文字,最后由我做了一点修理,就成了现在这个样子。

有一位名人说过:"我们为什么还要读经典?那是因为我们时常感觉自己肤浅。"是的,读经典确实有益于心智的深厚。

《诗经》作为一部经典,既是文学的,也是文化的。作为文学的经典,可以说,是它为中国古典诗歌确立了艺术的基调。学术界有一位老前辈说过:"不知'三百篇',不足以言我国古典文学之流变。"的确,像"伐木丁丁,鸟鸣嘤嘤。出自幽谷,迁于乔木",像"蒹葭苍苍,白露为霜"等几句,其融情入景的手法和意象玲珑的境地,不正是后来唐诗宋词的先声?古典诗歌三千年,形式不断流变,风格不断出新,可是诗歌艺术的灵魂,却始终没有脱离《诗经》确立的基本情调。由此,读《诗经》是了解古典诗歌及文学的必需。

《诗经》还是一部文化经典。"经典"两个字可不简单,凡是算得上"经典"的作品,一般要符合下面两条:一是,其本身的内容得够经典;二是,经典著作,还必须在其产生后,在广泛的传播承续中参与后续历史文化的构建。这两点,《诗经》都是当之无愧的,特别是后一点。"诗经"在西汉以后两千多年的时光里,是"五经"之一,有其漫长的经学阐释史。而经学,在古代虽是一种学问,却通着政治以及个人伦理生活等。

这里不妨讲一则小故事:西汉的大臣霍光废除了即位不久的皇帝,同时收拾新皇帝亲近的大臣,杀了好多人。收拾到负责给新皇帝讲《诗经》的大臣王式,追责的大臣就问王式:"皇帝胡作非为,你作为皇帝的老师,为何不上谏书?"对这样的追问,若回答不出个所以然,恐怕是要杀头的。王式却自有答案,他说:"《诗》三百篇,篇篇是谏书。我还用得着单独给皇帝上谏书吗?"这一反问,霍光手底下的人没辙,只好免了王式的死罪。"篇篇是谏书"这则故事记载在《汉书》中,显示的是《诗经》对古人的影响。西汉经学讲《诗经》,往往借着讲诗篇的机会,向皇帝讲明什么是正确的、在国家政治及个人生活中应当遵守的,什么是应该杜绝的。作为"五经"之一的《诗经》,是古代社会生活的大则大法。这就是经学的解读。《诗经》对后世文化所起的作用,也就不难知其一斑了。

不过,古代经学的方式,并不是我们今天讲《诗经》应当遵守的。今天讲《诗经》,重在讲明诗篇所蕴含的历史和文化品性。《诗经》作为一部诗歌文学,有不同于唐诗宋词的地方,即它还不是后来文人雅士的主观抒怀。这方面的内容虽然也不是全然没有,却非主要。

《诗经》产生时,文化上是一个"礼乐"时代。举凡国家大事,都要举行隆重的大典,而隆重的大典上往往是要有歌唱的。例如,王朝重视农耕,于是从耕种到田间管理乃至收获等各农事重要环节,都有周王亲自参加的"亲耕大典";大典中的歌唱,表现的不仅是周人对农耕的重视,人群在农耕实践中确认的对天地、自然的理解,还有从农事生活中生发的对天地的情感,以及对诸多自然物象的审美。于是,读这类题材的诗篇,读到的不仅是当时的重农观念,还有先民眼中的大自然,以及先民对大自然与人之间关系的理解。读到的既是文学,也是中国的"天人"哲学。又如战争诗篇。战争来了,从王朝如何应付、民众对征战的态度、诗篇表现征战士卒的特点等方面,都可以审视出一个文化人群特有的品格。再如婚恋诗篇,《诗经》中有太多表现男女情感的篇章,那时候的人如何理解婚姻、家庭,如何理解在婚姻生活中的男女,那个时代的人又如何关怀、同情那些婚姻生活中的不幸者,等等,都是读《诗经》篇章可以领略到的内容。可以这样说,要全面理解我们这个民族在其文化创立时期的所思所想,以及在所思所想中所显示的民族特征,是非要读《诗经》三百篇不可的。《诗经》记录的是一个文化人群在创立自己文化传统时的集体性的所思所感。

就这本书的内容而言,讲"国风"的部分多些。这是因为"国风"篇章涉及广阔、多姿多彩,艺术上的佳作也多。讲风诗,难免要涉及一些婚恋题材的诗篇。这还引起过一些家长听众的疑问:这些内容适合小孩子吗?这样的问题,笔者也实在说不好。读经典,读什么,家长可以根据自己的理解为自己的孩子取舍。笔者有个朋友,他的孩子到国外读书,上语文课没有教材,中学生原原本本读《荷马史诗》。可是，那上面血腥暴力的地方也不少啊。于是笔者想：读古老的经典，就如同饮食，完全无细菌的食物，这个世界上有吗？大人是不是也应该相信，小孩读古老的经典，本身就是一个塑造心智的过程，同时也是一个锻造"抗体"的过程？何况，《诗经》中的婚恋是干净的，情感的抒发也是纯净的呢。

让古老的经典走向大众，是一件大事。这本小书或许在这方面能起到作用。希望大家喜欢它，并请批评指正。

李山

2018 年 9 月 16 日

# 目 录

引言　风雅颂是什么　　　　　　　　　　　　001
　　风：民间生活的万花筒　　　　　　　　　002
　　雅：用纯正之音唱国家大事　　　　　　　005
　　颂：感谢有功绩的祖先　　　　　　　　　007

《周南·关雎》：不是爱情诗，是典礼上的乐章　008
　　欢迎你嫁到我家来　　　　　　　　　　　009
　　典礼的歌唱　　　　　　　　　　　　　　012
　　两个姓氏的结合　　　　　　　　　　　　013
　　重视家庭的中国人　　　　　　　　　　　014

《周南·桃夭》：桃花盛放，出嫁得时　　　　　016
　　灼眼的红　　　　　　　　　　　　　　　016
　　从天地之美赞美生活　　　　　　　　　　019

《卫风·硕人》：巧笑倩兮，庄姜之美美千年　　021
　　美丽高贵的女子，顾盼生姿　　　　　　　021
　　君主的婚礼也有人情味　　　　　　　　　025
　　山欢水笑，吉祥如意　　　　　　　　　　028

001

《周南·葛覃》：女子出嫁前的教养　　030
  一片春光，一点惆怅　　032
  亲手做的衣服穿起来不厌倦　　034
  葛制成衣，她做了女主人　　035

《唐风·绸缪》：闹洞房，古老而绵长的习俗　　037
  嫁娶之夕的谐谑曲　　039
  人类婚姻演变的一种痕迹　　042

《大雅·思齐》：何为好家庭，何来好家风　　044
  女子有徽音　　044
  庄严之美、大气之丽　　047

《郑风·女曰鸡鸣》：平凡家庭的晨间对话　　049
  鸡鸣叫起，民生在勤　　049
  琴瑟在御，岁月静好　　053

《褰裳》《山有扶苏》：自由风俗下洋溢的生命热情　　059
  一首可人的爱情通牒　　060
  另一种打情骂俏　　063

《溱洧》《野有蔓草》：水畔欢歌，古老而野性的风俗　　067
  水边的男女自由欢会　　067
  一首典雅的纯言情作品　　072

## 《郑风·将仲子》:热恋中的少女,情与理的纠结　075
"暖水瓶"式爱情的先驱　076
中国诗的活用　081

## 《召南·鹊巢》:鹊巢鸠居,谁知女儿思乡情?　085
一种世俗的嫁女观念　085
周代的婚姻太沉重　088

## 《周南·螽斯》《周南·芣苢》:古代女子的生育祈祷　090
古代女性的一种精神压力　090
单调和重复的语词　093

## 《周南·卷耳》:人生最苦是离别　096
你也思念,我也思念　096
向做出牺牲的人表达敬意　099

## 《邶风·新台》:对周贵族不伦婚姻的齿冷　101
想找白马王子,得了个老鱼篓子　101
敢怒敢言、敢恨敢骂　104

## 《鄘风·君子偕老》:哀叹君夫人飘萍的命运　106
如山如河的一国之母　107
珍惜美丽,是文学的灵魂　109

《鄘风·墙有茨》：对老贵族败道私生活的无言　　　111
　　乌七八糟的宫廷丑事　　　111
　　说说都会脏了人的嘴　　　114
　　两种婚俗的斗争　　　115

《鄘风·蝃蝀》：对不守婚姻礼法者的痛斥　　　117
　　对"私奔"女子的严厉斥责　　　117
　　周文化与郑卫之地古老文化的搏斗　　　120

《卫风·氓》：蚕女啊，假如生活欺骗了你　　　122
　　被欺骗的蚕女　　　124
　　在不幸中咀嚼生活　　　127
　　为弱者歌唱　　　131

《邶风·凯风》：唱给母亲，凯风寒泉之思　　　135
　　如果让母亲伤了心　　　135
　　要原谅"亲之小过"　　　138

《鄘风·载驰》：念母邦怀大义胜须眉的许穆夫人　　　140
　　母邦遭难，归心似箭　　　142
　　大义源于对母邦的爱　　　143

《周南·汝坟》：流淌在血液里的家与国　　　147
　　有家就有底气　　　147

| | |
|---|---|
| 国是放大版的家 | 149 |

**《邶风·燕燕》:中国送别诗之祖**     152
    眼力看不到人走的那么远     153
    离别中的勉励     155

**《邶风·柏舟》:人生逆境中仍要有坚挺的姿态**     157
    又巧又密的人格比喻     158
    房倒了架子不塌的人格风范     161

**《邶风·谷风》:不幸的婚姻各有各的不幸福**     163
    冷风冷雨中被丈夫抛弃     164
    她不是有决断的人     166
    低音不是没有音     168

**《召南·草虫》《小雅·出车》:总有一些人,我们不该忘记**     170
    女子在深秋思念丈夫     172
    战争诗的人道精神     174

**《周南·兔罝》:风调雄浑,赞美军士之歌**     177
    风调肃整,气格森森     177
    周王检阅诸侯军队的乐歌     180

《周南·汉广》：汉有游女，不能求也　　　　　　　182
　　告诫军人不要做错事　　　　　　　　　　　　183
　　诗可以观　　　　　　　　　　　　　　　　　　186

《邶风·击鼓》：我独南行，断肠人在天涯　　　　187
　　一去战场永不回　　　　　　　　　　　　　　187
　　不能相守的无限酸楚　　　　　　　　　　　　190

《邶风·雄雉》：远方的君子呀，你可知生活即在当下　　192
　　远行的丈夫像炫耀羽毛的雄雉　　　　　　　　192
　　看破名利的脱俗女子　　　　　　　　　　　　195

《卫风·伯兮》：忘忧草也难排遣的思念　　　　　197
　　一个深情又可爱的女子　　　　　　　　　　　198
　　用反常的行为展现内心的动人　　　　　　　　199

《卫风·河广》《王风·采葛》：出奇的夸张，隽永而妙达心曲　203
　　踩一条苇子渡黄河　　　　　　　　　　　　　204
　　写相思之情力透纸背　　　　　　　　　　　　205

《郑风·缁衣》：对两代诸侯受重用的自豪之情　　208
　　用新衣服比喻受重用　　　　　　　　　　　　209
　　曲折缠绵的折腰句　　　　　　　　　　　　　210

《郑风·清人》：河上演兵是一种暗讽　212
　　友军在奋战，我军在摆pose　213
　　周代车战总是向左转　214

《郑风·子衿》：青青子衿，悠悠我心　217
　　爱恋之心的曲曲折折　218
　　曹孟德的点化　220

《郑风·风雨》：黑暗与光明交织，天地间的一种精神　222
　　风雨如晦，鸡鸣不已　222
　　君子不改其度　225

《齐风·猗嗟》：射礼上的风流俊赏之主　226
　　好风度映现内心修养　227
　　齐国外甥的国事访问　229

《卫风·木瓜》：人情，生活的一种真实　231
　　你小小地投，我重重地报　231
　　送礼物是人情免不了的　233

《唐风·蟋蟀》：过年的歌儿，唱出中国人的生活之道　236
　　生命追求的当然不是艰苦　238
　　既要快乐，又不过分　239

《魏风·园有桃》：有思想者的困境 241
  长歌当哭 242
  举世皆浊我独清的苦闷 245

《唐风·无衣》《唐风·杕杜》：君不君臣不臣 247
  政治流氓的嘴脸 248
  为什么晋国盛产法家思想？ 251
  排斥亲人，是舍本逐末 253

《唐风·葛生》：冬夜夏日，生死两依 255
  同林鸟的幽冥生死 256
  悼亡题材的开创 257

《秦风·蒹葭》：所追求的东西好像总是躲着我们 260
  秋水伊人，秋光满目 261
  你踏遍青山，她又宛在水中央 265

《唐风·采苓》：针砭耳根子软的人 267
  谗言或谣言往往好听 268
  读书做人，不要被人牵着鼻子走 270

《陈风·月出》：清幽的月色动人情思 272
  曲曲折折的三声字 273
  用月光给情感设色 274

《秦风·无衣》：慷慨豪迈，吞六国之气 　　275
　　对一切懦弱之气的反问 　　276
　　慷慨悲歌的秦风 　　278

《桧风·隰有苌楚》：或叹人世苦痛，或歌邂逅相乐 　　281
　　最简单的语词，最活泼的形象 　　282
　　天若有情天亦老 　　284

《曹风·蜉蝣》：死生促迫，人类永恒的主题 　　286
　　成片的翅膀像雪一样白 　　287
　　从脆弱达致积极 　　288

《小雅·鹿鸣》：对美好人际关系的显扬与遵从 　　290
　　"呦呦鹿鸣"的雅意 　　290
　　礼乐文明里最迷人的东西 　　294
　　宴饮是为了维系人心 　　296

《小雅·四牡》：家国冲突，抚慰性歌唱 　　298
　　替公而忘私的人们想一想 　　299
　　疏解矛盾的礼乐文明 　　300
　　精神的问题精神解决 　　303

《小雅·皇皇者华》：礼赞使臣为国察访民情 　　306
　　明媚绚烂中，开启新征程 　　306

体贴心灵，是礼乐文明的极高价值　　　　　　　　308

《小雅·伐木》：举大事必先顺人心　　　　　　　　310
　　好的比兴让灵魂松软下来　　　　　　　　　　　311
　　周王宴请家族亲戚　　　　　　　　　　　　　　313
　　有热度的文字　　　　　　　　　　　　　　　　315

《豳风·东山》：在路上，归思绵绵　　　　　　　　317
　　内心的泥泞　　　　　　　　　　　　　　　　　319
　　我的家怎么样了？还回得去吗？　　　　　　　　322
　　归于欢乐，但对创伤感受很深　　　　　　　　　325

《小雅·采薇》：昔我往矣，杨柳依依　　　　　　　327
　　战争与思乡　　　　　　　　　　　　　　　　　328
　　千古抒情名段　　　　　　　　　　　　　　　　333

《周颂·噫嘻》：籍田典礼之歌　　　　　　　　　　335
　　劳作是最好的诚意　　　　　　　　　　　　　　335
　　周王亲耕　　　　　　　　　　　　　　　　　　336

《周颂·臣工》：暮春小麦收割之前的动员令　　　　338
　　王要检查收成了　　　　　　　　　　　　　　　338
　　暮春的兴奋与激情　　　　　　　　　　　　　　339

《小雅·信南山》《大田》：天地有温情 341
  天为我们下雨下雪 342
  留点庄稼给拾荒者 343

《豳风·七月》：人在天地间生存之大韵律 345
  快点儿快点儿 347
  劳作如同在大自然中跳舞 349
  生活是艰辛的，同时也是美好的 356

# 引言　风雅颂是什么

《诗经》包括哪些内容呢？按照古来的分类有风、雅、颂三大部分。从艺术的表现手法上说还有三项：赋、比、兴。风、雅、颂、赋、比、兴，就是所谓的"诗经六义"，这是读《诗经》之前应该知道一点的。赋比兴是关于诗篇的表现手法的。赋，就是铺叙，有话直说。例如《周南·葛覃（tán）》"葛之覃（长，伸展）兮，施（蔓延）于中谷"，就是"赋"的手法。比，就是打比喻。衡量一个作家才华大小，善不善于打比喻，就是一个标准。《诗经》许多篇章都很善于打比喻，例如《邶风·柏舟》"我心匪鉴，不可以茹"，又如《曹风·蜉蝣》"麻衣如雪"，都是很好的比喻。"兴"，说起来可就麻烦了。打开《诗经》，开篇头两句"关关雎鸠，在河之洲"，就是兴（xīng）。关于"兴"，最基本的看法是"起"，有"起头"的意思。既然是"起头"，就没有实际的表达上的意思。例如"一二三四五，上山打老虎"，前一句即是起，最后一个字"五"，规定了下一句的"虎"，要与之协韵。生活中抬重物喊号子，也是起，一句号子，可以凝聚、整齐力量，作用实在不小。一句"关关雎鸠"，虽不一定表示诗中男女结合就在河边，却使男女结合与春光中的鸟鸣流水相映衬，意味大增，这就是"兴"的价值。现代学者又将"兴"与原始文化、民族心理联系起来探讨，新说纷呈，在此就先不多说了。这里先介绍《诗经》内容，即风、雅、颂各部分的大要。

## 风：民间生活的万花筒

　　风诗主要表现一般民情方面的内容，例如婚恋、家庭等。贵族乃至周王要结婚，平民百姓也有婚恋，前者见于风诗的《周南》，就有"关关雎鸠，在河之洲。窈窕淑女，君子好逑"的篇章，应是高级贵族结婚典礼上祝愿婚姻幸福的歌唱。后者，像《郑风·褰裳》的"子惠思我，褰裳涉溱"，就是与《关雎》风格迥然不同的"男女相恋"了。婚姻，不论是对于贵族还是对于平民，都是最平常的社会生活，诗篇表现这方面的内容，就与雅、颂表现国家政治方面的事、宗庙祭祀方面的事有明显不同。这就是风诗的特点。风诗表现民风民情也实在活泼。例如《齐风》中的《著》。"著"的意思就是"塾"，指的是一般人家门两旁那个地方。这首诗写新人见新人，男孩来这家迎娶女孩的时候，女孩不敢使劲看这个男孩，不敢正眼看，只好偷眼看，就看到男的在著等着她，没有看到帽子，只看到下面的帽带。这首诗不是以女孩的口吻唱，而是典礼上的伴奏，以此来调侃女孩想看自己的新郎却不敢看的羞涩心理。再如《唐风》中，有写闹洞房习俗的诗歌，调笑新娘子，带有谐趣。

　　现代社会，有的大学生刚毕业参加工作，工作很累，工资很少，单位领导很苛刻，回到家里面，家人也嫌他挣得少，他就难免有一种抱怨之情。这种小职员的牢骚满腹，我们在《国风》里就能看到。中国古代是农业文明社会，人民生计艰难，所以好储蓄，而《诗经》里就有很多抠门的人。《唐风》中还有诗对这些吝啬鬼进行劝解，"子有衣裳，弗曳弗娄""宛其死矣，他人是愉"，说你有衣服你不穿，等到你死了，别人穿上了。这类劝人的话语和腔调让人感到很熟悉，读来非常亲切。

可见，"风"关乎民情，我们要了解古代文化，了解古人的心态和品质，非要读风不行，它就像一个万花筒。

《诗经》中一共有十五《国风》，这个"国"，原本称为"邦"，但它的意思并不全是诸侯邦国，说是指周王朝的十五个地区，可能更准确。十五《国风》，其中有些是诸侯国，如《齐风》，为齐国地方民歌，有些则不是，如《周南》《召南》。《周南》和《召南》的地域，是指周初两位大臣周公、召公分别负责管辖的区域，是周王朝的直属地带，不是一般意义上的诸侯国。另外，十五《国风》的地域还有重复，比如《王风》，"王"也不是一个国，西周崩溃后，把都城由镐京迁到了东都洛邑，也就是今天的洛阳，《王风》就是指在这个地方所采的诗。实际上它和《召南》是叠着的。总之，粗略地说，十五《国风》是各地的风土，包括王室的一些"风"。《国风》地域主要在西至甘陕交界、东到齐鲁大地、北至河北、南到江汉的广大区域，大致就是周王朝势力所及的范围，是当时"华夏"的中心地带。

风诗中的大多数作品产生的时间略晚，可又排在《诗经》最前面。我有一个猜想：古人是把一卷卷的书卷起来，然后往外抻着看。一打开卷着的书，正好是先看末尾。所以，我们现在读《诗》有点倒卷帘，先看的是时代略晚的作品，也很好，因为风诗要比雅、颂容易多了。大部分的风诗是从西周后期，到进入春秋之后若干年的作品，在春秋结束之前很长时间就结束了。整个《诗经》的创作时代是从公元前一〇几几年至公元前六百年左右，一共将近五百年的时间。

风诗是表现民情的，如上所说，地域辽阔，内容丰富。那么，风诗又是如何形成的呢？回答是：风诗是有人专门采集、加工的。具体地说，周代有一种"采诗"制度，王朝派一些身份不高的人到民间去采集，采来以后层层往上交，由那些专业人员加工配乐，再唱给王听，这就是王官采诗。这种现象非常特别，只有中国古代有，其他国家，比如印度，它的南部也有很多民歌，但那些远古的诗歌则没有经过采集。

那么，问题就来了：我们的文化为什么在距今两三千年前就开始有目的地采集这些民歌并且加工呢？这跟当时的文化信念有关。中国人自古以来就认为，王朝兴衰的主导权在上天。一个王朝如果真的尊敬上天，不用整天给老天爷上猪牛羊肉进行祭祀，更重要的是关怀民众。那么，上天对王朝、君主的作为是否满意呢？你不要问天，而要听百姓的声音，而民间的诗歌则体现了百姓的喜怒哀乐。在这样一种观念下开始"采诗观风"。而百姓的声音为什么称为"风"？这就涉及一个有趣的现象——吹音定律。春天到了，该下地耕种了，那么，哪一天是春耕的最佳时节？古人让盲乐工，在当时他们叫作"瞽"（gǔ）吹律管来判断，失明的人往往耳朵更灵光，他们可以听出时令来。怎么做的呢？大家知道，一根相同的乐管，气压、气温、湿度不同，可以吹出不同的声调来。这些瞽人，就可以声音高低的细微差别，判定某一时令的到来，判断什么时候应该种小麦，什么时候要种瓜种豆，等等。乐管中的气流就是风，古人有一个与我们今天不一样的看法，认为不同的风中都有上天的神秘意志。听风可以判断节令，而节令的变化，古人也认为是上天神秘意志主宰的。所以，"风"是沟通天地和人的一个重要媒介。他们想象百姓的歌声也像风一样传达给上天，老天会根据歌的内容，判断把统治王朝的大权交到谁的手上。所以，统治者也必须倾听民众的声音。这种看法和观念是很独特的，在世界范围内再也找不到第二份。

## 雅：用纯正之音唱国家大事

雅是什么？雅就是王朝的音乐，王朝的音乐为什么叫雅呢？雅有标准的意思，我们今天还有随俗雅化、典雅之类的词语。周人的音乐和语音，就作为一种标准语音、标准音乐流传，也可以说它是天下万民的榜样，所以叫雅。一个民族的雅文化出了问题可就麻烦了，因为雅文化往往是做人的理想所在，我们追求什么样的人生，认定什么样的人生是值得过的，是高尚的、不低俗的，这个属于雅。李白说"大雅久不作"，其中的大雅就是指高亢的、宏大的、引人向上的艺术，它和通俗文化是有区别的。

那么，《诗经》里的"大雅""小雅"又是什么意思呢？可以简单地说，"大雅"是周王朝还强盛时的诗篇，"小雅"大多数就是衰乱时的诗了。就是说，时间上大雅在前、小雅在后。不过，我们现在要翻翻大雅、小雅作品，就会发现好多衰世的作品也放到大雅里边去了，这是后人的编排。因为《诗经》在经过了秦始皇焚书之后，汉代人重新编订，次序就乱了。汉代人不了解这一点，说表现"大政"的诗篇为大雅，表现"小政"的为小雅；他们就照着这个标准理解大小雅诗篇，就有点乱了。

雅的作品主要表现王朝政治的一些大的活动，比如该种地了，周王为了表示他对农业的重视，约定好日子，号召万民都来一块田地里耕种。周王本人要来，还要带着王后和孩子，亲自挽起农具来耕种。他耕种的这点粮食要特殊管理，将来祭祖的时候他要端给祖宗。而他祭祀时身上穿的衣服，也应该是王后亲自带领妃嫔们搞蚕桑生产做出来的布，由她亲自缝制成衣。这样做是为了在祖宗面前表示恭敬。所以，中国的祭祀场面不是请求祖宗赏这个、赏那个，而是往那儿一站，让祖宗看到，粮食是自己种的，衣服是老婆养蚕缫丝纺织裁剪做成的，祖宗就会赏你福分，因为你遵循了男耕女织的祖宗传统。否则，老祖宗会惩罚你。所以，《诗经》早期的诗里会写到周王亲自下地劳动，中期的诗还要特别表现王是怎么劳动的，王是怎么遵循传统的，重视农业的中国文化观念就诞生了。我国是个农业国家，在漫长的历史中都是很重视粮食生产的，对商业相对来说就比较歧视，尤其是在古代，20世纪改革开放以后情况才有好转。可见，《诗经》所展现的传统，好像离我们很远，但实际上很近。

另外还有宴饮诗。宴饮诗是谁请谁吃饭呢？周王请下属、亲戚、诸侯国君、异国使臣等人吃饭，比如《小雅》中的《伐木》，歌唱宴饮，就是为了表示王的慷慨，同时号召贵族慷慨地对待自己的下属和民众，这样民众才能跟着你走。

## 颂：感谢有功绩的祖先

"颂"是祭神诗，献给神灵的歌，比如祭周文王，感谢他领导周家走向强盛，而且获得天命。周人相信自己之所以能成为统治人群，是因为周文王积了德，上天才把天命献给他们，所以要感谢文王。在看《颂》的时候，我们会发现一种特别有趣的现象，不是任何做过王的人，死了以后都一定能得到《周颂》的歌唱，没有那回事，《周颂》的颂歌，是献给那些对周人乃至对天下人做出贡献的先公、先王。比如，周人献歌给后稷，是因为他为天下人提供了粮食。按照周人的理解，远古大洪水之后尧舜重整山河的时候，是自己的始祖后稷，为天下人种地，提供了粮食，使天下人活了下来。周家还有一个祖宗叫公刘，为什么歌唱他？因为是他率领周人重新回到农业文明轨道上来。周人自己说，他们这个部族曾经有一段时间随着王朝的更替，夏朝的衰落，跑了，"自窜戎狄"，窜到戎狄之间变成野蛮人了。是公刘把他们带回来，重新回到农耕文明的生活中来，所以要祭祀他。这是很重要的，是重德行的表现，所以《周颂》的内容并不是崇拜鬼神，而是崇拜那些有德行的人，或者弘扬那些有德行、有功绩的人的价值。所以在《诗经》的时代，我们看到一种非常开明的宗教观念，换句话说，中国为什么老早摆脱了宗教文化的壳子，可能跟这个有关系，重视你在实践中、生活中的德行，这种重德行的观念后来被儒家所继承。

《颂》的诗篇，还包括《鲁颂》和《商颂》。《鲁颂》为春秋时期鲁国作品，《商颂》是西周时期宋国人祭祀殷商祖先的诗篇。

# 《周南·关雎》：不是爱情诗，是典礼上的乐章

关关雎鸠（jū jiū），在河之洲。窈窕（yǎotiǎo）淑女，君子好逑（hǎoqiú）。
参差荇菜（cēn cī xìng），左右流之。窈窕淑女，寤寐（wùmèi）求之。
求之不得，寤寐思服。悠哉悠哉，辗转反侧。
参差荇菜，左右采之。窈窕淑女，琴瑟友之。
参差荇菜，左右芼（mào）之。窈窕淑女，钟鼓乐（lè）之。

这是《诗经》中的第一首诗，见于《国风》第一部分《周南》。这首诗的主题，不是像有些人说的：一个男孩碰到一个采荇菜的女孩，然后悄悄地爱上了她。理解诗歌，不能只看里边出现了男子和女子，就断定是爱情诗，这种想法是不对的。

## 欢迎你嫁到我家来

"关关雎鸠","关关"模拟水鸟"呱呱"叫的声音,但是文学求美,如果写成"呱呱雎鸠",那就太难听,字面上也不大好看,于是写作音近的"关关"。"雎鸠"不是指嘴巴呈钩子状的鱼鹰,那种鸟发不出呱呱的叫声,而是指扁嘴鸟,是鱼鸟,也是候鸟,会随季节南北迁徙。所以,"关关雎鸠,在河之洲"讲的是什么?在北方中原地区的河边,呱呱叫的水鸟在沙洲上捕鱼,意味着春天到来了。这是很优美的情景。在北方满目褐色的冬景之中,慢慢地冰消雪化,在料峭的春风中感到一丝温暖,风轻了,各种味道出来了,鸟的声音出现了。这就是中国诗歌开篇第一句,把人带到初春的光景。

天时在变,诗歌由万物生长自然联想到人类生活要跟上节令的步伐。下面接的是"窈窕淑女,君子好逑",窈窕跟苗条不一样,"苗条"专指身材,"窈窕"则指外形好、性格好。这个女孩子不仅长得不错,在她的音容笑貌中还有一种让人无限神往的情态,那种生命的高雅,实际上就是气质。"淑女"就是好女,"淑"是善的意思。"逑"本来是相对的意思,这里指配偶。"君子"的意思和我们现在说的有德的人不一样,在周代,这个词指的是贵族。后两句意为:美好的女子,是君子的好配偶。讲的是人类也要遵循自然的节律,在初春的时候完成婚配。

接着往下看,"参差荇菜,左右流之。窈窕淑女,寤寐求之"。"参差"意为长短不齐,是双声词,两个字的声母相同,使音律整齐。"荇菜"是水菜,也叫田字草,小绿叶,中间长了十字花纹,生在水塘里,开黄花。周代的家庭主妇在祭祖的时候,要给祖宗敬上各种水生的

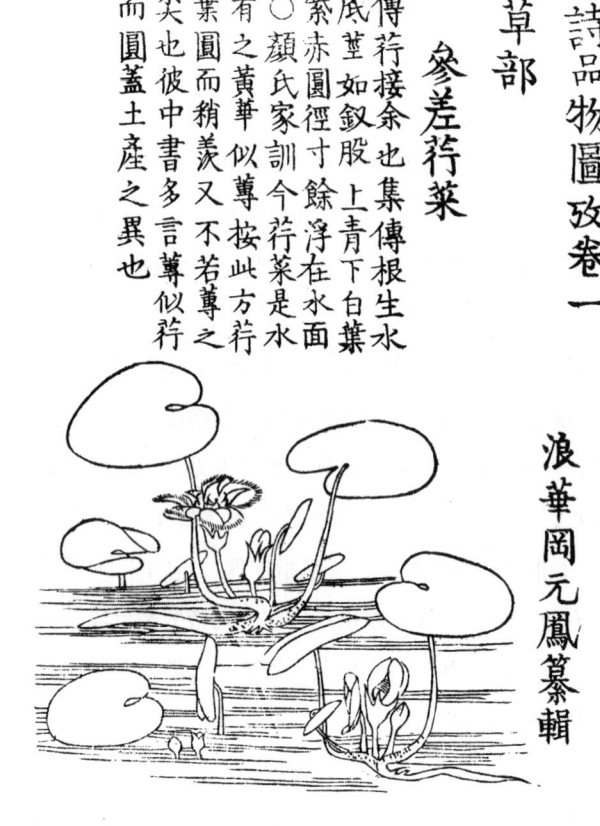

# 毛詩品物圖攷卷一

浪華岡元鳳纂輯

## 草部

### 參差荇菜

傳荇接余也集傳根生水底莖如釵股上青下白葉紫赤圓徑寸餘浮在水面○顏氏家訓今荇菜是水有之黃華似蓴葉圓而稍羨又不若蓴之尖也彼中書多言蓴似荇而圓蓋土產之異也

带叶子的菜，荇菜应该就是其中一种。此处荇菜实际上悄悄地指向了家庭主妇。"左右流之"这个"流"，是"摎"字的假借字，意思就是拔取。"窈窕淑女，寤寐求之"，"寤寐求之"可以一个字一个字地理解，醒着也求，睡了也求，但同时，"寤寐"这个词本身也有持续不断、反反复复的意思。

"求之不得，寤寐思服"，"思"是个语词，相当于屈原作品里面的"兮"，"服"的意思就是放在心上，它才是"思念"的意思。这个字的意思从古到今发生了变化。"悠哉悠哉，辗转反侧"。"悠"是长的意思，因为前面有"寤寐"，所以此处可以指夜长，但同时也可以指情思长。这里体现出诗歌翻译的特别，它有的时候是不可翻译的。像杜甫诗"感时花溅泪"，这个泪到底是露水还是人的眼泪滴到花上？不能只做一种解释，无论诗人写诗时是怎样理解的，读者都能感觉到两种意思都蕴含在里面，并由此产生了特殊的美感。"悠哉悠哉"也是这样。"辗转反侧"，翻过来调过去，睡不着。"辗转"，是双声词，声母都是 zh，同时也叠韵，它们的韵母都以"an"结尾，所以，读起来非常悦耳，有一种音乐美。

接着"参差荇菜，左右采之"这个句子不用翻译，"窈窕淑女，琴瑟友之"的"友"字就是加强情意，用琴瑟来增强我们对窈窕淑女的友爱之情，其实是要表达，你嫁到我们家来，我们欢迎。接着，"参差荇菜，左右芼之"的"芼"字就是选择性地拔取。"窈窕淑女，钟鼓乐之。"窈窕的淑女，我们用钟鼓来取悦她，让她快乐。

### 典礼的歌唱

以上就是这首诗的字面含义。诗说君子和淑女，都是站在第三者的角度。如果是爱情诗，往往是我有情感就表达给你，《诗经》里很多诗，比如《褰裳》等就是那样，"子不我思，岂无他人"？"子"用的就是第一人称。另外，诗里提到的器物也暗示着它不是爱情诗。"琴""瑟"，据文献记载起源都很早，古琴古瑟往往在典礼上给歌伴唱。一个贵族家族的典礼往往有四个乐工，他们在厅堂之上两个弹瑟，两个歌唱。后面出现的"钟鼓"，在周代按照礼法规定，是只有高级贵族家庭才可使用的。在典礼上，堂上乐工在唱，堂下就要摆上乐器架子，有鼓，有钟，还有笙，歌唱与演奏交替进行。这不是一个男孩为追求女孩在她家门口拉琴唱歌的情景。有钟鼓，在古代就要有很大的排场。由此可以看出，它是一个典礼的歌唱，淑女与君子成为好配偶，是在典礼中完成的。

这首婚姻典礼上的乐章，祝愿新婚男女琴瑟和谐，实际上就是祝愿家族兴旺，因为在古代，婚姻和家族的兴旺有重大关系。

古代婚姻有六礼，就是纳采、问名、纳吉、纳征、请期、亲迎。每一步都要按照规定的礼节来，比如送各种礼物等。亲迎是古代婚礼当中最隆重的一个环节，古人认为家庭主妇上伺候宗庙，下传宗接代，在日常生活中各种祭祀及其他隆重场合要作为女主人出面，有重要的地位。到了亲迎这一天，男子要早早地到女孩家来，到宗庙里亲自迎接女孩。

这首诗里的"关关雎鸠，在河之洲。窈窕淑女，君子好逑"，实际上就是在一对新人成婚、亲迎的时候，当女子进入男子家的庭院，上厅堂时歌声响起、音乐响起，所唱的歌词。歌唱的人以旁观者的角度表达祝福：你们的婚姻是当令的，跟随着万物、大自然的节奏结婚。你们经过了寤寐思服和媒人几次往复，走到一起不容易，好婚姻难得，让人"悠哉悠哉，辗转反侧"，费了不少心思，希望你们琴瑟和谐。

诗在这个时候演唱，让人感觉到古人对婚姻的无限重视。在典礼中，一对男女走入婚姻的殿堂，鼓乐齐鸣，无限庄严，无限美丽。如果把这个场面画出来，一定是很感人的。

## 两个姓氏的结合

对于周人来说，婚姻的意义非常重大，这首诗将其以艺术的手法表现了出来。为什么周人如此重视婚姻和家庭呢？孔子曾经说过婚姻"合二姓之好"，请注意，是"二姓"，不是"二性"，不是男女两个性别，而是两个姓氏，比如姬姓、姜姓、子姓、姒姓等。

追溯到中华文明早期，远古的众多人群各自生活在自己的区域里面。我在汉水流域，你在黄河下游，每个地方的人群都根据自然条件建构生活，形成独特的生活方式，这会导致文化的不同。后来这些人群相遇，就要处理互相之间的关系。较早的夏王朝对待其他族群的办法就是打、征服、兼并，殷商王朝更是变本加厉。结果打来打去，越打人群越涣散。到了西周，周人的力量相对弱小，要统一天下就要运用智慧。所以周家就采取柔性的方式，利用大家都能够接受的观念，去疏通和勾连各个人群。那个时代的古人，普遍认同"非我族类,其心必异",不是一个族群的人就没有关系,没有血缘关系的人不亲。针对这种情况,周人就在不同族群之间建立血缘关系,通过通婚来实现。

为了达到通婚的大目标,周代人同姓不婚,而是相应地把周家的女儿、诸侯的女儿嫁到那些不同姓氏的人群去。所以后来到了春秋时期周王见到同姓诸侯,无一例外地称伯父、叔父,遇到异姓诸侯,则无一例外地称伯舅、叔舅。这种关系在建构周代的统一王朝及统一文化方面起了作用。

这样回过头理解婚姻亲迎典礼上的敲钟、打鼓、歌唱,就知道是因为在周代政治生活、社会文化生活中,婚姻太重要了!婚姻具有这种价值的观念,一直到今天仍在影响着中国人对婚姻、家庭的态度。

## 重视家庭的中国人

周人重视婚姻,也影响了国人的哲学观念,对于人类社会从哪儿开始的问题,不同的民族有不同的回答。西方人认为人类是从上帝造人开始,男人与女人偷吃禁果,有了婚姻,是一种原罪。中国人却不这样看,《周易》中说:"有天地,然后有万物,有万物,然后有男女,有男女,然后有夫妇,有夫妇然后有父子,有父子然后有君臣,有君臣然后有上下,有上下然后礼仪有所措,夫妇之道,不可以不久也。"说夫妇之道很重要,像天地生万物一样,简单地说,就是认为人伦从婚姻关系的缔结开始。这就是一个中国逻辑。《论语》

中有"孝悌也者，其为仁之本欤？"，孝悌这件事情应该是做人的根本。它的逻辑跟《诗经》和《周易》是一样的，就是好家庭培养好的社会成员。

古希腊人则不是这样，他们认为教育一个希腊公民是不能在家里面实现的，因为他们认为家里面不是女人就是奴隶。在希腊社会中女人只有半个人格，她们只有一半的法权，奴隶全无人格。这据说是苏格拉底说的，苏格拉底主张完整人格的希腊公民，应该到广场上去培养。古希腊人喜欢在广场上谈论政治、经济、军事、外交、哲学。在成年男人背后常常跟着一群见习做希腊公民的小男孩，看大人怎么谈话，怎么认识问题、议论问题。这是西方的逻辑。由此可知，读《诗经》首先是为了了解我们自己的民族，同时也应该了解别人，之后再回头看自己，就更加心明眼亮。通过比较不同民族的文化，判断哪些好，哪些不好，然后该坚持的坚持，该否弃的否弃。

《关雎》就是上面所说的中国逻辑之下的一个作品，这是它的文化品性。这首歌唱组建家庭的诗，被排在了《诗经》的第一篇，不是某一个人安排的，是历史选择的结果。风始《关雎》，雅始《鹿鸣》，在当时的典礼上是这样演奏的，当《诗经》被编成文本的时候，它们也被分别排在风和雅的开头，这是很有趣的。

# 《周南·桃夭》：桃花盛放，出嫁得时

桃之夭夭，灼灼其华。之子于归，宜其室家。
桃之夭夭，有蕡其实。之子于归，宜其家室。
桃之夭夭，其叶蓁蓁。之子于归，宜其家人。

## 灼眼的红

《桃夭》是一首送女儿出嫁的诗。这首诗中，"之子于归"出现了三次。"之子"就是"这个人"，"归"就是出嫁，这是古代的老观念，认为女子在娘家生活是暂时的，将来找到自己的婆家，在那儿生儿育女、当家庭主妇，才是真正的归宿，这种观念在我们现在的生活中还部分地保存，当然，在城市里就已经非常淡了。

同是表现婚姻，这首诗的角度和《关雎》不同。《关雎》是亲迎大典，隆重地欢迎女主人到来，这首诗则是从出嫁得时的角度来写。"桃之夭夭，灼灼其华"，桃就是桃花，"夭夭"的解释古来有几种，很有意思。一种说是"少好貌",年纪轻叫"少",所以叫"好貌",姣好的意思。北方冬天刚过,天老地荒到处是褐色,在别的花还没有动静的时候,桃花已经绽放了。这就是中国诗,它把生活中最灼眼、最能代表初春光景的一个现象抓出来了,而且桃花一般都是红色的,桃花绽放,半个村子都红了。第二种解释叫"屈伸貌",它强调在早春的料峭春风中花枝在摆动,在颤抖,也很动人。第三种解释干脆说"桃之夭夭"就是桃花在笑。"夭"字上面,加上一个竹字头就是"笑"。当然这种解释的依据不是很充分,但是它很妙。汉代有句老话:"诗无达诂。"这个"达"就是通,说诗的解释不是只有一个最确凿的。大学者王国维说"诗无达诂"是不错,但是"通即达诂",能讲通吗?能讲通就是对的。对于解读诗篇,我们还可以再加一句,"妙"也是达诂。你看这个桃花笑,就把春天的时候,女孩子出嫁的喜庆比作桃花绽放出灿烂的笑容。"灼灼其华"是一种主观感受,它特别强调了光,而红色是火爆的、热烈的,所以这两句的爆发力极强。可见,一首诗如果读起来不能让我们眼前一亮,或者不能把我们带入某一种境地,基本上就失败了。温吞水一样的诗没人看。接下来,"之子于归,宜其室家"。室家是一个词,室和家,给她室家,到婆家去。男女结了婚,人生的一个大关节就算过了,以后就进入到操持家庭的阶段,就稳了。

　　第二章,"桃之夭夭,有蕡其实"。《诗经》有一个这样的特征——重章叠调,比如头一章有"桃之夭夭",第二章还有"桃之夭夭",同一句话,或者反复出现,或者变换个别字词再次出现,这既是一种音乐形式,也是"兴"的表现。劳动号子,开头总是重复的。"有蕡"的"蕡"就是大的意思,坟墓的坟,古代就有大土坡的意思,这两个字读音相近。"实"就是果实。从第一章的"桃之夭夭,灼灼其华"

桃之夭夭

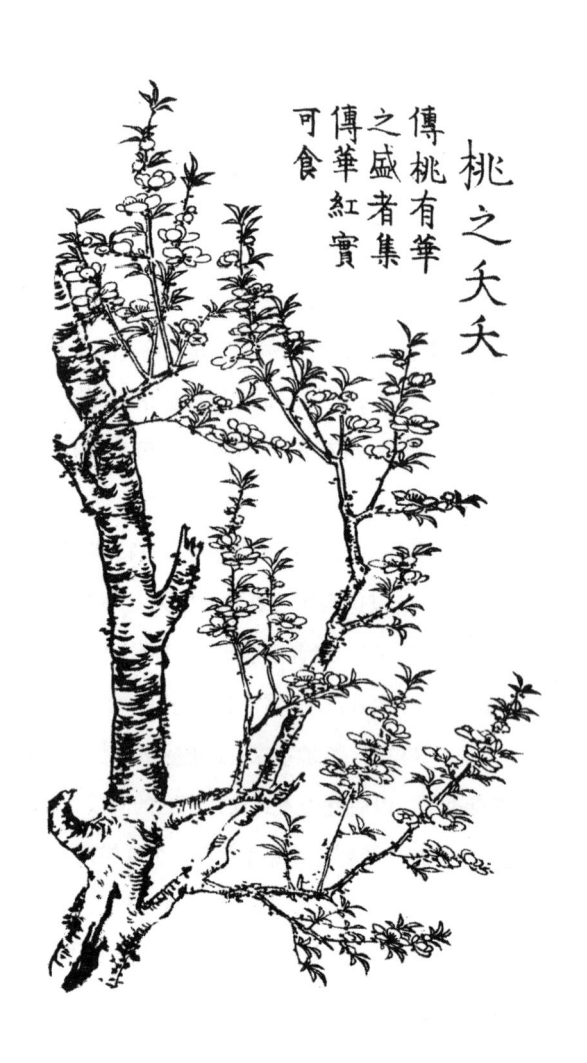

傳桃有華之盛者集傳華紅實可食

到第二章的"桃之夭夭，有蕡其实"，是有变化、有延伸的，由花想到了果，这也反映出古人对世界观察得仔细，桃花盛开，意味着果子多、果子大，暗含了新娘子嫁到人家来，给人带来吉祥如意，给这个家庭生儿育女，使家族兴旺，因为古代家族兴旺的一个重要标志就是人丁兴旺。所以"之子于归，宜其家室"。刚才是室家，现在变个词，是为了押韵，因为前面"有蕡其实"的"实"和这个"室"，在古代读音相近，按今天的读音也处在相同的韵部，只是声调有变化。《诗经》时期，押韵还没有照顾到平声押平声，仄声押仄声，还没有那么严格。

"桃之夭夭，其叶蓁蓁。"说到叶子了，这棵树今年开花结了果，然后长了叶子，长叶子意味着什么？这棵树还要继续茂盛地生长，而叶子在我们的观念当中可以带来荫凉，一个家族枝叶茂盛，能够遮蔽后人。这说明她不但能生养，还能教育，能使孩子成才。"之子于归，宜其家人"，"家人"就是家里的人。

这首诗中只有"蕡"字有点生僻，对于这个字，当代学者于省吾先生提出了新的见解。他说这个字读 bān，就是斑驳陆离的"斑"、斑斑点点的"斑"，他的这个解释好在哪儿呢？他说"斑"就是指这个花落了长果子，果子长大了之后那棵桃树一边红一边绿，色彩斑斓，这个解释为这首诗增加了一些趣味，所以和之前说的"大"的解释可以并存。

## 从天地之美赞美生活

唐代有一首著名的诗，崔护的《题城南庄》："去年今日此门中，人面桃花相映红。人面不知何处去，桃花依旧笑春风。"这儿用了个"笑"字，桃花在笑春风，但总让人觉得不是在笑春风，而是在笑诗里的这个人。诗人前一年在城南庄看到一个美人，没有说她具体的长相，只说脸像桃花一样红润，一看就是青春勃勃的小女孩的面貌。诗人今年又痴痴地来了，可女孩子不在，他就在那儿发愣，感觉到"笑春风"，实际上这个春风里桃花在笑谁呢？笑这个痴呆汉。唐诗用桃花比喻美人，我们给它找到最早的典故，就是《桃夭》。因为在《桃夭》之前，像甲骨文里面有没有类似桃花的比喻就很难说了。古人作诗，讲究无一字无来历，他要向传统的诗歌汲取一些营养，汲取一些在字句上、词义上合理的因素，这就是用典。这也是中国文人特别喜欢的一种手法，诗人在表达自己情感的同时，还展现了学问，对传统的引用、化用加深了诗的纵向感。反过来说，《诗经》作为一部经典，它的价值也在于影响了中国文学。但是，我们比较一下，崔护的"人面桃花相映红"是在打比喻，人脸像桃花，当然可以反过来，说桃花像人脸也可以。而"桃之夭夭，灼灼其华。之子于归，宜其室家"，并不是做比喻，没有将桃花比喻成女孩子的脸或者其他部位，而是在象征，象征什么？它不是在说这个女孩哪一部分长得好看，而是在象征女孩子蓬蓬勃勃的、犹如春天的大地那种爆发的生命力。这也是我们所说的气质好。一个女孩子气质好，她总会给人带来一种向上的、给人以希望的东西。

所以整首诗，诗人就用想到花，想到果，想到叶子，这样一个充满希望的进展，展现女孩子出嫁的情景。嫁娶得时，婚礼在春天举行，女孩子在她生命力最旺盛的时候嫁到人家家里去，必将给这个家庭带来幸福。古人从一种天地之美来赞美生活，这个手段极高，是力透纸背的。

# 《卫风·硕人》：巧笑倩兮，庄姜之美美千年

硕人其颀(qí)，衣锦褧(jiǒng)衣。齐侯之子，卫侯之妻，东宫之妹，邢侯之姨，谭公维私。

手如柔荑(tí)，肤如凝脂，领如蝤蛴(qiú qí)，齿如瓠犀(hù xī)，螓(qín)首蛾眉。巧笑倩(qiàn)兮，美目盼(xī)兮。

硕人敖敖(áo)，说于农郊(shuì)。四牡有骄，朱幩(fén biāo)镳镳，翟茀(dí fú)以朝(cháo)。大夫夙(sù)退，无使君劳。

河水洋洋，北流活活(guō)。施罛(gū huò)濊濊，鱣鲔发发(zhān wěi bō)，葭菼揭揭(jiā tǎn jiē)，庶姜孽孽(shù niè)，庶士有朅(qiè)。

## 美丽高贵的女子，顾盼生姿

美丽的人如美丽的风景，让人永远看不够。可是一个美人，怎么去形容她呢？我们来看看《卫风·硕人》。

开头第一章,"硕人"就是身材高大的人,这就像《硕鼠》里的硕鼠是指大鼠一样。"硕人其颀",这个"颀"字,我们今天还在用,比如说一个人身材颀长。"其颀",就相当于把两个"颀"重复,《诗经》有这样的句子,前面加一个"其"字,代替了后一个字。这句话说硕人是一个身材高挑的女子。"衣锦褧衣","褧衣"是古人穿丝绸时外面罩的一层纱。考古发现过西汉时的一件丝绸薄纱的外罩,只有几十克,罩在身上,很薄,是透明的。这就是贵族的衣服,按照儒家的说法,是因为锦绣衣服花纹鲜明,太漂亮了,用薄纱挡起一点来表示含蓄,其实可能还有另一个作用,丝绸衣服比较怕刮,所以外面罩上一层,这就体现了"衣锦"之"锦"衣料珍贵。总而言之,这个女子穿的衣服华贵得不得了。

然后诗人就接着交代她的社会关系。她是"齐侯之子",齐国诸侯的女子,"女子"就是女儿,女儿也称子;是卫侯的妻子,就是马上要成为卫侯卫庄公的妻子。她是东宫之妹,她是邢侯之姨,她是谭公之私。东宫,我们到今天还在说"东宫太子",这句话说她是齐国太子的妹妹。言外之意很清楚,缔结了这个婚姻以后,未来她的亲兄弟就是齐国君主,如此一来,这个婚姻可以在人情上保证卫国和齐国的关系。她又是邢侯之姨,邢也是周家的封国,是当年周公的妾生的一个孩子被封到了今天河北邢台一代,所以邢是姬姓。这里说邢侯之姨是指小姨子,庄姜的姐姐嫁到邢国做夫人,卫国和齐国联姻,等于同时和邢国有了亲戚的关系。"谭公维私","私"在这里是一个古代的用法,今天我们很少用了,也是小姨子的意思。谭国也是诸侯国,在山东,离济南不远。第一章不厌其详地交代新娘子的社会关系,不外是夸赞其身份极其高贵,而尊贵的社会关系,

## 螓首蛾眉

傳螓首顙廣而方
箋螓謂蜻蜻也集
傳螓如蟬而小其
顙廣而方正蛾蠶
蛾也〇螓此云過
幾設窣爾雅翼螓
者蠑蛑之小而綠色
者螓首卽角犀豐
盈之謂也韻會蛾
似黃蝶而小其眉
句曲如畫

正意味着这桩婚事的政治价值很高,且有升值的空间,显示出的是周代贵族婚姻强烈的政治色彩。卫国从泱泱大国齐国娶了一位公主,就和齐国、邢国、谭国搞好关系了。这也是这场婚姻特别喜庆的一个原因。

当然了,后来这个卫庄公不知道为什么,就是不喜欢这个女孩,她一生的命运是比较悲惨的。不过,这首诗所要表现和强调的不是这一点。卫庄公不喜欢这位漂亮的妻子,是后来的事。

第二章就开始赞美这个女孩子了,说新娘子长得漂亮,怎么描写她漂亮?打比喻。打比喻是文学家才华的一个象征,作家善打比喻最好的例子就是《欧也妮·葛朗台》刻画葛朗台脸上的肌肉、表情的句子,用了好多比喻,是很经典的。这首诗用的是博喻,从各种不同的角度反复设喻,表现庄姜之美。

"手如柔荑",手伸出来像柔和的荑,什么叫"荑"呢?是茅草的嫩芽,特别白,所以这个比喻是取其白,两只手伸出来,细长、白嫩。"肤如凝脂",皮肤像凝固的脂肪,凝固的脂肪白中透青,就像小婴儿五六个月时的皮肤,这也说明这个女子从来没有受过风霜,养得金贵,皮肤好。"领如蝤蛴",蝤蛴是寄生在木上的昆虫,它的幼虫圆圆的、长长的、白白的,这是形容庄姜的美颈,圆滚的,有一点儿肉,而不是像鸡脖子似的青筋暴露着,那就有点儿吓人了。接着说,"齿如瓠犀",说牙齿像瓠瓜的籽,细长而整齐。"螓首蛾眉",螓就是知了,此处是形容庄姜的发式,像小知了的头部那样额头两边高高地翘起来,同时后边也要翘起来,像蝎子尾巴。蛾眉是什么?像蚕蛾的须子一样又细又长,弯弯的。

接着下面来了一句,"巧笑倩兮,美目盼兮"。什么叫"巧笑"?

就是笑的时候，腮帮很美，一笑俩酒窝，很动人，"倩"，就是指她的酒窝。"美目盼"讲的是什么呢？眼睛黑白分明，这是一种健康的审美。现代很多人总觉得单眼皮不好，双眼皮好，好端端的单眼皮就拿刀拉一下，这个不自然，是一个审美的误区。其实，丹凤眼有时候也很迷人，古人就不讲双眼皮，而是赞美眼睛黑白分明，这样就有精神。人的眼睛清亮、黑白对比分明，顾盼生姿，相反，浑浊的眼睛一转，就没那么美妙了。这是这首诗一个特别的地方。先是用工笔描，对手、肤、颈、齿、发、眉进行静态的描绘，然后说"巧笑倩兮，美目盼兮"，讲的是什么？媚，有生命力，动人。实际上就是气质好。前面画形，后面传神，开辟了一种刻画美人的方式。

## 君主的婚礼也有人情味

接着我们来看下一章。"硕人敖敖"写这个硕人高个子，敖敖就形容她傲岸的身形，鹤立鸡群，走在人群当中特别显眼。"说于农郊"，来到了卫国的郊区，她要换衣服、换车，因为"郊"已经是卫国直属的范围了。在这之前，她是齐国的公主，一进入卫国的郊，就要换上卫国君夫人的衣裳和车马。这个"说"的本义就是税收的税，这里是说抽工夫，进行不太长的休息。"四牡有骄"，四牡就是四匹公马，她坐的那个新娘子车是四匹公马拉的，踏踏踏踏地走，有人驾车。"朱幩镳镳"，朱就是红色，朱幩就是系在马嚼子上的红色丝绸，"镳镳"形容昂扬的马上面红绸飘飘的姿态。"翟茀以朝"，"翟茀"是指她乘坐的新车子的车篷上装饰着长尾、长翎子的雉鸡图案,是君夫人一级的贵妇人所乘坐之车特有的。她就乘坐这样的车来朝见自己的夫君。

这首诗写的其实也是婚礼的一部分,但它和《关雎》描绘典礼不同,没有把她放到一个很庄重的亲迎场面里写,而是从"说于农郊"以后将要朝见君主那一刻,叙述她在野外的情形,表达这个女孩漂亮,给卫国人带来了欣喜和震惊。由此可以看出《诗经》的文学水准是相当高的,即使同是婚礼题材,也不会类同、重复,怎么去歌颂,是各有姿态的。接着是一句"大夫夙退,无使君劳",大夫们早点退朝,今天不要让君主太劳累。这是一句玩笑话:你们大夫们有什么事,回头再说吧!今天要给君主留下点体力和时光。就是说周代这些贵族,在国君娶媳妇的那一天,适当地开开玩笑,显出了生活气息和人情味。

在中国的千佛洞、麦积山等地方,总会有一个小和尚特别招人喜欢。在很多庄严的宗教场合,也有两个和尚在交头接耳,再严肃的事情,有时也难免让人情给冲淡了。弥勒佛在印度的时候是个要收拾坏人的佛,样子有点严肃吓人。但是到了中国,它的形象传来传去变成了大肚弥勒佛,就像我们门口坐着常跟我们开玩笑的老大爷。这就是中国文化。再庄严再神圣你也是凡间的一个人,我们中国人这种生活态度,从文化创生的时候就开始了,逐渐形成一个传统。

## 鱣鮪發發

傳鱣鮥也集傳鱣魚似龍黃色銳頭口在頷下背上腹下皆有甲大者千餘斤傳鮪鮥也集傳鮪似鱣而小色青黑〇孔疏鱣大魚似鱏而短鼻口在頷下體有邪行甲無鱗肉黃大者長二三丈江東呼為黃魚陸疏鮪似鱣而青黑頭小而尖似鐵兜鍪口在頷下鮪鱣屬或為旌鯬者非是

## 山欢水笑，吉祥如意

　　最后一章，就是对婚姻意义的拓展了。假如诗篇只写到庄姜换了衣服进都城去见君主就结束了，从文学气象上说，就难免有点灰溜溜的。可是诗人笔锋一转，转向了卫国的山川大地。"河水洋洋"，卫国有不少河流，黄河也是从卫国过的，而且黄河也沟通着卫国和泰山以北的齐国，所以说这个"河水"很有可能就是黄河。"洋洋"，水浩大的样子。"北流活活"，河水由南向北流，向东北流，活活就是呱呱，相当于我们说哗啦啦。诗人看到河水，就有山欢水笑的感觉。接着，"施罛濊濊"，说现在河上有人在打鱼，罛是一种网，濊濊就是哗啦哗啦的，网入水哗啦哗啦响，讲人的生产积极性很高，在黄河上打鱼，哗啦一撒网，结果怎么样？"鱣鲔"是两种很名贵的鱼，"发发"就是指鱼被网捞上来的时候尾巴在那儿噼里啪啦地动，这是在强力渲染，貌似无意地强调这一场婚姻给卫国人带来的是吉祥如意。渔民可能都不知道这一场婚姻，但是在诗人眼里面，整个卫国的山川、自然都染了一层喜庆的颜色。结尾，"葭菼揭揭"，葭菼就是苇子，"揭揭"是耸立的茅，看到了河又看到了青青的苇子，颜色富于变化，就在这样一片美景下诗人又收回来说"庶姜孽孽，庶士有朅"。"庶姜"是什么意思？就是陪嫁女，当时诸侯嫁女儿要有陪嫁女，众多的庶姜在一个高挑身材的主夫人率领下，走进了卫国。"庶士有朅"，庶士就是指护卫庄姜的男人们，非常勇武，拿着武器护送着这个尊贵、美丽的新主妇，气宇轩昂地进入卫国的国都。

　　所以，前三章在描述这个婚姻的进行，但没有写进入国都之后婚礼的事情，而是收到庄姜在众多美女和英武护卫的陪同下齐刷刷地走进了卫国都城，诗就结束在这样一个壮阔场景里，很有声势。诗写的实际上是庄姜进入卫国那一刻，当时全国人民是多么高兴。这个结尾将这场婚姻给卫国人带来的喜庆，非常含蓄又非常饱满地传达了出来，所以，读经典，我们不能不折服于诗人的才思。

庄姜后来的人生遭际不好，红颜薄命，但在她最初嫁到卫国的时候，曾以大国之女华贵的身份、美丽的容颜，深深感动过卫国人。所以，诗写得非常有激情。这就是两千多年前的古人，生活中，结婚是人生大事。诗人将对生活的热爱灌注到对婚姻大事的描写上，用了很多的想象和热情，来展现活泼的生活。这是国风文学开辟的传统，一个被古典文学很好地延续了的传统。

# 《周南·葛覃》：女子出嫁前的教养

《诗经》打开是《周南》，《周南》第一首是《关雎》，第二首就是《葛覃》。这首诗也和婚姻有一定关系，它表现一个天真烂漫的女孩是如何转变为家庭主妇的，这是一个非常大的跨越，实际上也就涉及婚前教育。女孩子要出嫁了，要由一些有经验的老辈的女性给她讲应该注意的问题。儒家文献《礼记》里记载了当时女子教育的四个方面：德、言、容、功。德就是女孩子的德行，尊老爱幼，懂得如何跟人相处。言就是言语，在处理家庭关系时，尤其是作为家庭主妇祭神祭祖时，言语、举止是非常关键的，不能出错。容，是指古代贵族特别重视的言行举止的仪态，梳妆打扮也包括在内。功，就是女工，有一些书上写作"女红（gōng）"，就是手里的针线活。古代女性要为家里人制作衣帽鞋袜，从纺线开始，做各种各样的衣服，在家里这些活计也非常多。

以上是我们古代男耕女织的社会对女性的要求。古人尊重劳动，在祭祖的时候，认为勤勉劳作是对祖宗最恭敬的表现。所以不需要用言语向祖宗表白。假如是王，如果他身上的衣服，是王后亲自养蚕、缲丝、纺织、裁剪、缝制出来的，手里端给祖宗的祭品，是亲自打

葛之覃兮

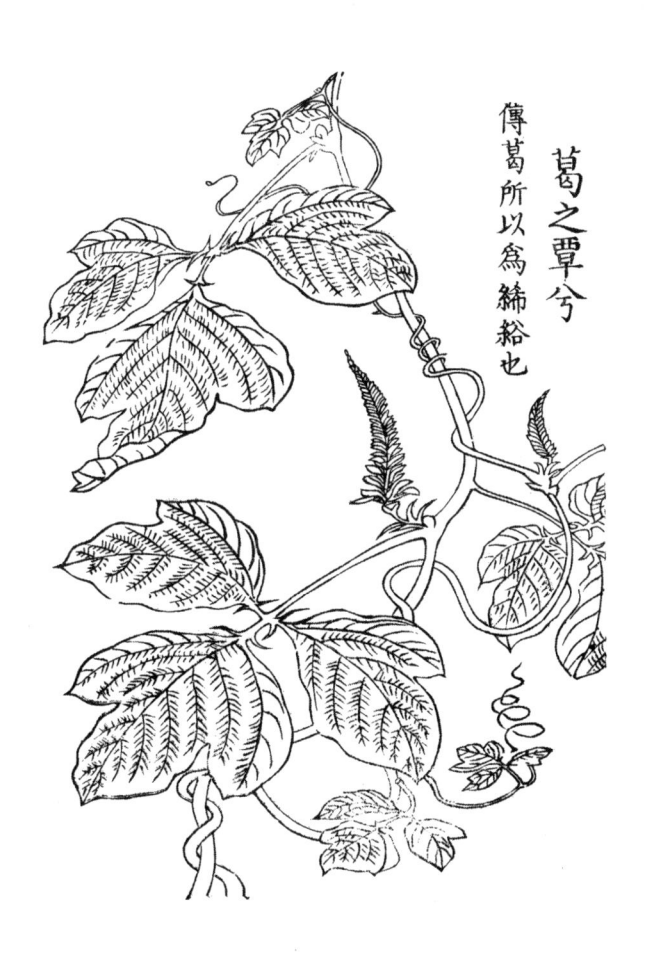

傳葛所以爲絺綌也

猎得来的，献给祖宗的粮食是他亲自下地劳动收获的，就是最恭敬的。一个家庭的女主人需要达到上述的要求，就要在结婚前做出相应的准备。《葛覃》所讲的就是这方面的内容。

## 一片春光，一点惆怅

这首诗一共三章，它有一个特点，头两章它都是三个小句子一个意群，到了第三章有点变化。

葛之覃(gé tán)兮，施(yì)于中谷，维叶萋(qī)萋。黄鸟于飞，集于灌木，其鸣喈喈(jiē)。

葛之覃兮，施于中谷，维叶莫莫。是刈(yì)是濩(huò)，为絺(chī)为绤(xì)，服之无斁(yì)。

言告师氏，言告言归。薄(bó)污我私，薄浣(huàn)我衣。害(hé)浣害否(fǒu)，归宁(guīníng)父母。

我们先来看第一章，葛之覃，这个"葛"是一种蔓生植物，今天叫葛藤，生活中有的时候人会吃点儿葛粉，葛粉有扩张血管等作用，不失为一味药。"覃"就是蔓延，葛藤一节一节地长。"施"的意思也是蔓延，但是这个蔓延很有诗意。清代一位学者认为，施字左边是一个方，右边上面是一撇一横，在古代表示旗子，所以施就是柔曲婀娜的样子。葛藤曲曲折折、婀婀娜娜地蔓延着。"中谷"就是山谷之中，实际上是指更辽阔的地方。这两句有一种象征的意思。以前有俗话"女儿是人家的"，古代女孩子嫁人，就像这个葛慢慢蔓延，慢慢就到别处去了。

"维叶萋萋"，就是叶子萋萋，"萋萋"形容茂盛的样子，"维"字没有实在意义，是个结构性的词，在古代汉语中经常有这样的情形，加上它，起码在这儿凑足四个字的音节。这句话提示我们葛在蔓延，在慢慢地长大，也暗示着女儿大了，蓬蓬勃勃，到了嫁娶的年龄，不能再拖。接下来，"黄鸟于飞"，"黄鸟"，我们今天已经无法知道它的确指，但从"喈喈"的叫声看，有可能就是黄雀，"喈喈"是象声词，而黄雀的叫声是"加加"，二者很接近。黄雀有两三个小麻雀那么大，它在《诗经》中出现往往跟离别有关系。茂盛的葛枝上，来了一只黄雀，颜色变了，绿配黄，很娇艳。"于飞"就是飞，这个"于"有往的意思，但翻译的时候不用机械地说"往飞"，解释成飞过来就可以。"集于灌木"，"集"字非常有趣，它的上部是隹，隹就是短尾巴鸟，下部是木，字义就是短尾巴鸟落在树上，所以它的本义就是落，只是这个意思今天我们不太用了。多种鸟在一起，就有了集中的意思。"灌木"，这里应该是说葛的旁边还有灌木。这六句写一个女孩子眼中的世界，一片绿绿的葛藤在向外发展，黄鸟落在不远处的灌木上，有一声没一声地叫着，一副春光，还有一点惆怅的心情就出现了。因为她自己也是一个要离开家的人，她有了这样的意识。而且那个"喈喈"的声音还好像在说"家家"，要离家了离家了。

《诗经》的比兴手法，往往是凭一两个写景物的句子引发下文。这种句子的使用，一般是很吝啬的。可是，《葛覃》的景物描写，却用了一整章的篇幅，营造了一个很有气氛的春日光景，是很有"境界"意味的。女孩长大了，该嫁人了。想象未来的生活怎么样，她的心跳就加快，血管就发胀，表现在字里行间，就是那股特有的惆怅。这都是第一章经由景物描述传达的，含蓄而丰盈。

这首诗距我们今天有三千年左右，那时的中国诗歌就开始大段地描写光景。这正是中国诗的灵魂，善于营造一种光景，制造一种氛围，烘托一种情境，然后把我们的灵魂带进去浸染，使心灵受到触动。后代李白和杜甫等人有很多写景诗，都是在写景时出一句妙语。这种手法的源头在《诗经》时代就已经非常清晰了。

## 亲手做的衣服穿起来不厌倦

第二章，"葛之覃兮，施于中谷，维叶莫莫"，"莫莫"也是茂盛的样子。接着的三句就有变化了，"是刈是濩，为绤为绤，服之无斁"。刈就是割，白居易《观刈麦》中就有这个字。濩就是煮，葛的用途除了常见的葛粉，在古代它还是一种布料的来源。从葛的茎上取皮，抽取纤维可以纺布。制作过程是先用清水泡，到一定程度后再上锅煮，煮好之后把黏性的东西脱掉，就把纤维抽出来了。"为绤为绤"，"绤"是细葛布，"绤"是粗葛布。"服之无斁"，"服"就是穿，"无斁"是不厌倦。为什么不厌倦？因为这个衣服是自己亲手做的，是劳作的成果。这在古代是"女工"的一部分。

诗的前两部分是虚实结合的，这与《关雎》开头的写法类似。从"是刈是濩"开始，诗变成了完全的写实，内容跟要结婚的女孩子相关了，做衣服，这是女孩子未来生活必备的基本功。葛是虚实结合和分界的关键点，因为它不但是我们眼中的风景，还是生活的必需，诗歌由写眼中的光景转变为展现营造生活的能力。

中国是个农耕社会，属温带，大自然提供的条件并不是很优厚，不像在一些热带地区，随便采集就可以了。先民们创造文明需要付出坚韧的劳动，也要多方面去寻找和发现生活资料。所以他们把精力更多地投入到对自然的观察和体味，在这一点上比其他民族要更深入。所以诗的开头提到的光景，之所以又美又现实，实际上因为其中积淀了漫长的岁月中，人与自然之间达成的深刻的默契和理解。后面写女孩子亲自去完成采葛、蒸煮、纺绩、裁剪的过程，所以穿起来不厌倦，强调的是一种德行，在劳动中学会珍惜，培育稳重和坚韧的品格。

## 葛制成衣，她做了女主人

诗的第三章，"言告师氏，言告言归"。"师氏"是什么？是古代女孩子结婚之前教导她妇道的保姆，之后也要陪着女孩到婆婆家去，也是一种陪嫁女，但是属于仆人。所以"言告师氏"是一个重要的信息，它告诉我们这首诗一定与女孩结婚有关。接着"言告言归"，"言"是语词，两个"言"连用，说马上得告诉师氏要"归"了。归就是女孩子出嫁，"告师氏"就是请师氏来教育女孩子。除了长期在家劳作，培养女工和德行，女孩在结婚前还得有一个过渡阶段，结婚之后面临的新问题怎么解决，师氏要教。

下面,"薄污我私,薄浣我衣。害浣害否,归宁父母"。"薄"也是个结构词,没有实义。"污"在这是去污的意思。当然,污的常用意思是污染,这就是汉语奇特的地方,一个词有时可以兼两个相反的意思。比如"乱"字,有制造混乱的意思,有时也有治理的意思。"我私"的"私"就是贴身内衣。"污我私"就是给我的贴身内衣去污。"薄浣我衣"的"浣"字有两种写法,可以写作"浣",也可以写作"澣",是浣的异体字。"衣"是外衣,也有学者解释成礼服,都可以通。"害浣害否"的"害"字读 hé,实际上它就是何,这句的意思是什么该洗什么不该洗,是接着"薄污我私,薄浣我衣"来的,生活中,洗内衣、洗外衣、洗礼服、洗长服,什么该洗什么不该洗,是要视情况而定的,是需要掌握技巧的。"归宁父母",什么叫"归宁"?就是结婚之后第一次回家看父母,今天也有这个风俗,叫"回门"。古代对女子回娘家限制很严。女孩初到婆家遇到一些问题,要拿捏分寸,拿捏好这个分寸,就可以回家看父母,向父母报告她已经顺利地由姑娘变成一位家庭主妇了。

这首诗有两条线索,一条写葛逐渐茂盛,另一条暗写葛由一种植物变成了纤维、服装,暗衬女孩子的身份发生了变化。前面两章节奏比较缓慢,带有淡淡的惆怅。到了第三段,开始出现跳跃,"言告师氏,言告言归"点明题旨女孩子要出嫁了,"薄污我私,薄浣我衣"写女孩子到了新的环境需要处理好多事情,做事得拿捏分寸。最后"害浣害否,归宁父母"充满了喜悦。节奏上由慢变快,六个句子跳跃着、节省着、虚实相映地把事情交代出来。

诗是很可爱的,一片春光、一番心情、一场胜利的婚姻大事,所以最终以喜悦的调子结束,与开头淡淡的惆怅相映成趣。

# 《唐风·绸缪》：闹洞房，古老而绵长的习俗

《诗经》婚恋题材作品中，《唐风·绸缪》展现了一种特殊现象，就是闹洞房。今天在乡村，如果有人家结婚，总会有闹洞房的习俗。有的闹得深有的闹得浅，在河北一带就流行这样一句话，叫"三天不论大小辈"，在结婚三天之内，谁都可以和新媳妇闹。一般情况下，大伯子跟弟媳妇是相对严肃的，小叔子可以和嫂子闹，但是在结婚三天之内，则不论这个大小辈了，这个习俗至今犹存。作家浩然的小说《新媳妇》就谈到这个，讲了一个新媳妇过了门以后，反对这种混打混闹的习俗，树立新风。当然，这是新时代我们提倡的。但实际上，作为一种风俗来讲，只要适度、不过分，是可以保存的。如果把它灭掉了，改用新风俗，可是新风俗又传之不远，我们生活当中的一些必要的仪式、礼仪就会慢慢消失。这不是好事情。

在《论语》中，孔子曾经跟子贡谈到过一种现象，就是当时每年都要告朔，由鲁国君主主持颁定历法，告诉人们每个月的初一是哪一天，朔就是初一。但是后来鲁国的情形发生了变化，君主不参加告朔仪式了，这个仪式就要废了。过去办这个仪式时会杀一只羊，

叫饩羊。子贡就说，既然这个仪式已经废弛了，那么我们还杀这一只羊干什么呢？就想去掉它。孔子听子贡这么说，就说"赐也，尔爱其羊，我爱其礼"，说你舍不得这只羊，我还舍不得那个老礼呢。这说明什么？儒家、孔子对一些老传统，采取宁愿保存、不愿率尔废弃的态度。这和我们动不动就把某些东西视为糟粕而去掉它，是大相径庭的。所以，孔夫子的思想在新时代经常有不讨人喜欢的地方，可实际上他说的是对的。比如北京的城墙，我们就曾经把它作为一个过时的、阻碍进步的遗留物拆掉了，导致今天的极度后悔，这就是教训。对一些风俗、礼仪、文化遗产，我们要采取一种保守态度，不要动不动就根据现在这几天的眼光和高度，把这个定为要不得，把那个定为该废弃，这是吃过亏的。

下面就来看《绸缪》：

绸(chóu)缪(móu)束薪，三星在天。今夕何夕？见此良人。子兮子兮，如此良人何？

绸缪束刍(chú)，三星在隅(yú)。今夕何夕？见此邂逅(xièhòu)。子兮子兮，如此邂逅何？

绸缪束楚，三星在户。今夕何夕？见此粲(càn)者。子兮子兮，如此粲者何？

## 嫁娶之夕的谐谑曲

诗的每一章都以"绸缪"开始。我们今天也说未雨绸缪,当然未雨绸缪这个成语不是见于这首诗,而是见于《豳风·鸱鸮》:"迨天之未阴雨,彻彼桑土,绸缪牖户。"大意是趁着天还没有下雨,我要取那些桑根皮,去缠绕我的门,去把窗子捆绑好,就形成了后来的未雨绸缪这个词。在本诗中,绸缪就是缠绕、捆绑。束薪是什么?就是一捆薪柴。第一句说要捆绑好一捆柴火,束薪是要做成火把照亮用的。薪和婚姻有关系,这在《诗经》里是一种相当固定的说法。只要说到砍柴伐薪,接着总要说结婚的事情。比如,《齐风·南山》里有"析薪如之何?匪斧不克。取妻如之何?匪媒不得",说砍柴没有斧子不行,娶妻必须有媒人,没有媒人这事办不了。《汉广》里"翘翘错薪,言刈其楚",说要割柴、打柴,要专门挑那些高大的打,下边就说"之子于归,言秣其马",意思是你要想娶妻,就先把车马备好,把喂马的草切好。所以,回过头来看《绸缪》,这里的捆绑柴草就暗示着和结婚有关。

接下来是"三星在天",这个时间很有意思。三星是三颗星并排,按照西方的天文学,它属于猎户星座,一般是天刚亮就出现了。我国的民间没有手表的时候,都是以看三星来判断早晨的,这也是自古而然。那么,绸缪束薪跟早晨又有什么关系?这就涉及古代的抢婚。在《周易》里有"匪寇,婚媾",这个卦里说到,看到几匹马跑过来,他们不是在做寇,是在婚媾。有人就研究,说古代结婚实际上跟做寇差不多,指的就是抢婚。抢婚往往在黄昏时分或者天不亮的时候,总之这里取的是昏暗的意思。接下来,"今夕何夕,见此良人"。今天是什么好日子？我怎么见到这么好的人呢？良人就是好人。这句话是在和新媳妇开玩笑，就像在乡间常有的那种荤话一样，比如见到女子调笑：呦，你怎么长得这么漂亮啊？然后，诗就转向新婚的丈夫——这里的"子"不是男子的称呼，就是说小伙子——问他"如此良人何"，就是你怎么对待良人。新婚之夜，谁都知道新郎和新娘之间要发生什么样的事情，这里故意装傻，是典型的闹洞房开玩笑的口吻。诗实际上省去了很多不宜直白表露的话，把开玩笑的话雅化了。

"绸缪束刍"，刍就是草。"三星在隅"和"三星在天"是一个意思，在天的一角。"今夕何夕，见此邂逅"，邂逅就是不期然而然地碰上了。郭晋稀老先生在《诗经蠡测》中谈到邂逅这个词，他说意思就是，碰上了就是好的，实际上跟抢婚也有关，抢到谁是谁。所以"见此邂逅"，也是开玩笑。呦，今夕何夕？我怎么见到这么个可心的人！接着，"子兮子兮，如此邂逅何"，这是第二章。

邂逅这个词在《诗经》里出现了几次，是古代的联绵词，不能拆开解释，它的来历非常早。《诗经》里有些词，只要一出现，就会跟某种意思连接着。比如"采"，在"采采卷耳""终朝采绿""彼采萧兮"等句子中都出现了，总结起来，凡是采集旱地植物，往往都跟想念人有关。可见，《诗经》作品的题材可能采自辽阔地域的各个地方，但表现方式却有某些方面的统一性，由此也可以说，《诗经》一定经过了一些固定人员的采集加工。因为语言在当时一定非常复杂，当时中国文化的统一性还不像我们今天这样，文化的统一性是要造就的。西周有雅言，清代学者认为就是当时的普通话。一个泱泱大国，地域辽阔，方言众多，怎么办？建一个大家都能够听懂、都能说的共同语去沟通。而《诗经》的整理、加工应该是有一批专业人员，这些采诗官用自己的语言去收集各地民风进行整理。所以，《诗经》不是我们过去一般理解的各地原生态的民歌，而是经过文化过滤的。

接着，绸缪束楚，楚跟薪是一个意思。我们今天说翘楚，就是指高出来的那种杂木。"三星在户"的户就指门上边或者窗户的一角。"今夕何夕，见此粲者"，粲的本义是稻米把皮子舂掉以后，光灿灿的样子，引申为美好，粲者就是美人的意思。"子兮子兮，如此粲者何"，你今天晚上将怎么对待粲者？隐含着男女之事。

这首诗很活泼，是闹洞房的谐谑曲。据《汉书·地理志》记载，直到西汉时期，民间还有"嫁娶之夕，男女无别，反以为荣。后稍颇止，然终未改"的习俗，也就是，在嫁娶这个日子，或者其前后几天，去除男女之别，会有随便伸手摸人一把，或者占点儿便宜这种事情。人们对这个"反以为荣"，这个现象在后世也存在，如果一家娶媳妇，连个来闹洞房的人都没有，证明这家的人缘很差。《汉书》里还说这些风俗后来好像被制止过，但总禁止得不彻底。再往后，有个道士葛洪在《抱朴子·疾谬》中，把闹洞房当作荒谬之事来斥责。他说俗间有一种调戏新媳妇的法子，总是在众人之间、亲属面前问一丑言，实际上问的就是男女之事，如果女子答得稍微不痛快，还要遭到责备。他说这种对话非常鄙陋，他都不忍多论述，也就是不能具体去说。看起来闹洞房这种风俗是源远流长的。当然，当代提倡大家文明相处，开玩笑不可过分，要互相尊重。可实际上，如果完全没有这个风俗，也是一种遗憾。

《唐风·绸缪》：闹洞房，古老而绵长的习俗

## 人类婚姻演变的一种痕迹

结婚闹洞房的习俗在《齐风·东方之日》里也有表现。

东方之日兮，彼姝者子，在我室兮。在我室兮，履我即(qī)兮。
东方之月兮，彼姝者子，在我闼(tà)兮。在我闼兮，履我发(fā)兮。

东方之日，就是早晨的太阳。宋玉在《神女赋》中写神女的美丽，就用了"耀乎若白日初出照屋梁"。姝者就是美丽的人，"在我室兮"就是在我的屋里，履就是踩。即是指膝盖，这是采用清代学者于鬯《香草校书》中的观点，他认为"即"就是"卪"，也就是"膝"，杨树达先生也同意他的观点。古代人跪坐，膝盖在地上。第二章的闼是门，这里指门内、屋里，发就是脚，这也是《香草校书》的说法，被杨树达先生认同的。发是指脚心朝上。人跪着，双脚呈八字状。诗的两章，一章说踩到了膝盖，一章说踩到脚。实际上都是用隐语写丑语、写男女之事。这也是闹洞房的歌，诗中的"履我即""履我发"，就是闹房者对着新娘子自比新郎"占便宜"的话，也是用戏谑的调子调侃新人。诗的意思和《唐风》是一样的，但《唐风》闹洞房是说出带侥幸意味的语言，《齐风》则是模拟他们的动作。同一题材，但是写法、调调不一样，这也体现了国风的广阔性，它反映生活不是千篇一律的。虽然用的都是雅言，但在故事层面、事件层面，保存了文化本来的面貌，保持了各地的风采，是一种文化的抢救和记录。

那么，现在的人类学家是怎么理解这种风俗的呢？这种风俗的起源比《汉书》和《抱朴子》的年代更加古老，应该追溯到史前，实际上就是人类婚姻演变的一种痕迹。通过闹洞房，或者一些兄弟民族的风俗可以看到，汉族在比较古老的时候可能有一种习俗，比如哥哥娶了媳妇，也就意味着他的其他兄弟也都娶了媳妇。这就是女子多夫，或者说几个男子共妻，这种现象叫血亲。用西方音译过来的术语叫普那鲁亚。也就是说，我们曾经有过一个群婚时代。后来，随着人类的进步，对偶婚姻出现，人类慢慢进化到了现在的文明程度，可是那种血亲婚姻的遗俗还保存着，就成了闹着玩了。所以，这是人类文明发展的一个痕迹。也可以说，闹洞房的习俗可以帮助我们认识更加古老的婚姻形态，这也是这首诗的价值。可见，把诗篇理解透了以后，再结合各种文献，我们眼前一亮，打开了一个久远的世界，看到了古老时代人的生活。

# 《大雅·思齐》：何为好家庭，何来好家风

思齐大任，文王之母，思媚周姜，京室之妇。大姒嗣徽音，则百斯男。

惠于宗公，神罔时怨，神罔时恫。刑于寡妻，至于兄弟，以御于家邦。

雍雍在宫，肃肃在庙。不显亦临，无射亦保。

肆戎疾不殄，烈假不瑕。不闻亦式，不谏亦入。

肆成人有德，小子有造。古之人无斁，誉髦斯士。

## 女子有徽音

中国文化重视家庭，在《诗经》里很具体地表现出了一个好家庭的女主人是什么样子的，她们的作用如何。《大雅·思齐》讲的就是古人眼中的典范家庭周文王家的家风、家教，歌颂了周家的三代

女主妇——周姜、大任和大姒。三位女主人是祖孙三代,她们代代主持周家家务,懂得如何教养子弟,使周家成年人各个有德行,小孩子各个有成就。遇上这样贤德的母亲,周人人口迅速增多,由一个弱小的族群快速上升,最终主宰天下。

中国人家风家训的传统可以明确地追溯到西周,《思齐》这首诗就是在西周建国百年左右创作出来的。

它的第一章,"思齐大任,文王之母,思媚周姜,京室之妇",是一个句群。"思"是语词;"齐"是"斋"的通假字,意为庄重、严肃。"大"字在古代的读音是 tài。"思齐大任"的意思就是庄重的大任。"文王之母",文王的母亲,她怎么样?"思媚周姜","思"也是语词,"媚"就是爱,周姜是大任的婆婆。大任的公公则是太王,也就是公亶父。公亶父做过一件对周家历史非常有意义的事情,就是把周人从豳(今天的陕北)迁到了岐山下的周原一带。《大雅·绵》专门叙述了这个迁移的过程,周原这个地方好到连苦菜吃起来都跟甜菜一样,所以周人的后代在祭祀的时候一定要祭祀太王。因为他对周民族,甚至是中国历史的发展做出了贡献。文王的母亲大任懂得爱婆婆,能跟婆婆周姜处好关系,在京室做主妇做得有声有色。"京室之妇",京室就在周原,在《诗经》中,京指的就是周家在没有迁到渭水河的镐京、丰京,留在今天的宝鸡周原一带时的都城,京室就是京的第一家庭、王室。然后有一个跨越,"大姒嗣徽音,则百斯男",说到了文王的妻子大姒。"嗣"就是继承;"徽"是好、善、美的意思,"徽音"就是好名声、好德行。太姒继承了两代婆婆的美德,得到了好名声,还有所发展。"则百斯男",生了一百个儿子。当然,这里是诗歌的夸张。不过,其中含着一个古代的妇德问题,在一夫多妻的特殊时代状况下，文王的妻子不嫉妒，让其他嫔妃都能接触文王，所以才"则百斯男"。据文献记载，太姒曾生过十个儿子，这就是文王十子。其中，武王、周公、康叔等都很有作为。第一章主要讲了三代女主人，主角是太姒。因为这首诗是祭祀文王的，以文王为中心，所以要同时祭祀她的母亲和妻子。妻子太姒是祭祀的主要配角。在《大雅》里还有《大明》篇，讲了太姒是怎么嫁到周家来的，怎么培养出一个领导人民推翻暴政的好儿子。

"惠于宗公，神罔时怨，神罔时恫"，惠就是顺，宗公就是宗庙，伺候宗庙是家庭主妇的任务。神是老祖宗，罔是没有，时怨就是所怨，"时"读作 shì。这句就是神无所怨。"神罔时恫"，恫是苦痛、不舒服。这一章说周家这几代女老祖将祖宗伺候得很好，祖宗无所怨。

接着，"刑于寡妻，至于兄弟，以御于家邦"这个句子是插入的，"刑于寡妻"，"刑"其实是"型"，典范的意思。谁做典范，这儿没说，我们可以加上，是文王或者那些男老祖。古人的观念是男尊女卑、夫唱妇随，所以说女老祖是跟随着男人的典范。"寡"就是君王，和后代帝王自称"寡人"是一个意思。这一章说男人们给自己的妻子树立榜样，再把这种榜样的作用推广到兄弟的家庭去。然后"以御于家邦"，"御"在这儿是推广。这三句诗，实际上就是我们后来比较熟悉的儒家《大学》篇里面提到的"内圣外王"，亦即"修身、齐家、治国、平天下"。虽然没有直接说"修身"，但是儒家这个道理的根源，可以追到这儿。

## 庄严之美、大气之丽

插入了几句讲男人的句子之后，诗歌又回到了女人。她们伺候宗庙、安详地活着，把家庭治理得很好。第三章，"雍雍在宫，肃肃在庙。不显亦临，无射亦保"。雍雍就是一副雍容娴雅的样子；肃肃是端庄、严肃，她们严肃端庄地出现在庙里。宫是人住的地方，庙是神住的地方。这八个字，把女老祖们那种忙碌又不失庄重的仪态，中国妇女的庄严之美、大气之丽，表现得非常好。国风里面写美人是一种欣赏的态度，是把她们当成审美对象，在这儿则不同，这里满怀崇敬，用了雍雍、肃肃。"不显亦临"，她们显赫地照临着我们，"临"有居高临下的意思，"不显"是显赫，这是周代的固定词。"无射亦保"，"无射"就是不厌倦。这四句写女老祖们虽然忙碌，但是雍雍肃肃，不失仪态，她们还激励着我们、保佑着我们。

"肆戎疾不殄，烈假不瑕"这个句子是难点，"肆"是语词，"戎疾"是大疾病，"殄"就是灭绝。意思是我们家庭和谐，有这样的女老祖保佑着我们，所以没有大的疾病。"烈假"，"烈"就是"疠"，指大的瘟疫，"假"就是"瑕疵"的"瑕"，指疾病。不瑕的瑕就是遐，远离的意思，有学者把"不"读成 pī，丕的本义是大，在这里有"彻底"的意思。这句话说在老祖宗的领导和保佑下，周家没有大的疾病、瘟疫，社会祥和。接下来，"不闻亦式"，"不闻"的"不"可以读成 pī，是大的意思，"闻"就是好的见解、传闻和意见。"亦式"的"式"就是用，"亦"是语词。有好的传闻、意见，总被采纳。"不谏亦入"，也是相同的意思。这里说周家的男子英明，女子能够做贤内助，所以好的建议能被采纳。

《大雅·思齐》：何为好家庭，何来好家风

接着,"肆成人有德,小子有造"。说周家的成年人个个有德行,小孩子个个有成就。最后一句感叹"古之人无斁",古之人就是这么不厌倦啊,不厌倦什么呢?"誉髦斯士","髦"是勉励的意思;誉和"参与"的"与"是一样的,就是努力。"斯士","士"是男子,结合上一句,意思就是古人就是这样不厌倦地去造就、勉励周家的男人和后辈。这就涉及家风,教育孩子,所以成人有德,小子有造,家庭和睦。

这首诗歌很了不起的地方就是正视了家庭主妇的作用。中国古代乃至全世界都有歧视妇女的现象,几千年前全人类都有这个毛病。但是这首诗篇不一样,它说文王有德行,那是他母亲教育的;武王有德行也不要忘了他母亲,所以,是好母亲造就了好儿子。什么样的家庭是好的?有一个好妈妈,有一个好妻子。三千年前在宗庙祭祀中,祭祀女老祖,这就不简单,更不简单的是颂扬她们在家庭生活中生养、教育孩子这方面的不朽功勋。这样的意识,是我们应该珍视的。

这首诗写得雍容华贵。如果《诗经》全都像风诗那样灵动、俏丽——当然那也是一种聪明才智——是不够的,因为写家庭主妇、长辈,就应该有一种严肃又不刻板的感觉。每当读到"雍雍在宫,肃肃在庙",我们就会想起母亲,她们忙忙碌碌,却不是丢盔弃甲的,而是有条不紊的,有着中国古典的庄重之美。诗写得这么亲切、庄严,让人觉得我们有这样的祖母、母亲是无比幸福的。

# 《郑风·女曰鸡鸣》：平凡家庭的晨间对话

女曰鸡鸣，士曰昧(mèi)旦。子兴(xīng)视夜，明星有烂。将翱将翔，弋(yì)凫(fú)与雁。

弋言加之，与子宜之。宜言饮酒，与子偕老。琴瑟在御，莫不静好。

知子之来之，杂佩以赠之。知子之顺之，杂佩以问之。知子之好之，杂佩以报之。

## 鸡鸣叫起，民生在勤

这首诗的开头是一段对话。女子说鸡叫了，男子说天还不亮。其中的"昧旦"就是曙光未露。"昧"就是暗、不明。鸡鸣，古人拿它判断早晨的时间。鸡叫头遍是三四点，叫二遍，是五六点，再晚天就亮了。这两句展现了家庭生活的常态，女的说该起了，男的说，

## 鳬鳥與雁

傳鳬水鳥如鴨青色背上有文○爾雅鳬雁醜其足蹼其鳬雁醜其足蹼郭云脚指間有幕蹼屬相著飛即伸其脚跟企直

哎呀，还早呢。他想赖床。这也算一个小小的戏剧冲突，到今天我们的生活中还常常出现这样的情景。接着又是女子的话"子兴视夜"，"子"就是你，"兴"是起、起床，这句话是说你去看看夜。男子抬头一看，"明星有烂"，噢，天上有明星，就是启明星，这颗星星一出现，天就快亮了。男子看见其他繁星都隐落了，就剩一颗启明星光灿灿的。接着女子马上说"将翱将翔，弋凫与雁"，催丈夫趁早去打雁。凫和雁是两种潜水鸟，也都是候鸟，脚都长着蹼，雁比凫个头要稍大一些。"将翱将翔"指凫与雁等水鸟要飞了，如果去晚了，它们就飞走了。射猎是古代生活必要的补充部分。因为古代人肉食比较困难。《曹刿论战》里说"肉食者谋之，又何间焉？"，一般人平时很少吃肉。孟子也说过，50岁才可以吃肉。肉食少，为改善生活，调调口味，就要经常去打猎，有时打野猪、野兔之类，有时就射击天上的大雁。这里的弋字很有意思，今天，我们还这样说："某舰艇在南海游弋。"游弋就是指船走在海上，拖着很长的痕迹。诗里的"弋"实际上是古代的一种射猎方式，叫作弋射。这种射法很难。一般的箭可以用来射小鸟，但是大鸟体型大，飞得高，力气也大，被射中后扑棱一飞，不知道飞出多少里，要找回来就难了。所以，古人发明了弋射。弋射不是用尖锐的箭头刺穿飞鸟，而是用平板状的箭头，叫作矰（zēng），撞击迎头飞来的鸟。箭头一碰撞就会下坠，它后面拖着的绳索就会绕在雁的脖子上，把鸟拖拽下来。打雁为什么要早起？可能是早起人少吧。大雁其实很警觉，人多嘈杂，会把它们吓跑的。第一章讲的是叫起。

有趣的是，民间听鸡叫，朝廷也听鸡叫。传统文献《尚书大传》中有"太师奏鸡鸣于阶下"。其中，《鸡鸣》是一首曲子，太师是音乐官。这句话的意思是，早晨君主该起床时，太师就在台阶下演奏《鸡鸣》曲。然后，"夫人鸣佩玉于房中，告去也"。王者听到《鸡鸣》曲要起床了，王的夫人，嫡夫人或者侧夫人，要先离开。她离开前要鸣佩玉，让佩玉发出响声。这是在房中告诉守门人，她要出门了，让外面的人回避。这时守门人开始击柝，敲梆子，告诉其他人夫人要出来了。因为古代男女授受不亲，而且王的夫人比较尊贵。然后"少师奏质明于阶下"，太师的副手少师奏《质明》曲，也是在阶下。这时夫人再从外面进来，站立在庭院中，君主就正式地出来，上朝房了。这是古代的报时制度，由音乐官太师和少师完成。我们中国人的文化，和世界其他古典时代，如古典印度、古典希腊相比，有个特点，就是强调勤，"民生在勤""勤则不匮"。勤的一个重要表现就是早起。古代有一个词，我们现在还在用：朝夕。朝就是早晨。天蒙蒙亮，黑咕隆咚的，朝廷上就忙起来了，布置工作。夕是到了傍晚，大臣们和君主要碰面，汇报和总结一天的情况。《小雅》里有"三事大夫，莫肯夙夜。邦君诸侯，莫肯朝夕"。到了西周末期，王朝衰落了，三事大夫，即负责各方面的高级官员们都不肯早朝也不肯晚汇报了。所以，朝夕体现工作很勤勉。中国文化崇尚勤，体现在诗里边，从国家、王朝，到一般小民。在这首诗中，叫起的不是男子而是女子，显示着一个女子在家庭中起着促进的积极作用。这和后来男尊女卑、一味地歧视妇女的观念不一样。《诗经》在对待妇女的态度上，要比儒家开明一些。

## 琴瑟在御，岁月静好

前面说了射猎，下面就说吃法："弋言加之，与子宜之。"这句开头的"弋"是承接上一章的"弋凫与雁"来的。"加之"就是射中了。女子说：你射中了雁拿回来，看我的。看她的什么呢？"与子宜之"，"宜"字，根据上下文解释就是烹饪的意思，不过这不是它的本义。古人吃饭非常讲究，做什么肉，就得加什么佐料，吃什么肉和什么饭相配，也有一套规矩，搭配得好，就叫作"宜"。在《周礼》中有："凡会膳食之宜，牛宜稌，羊宜黍，豕宜稷，犬宜粱，雁宜麦，鱼宜菰。"意思就是要给帝王做膳食，牛肉适宜和稻子配合，羊肉适宜和黍配合，猪肉和高粱配合，犬适合和精细的米配合，雁适合麦子，鱼适合菰，菰类似鸡头米。这很有趣，食疗的概念不是今天才有的，《周礼》这部书即使我们相信它是战国文献，也有两千多年了。那时就讲究食物之间要搭配，在《论语·乡党》中，孔子说"失饪不食"，材料搭配不恰当，孔子是不吃的。所以，"宜"字引申的解释，就是合理地、适当地、讲究搭配地去烹饪它。"宜之"，准确说是用恰当的方式烹饪。可见，中国作为美食大国可不是浪得虚名，而是源远流长，积累深厚。

以上所讲，是男主人打猎回来了，女主人就要好好地烹饪它。"宜言饮酒，与子偕老。"烹饪好了之后，"我们还可以喝点儿酒"。女子也稍微喝一点儿，不是酗酒，而是一种生活的情趣。其中的言字，是起连接作用的虚词，相当于"而"。与子偕老，就是我们一起过到老。以上都是对话。不过，诗在这段结尾的地方加了两句"琴瑟在御，莫不静好"，不是男子说的，也不是女子说的，而是诗人写到此处，忍不住加上的,对这样的好夫妻关系予以赞叹。这里的御,就是用、弹奏。这是点睛之笔,说好的家庭应该像琴瑟,有高音有低音,弹奏起来非常静好。静不是安静,也是好的意思。岁月静好,我们今天还在用。最后一句在艺术手法上叫作点染。

第三章,"知子之来之,杂佩以赠之"还是女子的口吻。"知子"是和你相知的那个人,是名词,指丈夫的知己、朋友,"来之"就是前来。女子说:你的知己来了,我一定要送他点儿什么。下面,"知子之顺之,杂佩以问之"。顺,就是喜爱。问,不是问话,是赠送的意思。"知子之好之,杂佩以报之。""好"也是喜欢,和顺是一个意思。言外之意是凡是你的好朋友,我都好好对待,表示对男子的尊重,也是一种宽容。做夫人的对男的管得很严,像管儿子一样,可以跟这个来往,不能跟那个来往,来了人要分青眼白眼。这个,当然可能是一种谨慎,但有的时候难免伤男人的面子,所以这里突出的是一种宽容、宽厚,家里有个贤内助,别人愿意跟自己的男人交往。如果家里老婆像个把门虎似的,那就只能关门过日子。

这里涉及杂佩,古代人喜欢佩戴一些东西,像玉、石器、牙器、小打火石、针、管等,这不只是中原汉族的习惯。如果大家看唐代的一些画,画上胡人的腰带上并排着挂着好多东西,有个术语叫蹀躞七事。关于杂佩,汉代解释《诗经》的《毛诗传》说"珩璜琚瑀冲牙之类"都可以佩戴。《论语》中提到,孔子身上也佩戴玉器、石器、牙器等小物件。有些古代人讲:这怎么像话呢?一个女子怎么能把杂佩送给别人呢?其实不是,这是指家里的手工品,一个心灵手巧的女子所做的东西,不一定是她自己身上佩戴的东西给人家。另外,在《左传》中记载,"王以后之盘鉴与之",王拿着王后的"盘鉴"送人，可见在春秋时期，女子的东西也可以送给别人，周王曾经这么做过。

《女曰鸡鸣》用一种很平淡的调子，非常真切而细腻地表现平凡之家的生活，描写夫妻之间讲体己话的过程。女子劝男子早起，男子去打雁，当然早起不单是打雁，但是用打雁来说，引申了后边俩人一块生活的那种情趣。男子打了野味来，女子好好烹饪。男子在外边交了朋友，女子好好招待。他们要这样一起过到老。这样的好夫妻就像琴瑟合奏，弹奏起来是静好的。

《女曰鸡鸣》一边叙述一边点染，格调比较温润、平静，是正着写。同样是写叫起，《齐风·鸡鸣》的调子就有点儿诙谐了，是用喜剧的调子来写。

鸡既鸣矣，朝既盈矣。匪鸡则鸣，苍蝇之声。

东方明矣，朝既昌矣。匪东方则明，月出之光。

虫飞薨薨，甘与子同梦。会且归矣，无庶予子憎。

这首诗还是对话体。前两句是女子说，鸡已经鸣叫了，朝廷里边人已经满了，催促男子赶紧起床。男子的回答是什么呢？不是鸡在叫，你听错了，那是苍蝇在发出声响。我们读到这一句，马上就会感觉到这是一个诙谐的调子，有点儿挖苦男人们。人有的时候犯懒，犯懒时又总会找理由。你看《西游记》里边那个猪八戒，他犯懒、偷奸耍滑的时候，理由总是非常充分的，这是一种本领，懒人有懒人智慧。头一段中这个女子和《女曰鸡鸣》里的女子差不多，很贤德。

诗句中出现了"朝",可以看出这个家庭的社会地位要比《女曰鸡鸣》里的家庭高,男子应该是个诸侯、大夫之类的人物。但是那也没办法,他也照样犯懒病,或者说犯了懒病照样讽刺他。苍蝇之声暗示了是夏天,他可能晚上没睡好,早晨睡懒觉。这首诗专门讽刺他的懒惰,但如果说这首诗有多么愤激、愤慨,甚至揭露统治者,倒未必有那么严重,不至于上升到那个程度。这种生活中的滑稽、诙谐,实际上是让经常犯这个毛病的人照照镜子。

第二段"东方明矣,朝既昌矣",男子说不是东方明了,是月出的光。哪是什么太阳的光?是月出照在窗户上了,还是很滑稽。接着第三段女子又说"虫飞薨薨",天亮了,各种昆虫都飞得薨薨响,很热闹了。然后接着"甘与子同梦",本来我也很想跟你一块儿多睡一会儿。谁不想多睡会儿呢?但是,"会且归矣",朝会都要结束了。"无庶予子憎"是什么意思?庶是幸而、侥幸的意思。"予子憎"的意思是:因为你晚起让大家恨我,讨厌我。这就像日常生活中,如果男人穿得邋邋遢遢出门的时候,经常会听到妻子的这种声音:"你穿这么烂,你就不好好穿。到时人家不说你,人家说我,说我不管你。"这和"无庶予子憎"的语态是一样的。可见,我们读诗,和生活映衬映衬,就会发现两千多年前的诗人和我们今天的想法是非常接近的,这就是女子的一个心态。她说天都亮了,各种虫子都飞起来了。要说睡觉,谁不想多睡会儿。人人都会犯懒,但是有人能克服,有人不能克服,言外之意你们男人就是不能克服。你看朝会都归了,大家都快散去了(归就是散去),你这样的话不是让别人说我吗?说我不提醒你。

这里又把一种很普遍的社会意识,那种很微妙的、无言的意识表现出来了。就是一个家庭好不好，男人的一半是女人，小说家张贤亮的一部作品就叫《男人的一半是女人》。民间有一个笑话，说男人是萝卜，女人是腌菜缸，这个萝卜早晚得变成咸菜，而菜缸的味道就是咸菜的味道。从这个角度来说，这首诗也在以一种无言的、诙谐的态度表达这层意思，好男人往往是好妻子塑造的，或者是由好妻子来促进的。

这首诗跟《女曰鸡鸣》都是劝诫，女子告诫男子早起，不要偷懒，不要贪睡。它们背后的文化就是勤，对勤的一种坚守、坚持。不论是用正调，还是用带一点儿诙谐的调子，都是刺激大家不要懒惰，该起床起床。其表现方式就是通过家庭里的对话。

谁是勤这个传统最积极的秉持者呢？是女性。在这个方面，《诗经》是如实地反映生活，这也是《诗经》在有些方面的意识比一些思想家进步的地方。说《诗经》是我们的精神家底，从这些地方才能看到精神家底的作用。在我们的文学当中，这是很常见的。比如对男女恋爱，正统的思想家是反对的，他们强调"父母之命，媒妁之言"。可是我们举个例子——《白蛇传》，如果我们去看最早的记录，那个白蛇就是要吸男人精血的妖，但是这个故事在民间传来传去、传来传去，就传出一个美丽白娘子的形象了，就支持"男大当婚，女大当嫁"了。变成了他们俩有情有义，就得成全人家。于是那个法海就不是为民除害的英雄了，而变成了鲁迅先生说的那个多管闲事的人，被关在蟹壳里边，还被人骂活该。这就是人情。这种东西不属于思想概念，但是它更多地支配着我们的日常生活。有一个思想家说过，有些伟大思想家的思想对我们的国民几乎没什么影响。那么，是什么在影响一个民族、一个文化人群的日常生活？实际上，就是这些家底性的东西。《诗经》也就在这个意义上，是我们的精神家底。

　　两首诗的风调明显不同，这应该是流传地域不同造成的差异。由此，也可以看到采诗官对不同风俗的尊重，他们在整理加工民间作品时没有将它们改得面目全非，而是保存了不同的风调，这种态度是值得肯定的。因为采诗观风是一次重要的文化抢救。在艺术手法上，两首诗一个是温婉的，另一个是带一点儿讽刺意味的。比如，《鸡鸣》中，当女子劝男子早起时，男子振振有词，但他的理由不是耳朵真正听到的、眼睛真正看到的，而是顺着自己的懒惰得过且过，掩盖生活真相，尤其是那一句"苍蝇之声"，是一句搪塞，体现了懒人的狡猾，是非常具有戏剧性的。读到这，我们难免发笑。针对不同情况，诗中女子的劝告方式也不一样。《女曰鸡鸣》是设想美好生活，女子表达自己努力要做到的事。《鸡鸣》则因为男子偷懒耍滑，女子的口气就逐渐加重，尤其是说到最后，"甘与子同梦"，推心置腹、将心比心，说出"你替我考虑考虑"之类的话，是苦口婆心的语态。可见，《诗经》表现生活各尽其态、曲尽人情，在传达人情方面达到了很高的境地。

# 《褰裳》《山有扶苏》：自由风俗下洋溢的生命热情

《诗经》里有很多男女婚恋的作品，其中有一种婚恋现象比较独特，它保存了一些很古老的自由、野性的风俗。这一类诗主要见于《郑风》，《郑风》保存了不少这种野性风俗，有比较独特的条件。

郑这个地方就是今天郑州及其东南到南阳盆地这一片，在这个地方西周最初封建了两个小国，虢和郐，两个小国家一直不大不小地发展，也没有太大起色。到了西周崩溃、东周开始要进入春秋时代时，发生了比较大的变化。这个变化与郑有关。西周宣王二十二年，宣王的弟弟友被封在了郑，但是当时这个郑在今天的陕西华县一带。宣王死后，友在周幽王的朝廷做司徒，这是《国语》里记载的。他感觉到幽王宠爱褒姒，国家必定会因此遭受大的祸乱。而他的封国郑在今天的陕西一带，离王朝中心太近，所以他就问当时的史官太史，往哪儿逃可以免于这场灾难。太史就跟他讲了讲列国的形势，最后就讲到在今天的郑州一带，有一大片地方，那里的虢郐小国没出息，周文化在那儿扎根不深，你可以往那跑。这样，友就开始派自己的儿子，把国家的财宝往虢郐迁，存起来，并贿赂当地的君主。

结果，西周真的出了大乱子，崩溃了，友死于战乱。他的儿子，也就是后来的郑武公，当时还是公子，就把国家迁到了后来的郑国。后来郑又把虢、郐都灭掉了。郑在东周初期很活跃，可是它的所在地传统的周文化又不是很发达，还保留了很多古老的习俗。这也是《郑风》很活泼的原因。古人也发现了《郑风》比《卫风》还活跃，大部分恋爱诗都是女的追求男的。这些诗篇的采集是在春秋时期，但是它的内容和风俗却是非常古老的。《褰裳》这首诗就是这样。

子惠思我，褰裳涉溱(qiāncháng zhēn)。子不我思，岂无他人？狂童之狂也且(jū)！

子惠思我，褰裳涉洧(wěi)。子不我思，岂无他士？狂童之狂也且！

## 一首可人的爱情通牒

子就是你，第二人称。这个"惠"字，古人有诸多解释，比较搅扰。实际上，甲骨文有一个字"叀"跟这个字写法相近。这个字表示疑问和推测。所以，这个惠字应该就是甲骨文的那个字，是表示疑问。后来写的时候复杂了，多了下半部分的"心"。思就是思念，这句话的意思是"你可思我？"，这是面对面唱的。实际上就是问："你心里有我吗？"如果你思我，也就是说你看上我了，我"褰裳涉溱"。褰裳，就是拿手把裙子撩起来。在中国的上古时期，有两种服装款式比较流行，其中一种就是上衣下裳，上边是衣，下面是裙子似的一块布，围起来，就是裳。溱，现在没有这个水名了，但水还存在着，在今天的新郑附近。它发源于西周郐国境内，也就是今天的河南省新密市，向东南流，然后跟另外一条水——诗篇第二章提到的洧水——合流，再向东南流，最后到了河南西华县，进入颍水，实际上是淮河的支流。溱水和洧水河畔经常发生男女风情之事。除此之外，卫国有个桑中，陈国有个宛丘，也是男女相会合之地。"褰裳涉溱"把溱水交代出来，就告诉了我们这个地点了，在水边，大概还有树林。"子不我思，岂无他人？"这个不用解释，如果你没有看上我，还没有别人吗？注意，她为什么这样说——"岂无他人？"这就是即景而言，对着眼前的光景。什么光景？这一天是一个男女相会的节日，这就涉及古老的风俗了。

在远古时期，人类有一个自我繁殖问题，这是很沉重的，从《芣苢》中就能看出来。我们知道，中国人奉行周礼，男女结合实行父母之命、媒妁之言。但是古老的风俗不是这样，为了繁殖人口，国家允许适龄的男士和女士们在春天到一个特定的地方去自由相会。相会的地点往往有河有水，有的时候有桑林或者其他林木。在这种情况下说"岂无他人"，言外之意就是今天这个日子，别的人可有的是。

你看上我了没有？看上我去找你，看不上，咱们谁也别耽误谁。这是女子要男子给个准信。接着就骂了一句："狂童之狂也且。"狂是狂妄、任性，且是语词，这句意为：狂啊，你这傻小子。

下一段的意思没有多大变化，"子惠思我，褰裳涉洧"，洧也是一条水的名字。洧水比溱水长，它发源于今天河南登封阳城山地，向东流接纳了溱水。这两条河现在的名字叫双洎河。河水并不是很大，有的时候可能干枯。从河南郑州往东南走，在新郑机场附近。诗中的这些地方，让我们倍感亲切。这条河两千多年前活泼泼地出现在一首诗里头，它今天还在那。"子不我思，岂无他士？"这个士就是男子的通称。"狂童之狂也且"，又骂了一句，所以这个诗明着是骂，实际上就是爱。

这是在一个节日性的男女相会的好日子，女孩看上了男孩，给他送秋波也好，使眼色也好，没有得到回应。女孩有点着急，发出了爱情通牒。说你看上本姑娘了吗？看上了，赶紧给个信号，我撩起裙子涉水去找你。如果你"思"我的话，小小的溱水、洧水算什么？太平洋都可以过。如果"子不我思"，你没看上本姑娘，今天这里到处都是人，你别耽误我。傻小子真傻！

这首诗很活泼，是典型的打情骂俏。诗很短，但是艺术感染力极强。这就是所谓"郑卫之声"的郑声。女孩在情感上撩拨男的，让他有所反应。古人虽然责备这个事，但是他们没看错，这的确是很活泼的女子。这就是野性风俗造就的那种自由性格，泼辣大胆。过去有很多古板的老先生受不了，可实际上它不是那种败坏的、男女跳墙的作品，而是在一种风俗允许下的互相寻找。所以，当时应该流行这样的歌唱，被采诗官们采下来以后，可能加工也不会很多，就形成这样一种活泼泼的诗。诗篇情绪的表达直白畅快，如竹筒倒豆子、燕子掠水面，毫无保留、迟疑，意态矫健！两千五六百年前一首源于生命需求的激情歌唱，它的火爆、热辣，在今天仍扑面而来。

这是一个民族年轻的时候所具有的那种开朗、热情、大胆、奔放。所以，国风为什么好？它保存了一种很古老的风俗，这种风俗中洋溢着活泼泼的生命热情。结合考古，我们找寻这种风俗，可以找到五千多年前，在今天的辽宁、内蒙古和河北交界地带有一个红山文化区。那里有个女神庙，女神的眼睛镶着绿宝石，有些女神像具有很多夸张的女性特征。这实际上就是生殖崇拜。庙很小，在半山坡上，男女们在祈祷。虽然离河南省很远，但是它属于大中华的范围。这个风俗到了郑州一带可能有所变化，但是我们从中可以看到这种风俗的古老，可以追溯到五千多年前，这是考古给我们打开的世界。

## 另一种打情骂俏

还有一首诗叫《山有扶苏》。

山有扶苏，隰(xí)有荷华。不见子都(dū)，乃见狂且(jū)。
山有乔松，隰有游龙，不见子充，乃见狡童。

山有扶苏，扶苏就是棠棣树，一种高大的、华叶纷披的树，一般长在山地、高处。隰就是潮湿低洼之地。这两句说高处和低处，相对称地说。山上长着高大的、枝叶茂盛的树，下湿之地也没闲着，有灿烂的荷花，荷华就是荷花。"不见子都，乃见狂且。"我没见到子都，子都就是美男子，古代称美男子为子都。在《孟子·告子》中说，子都这种美男，天下人都知道他的姣好。"狂且"就是狂童，也就是傻小子的意思，这是戏谑地骂人的话。前面两句和后面两句形成了反衬，说你看山上长树，低处长花，本来都很好，自然秩序很好，可是我就这么倒霉。我见不着子都，却见到这个狂徒。

山有乔松，乔松就是高大的松树。隰有游龙，游龙不是游动的龙，而是红蓼花。红蓼花又称红草，俗称狗尾巴花。茎高可达三米多，大叶子，开淡红色、五瓣小花。古人解释说，这种花虽然单个看不美，但是能开成一片红色，像起伏蜿蜒的龙。这里写草木纵放，很烂漫，在春天非常蓬勃地长着。结果不见子充，子充和子都是一个意思，美男子。有点儿像今天我们说的白马王子。不见子充，乃见狡童。狡童就是狡黠的家伙、年轻人，这也是笑骂的话。

这首诗也是两章，篇幅短小。明着看，好像是一个小女孩不见美男子，却遇到坏人、狂徒了，"狂且"给人的感觉很轻薄。实际上再细想一想，不是这么回事。有句俗话叫"褒贬是买主"，用在这儿可能不完全合适，但是恰恰表达了在和《褰裳》一样的自由风俗下，女孩子看中了一个男孩以后的特殊心理。什么特殊心理？谈恋爱时，看一个姑娘，或者看一个小伙子，说他有学历，可是个不够高，或者有个头，但工作不够好，所以在那犹豫，总觉得缺点儿什么。这就应了那句话了，买一个东西总会挑它的不足。诗中说我怎么就这么倒霉，见不着美男子，却见到你这么一个狡猾的小子，你是从哪儿冒出来的，让本姑娘心动，你看你长得也不好看，如果帅一点儿多好。实际上这也是打情骂俏的一种，是唱给对方听的，挖苦对方。挑剔其实是因为在骨子里边已经看上了这个长得不那么好，又略带点儿狡黠的坏小子。坏男孩儿，往往讨女孩子欢心。

这首诗跟《褰裳》情调各异，但它们都是活泼泼的，都是我们这个民族年轻时候的一种风采。后来，有了媒妁之言的婚姻礼教，中国男女在表达爱情上，就变成暖水瓶式的了，里边很热都烫手，

## 隰有游龍

傳龍紅草也集傳一名馬蓼葉大而色白生水澤中高丈餘〇別錄云紅生水蒡如馬蓼而大稻氏云按紅草墨記草俱名馬蓼陶云馬蓼即墨記草也

但是外边冷冰冰的。可见，周礼是一种正统文化，而它在当时又是一种新文化，在整个的推广过程中，它要扫掉一些古老的、自由奔放的、显露的东西。尤其是经过了儒家的男女之大防、小孩七岁不同席之类的教化之后，男女禁忌讲得多了，中国人变得含蓄。不是说中国人就不懂得爱情了，只是在表达方式上委婉曲折。这实际上是文化熏陶的结果。

这两首诗让我们眼前一亮，感觉到几千年前的人们在美丽的季节，男女自由结合、自由择偶所展现的那种独特魅力。

# 《溱洧》《野有蔓草》：水畔欢歌，古老而野性的风俗

溱与洧，方涣涣兮。士与女，方秉蕳兮。女曰："观乎？"士曰："既且。""且往观乎？洧之外，洵訏且乐。"维士与女，伊其相谑，赠之以勺药。

溱与洧，浏其清矣。士与女，殷其盈矣。女曰："观乎？"士曰："既且。""且往观乎？洧之外，洵訏且乐。"维士与女，伊其相谑，赠之以勺药。

## 水边的男女自由欢会

这首诗表现在春天的溱水、洧水河畔，男女相会的一个场景。"溱与洧，方涣涣兮"，"方"就是正在，是表时态的；"涣涣"，是冰消雪化了以后，水往上漫，慢慢地涨起来了。士与女，是男的和女的。

"方秉蕳兮","方"就是正在,"秉"就是手持,"蕳"是泽兰。泽兰一般生在沼泽旁边,喜潮喜阴凉,茎叶有香气,据说佩戴它可以避邪气。

郑国人喜爱兰,称之为国香。有一个故事,见于《左传》宣公三年。郑文公有一个贱妾叫燕姞。南燕的姞姓是周家的世婚,世世代代的姞姓女子往往都嫁给周家的姬姓男子。燕姞本来在后宫中地位比较卑贱,后来有一天她梦到了天使(天使这个词是我国故有的),就是老天爷派来的一个人,给了她一把兰。天使还说自己叫伯鯈,是燕姞的祖先。伯鯈说兰是有国香的,送给她是让她生儿子。结果郑文公后来见到燕姞,正好也给了她兰草,并跟她同房。之后,燕姞说自己地位低贱,也不是有才德的人,万一有了儿子,别人不会相信这是君主的,能不能用兰来作证。郑文公同意了。后来,燕姞果然生了郑穆公,取名为兰。这段传说挺美妙,从中可以看出郑国人喜欢兰草,还能看出兰草好像跟生育儿子有些神秘的关联。

《溱洧》里的男女们,手里都拿着一把蕳草,叫作秉蕳。蕳和兰的读音接近,起码韵母是相似的,而且,把兰读成 jiān,也可能是取它音同坚,表示坚固的意思。因为士与女在干什么?看下面就知道他们在谈恋爱,所以拿着蕳,表示情感坚固,可能有这样的谐音作用。如果是这样,那这就是中国最早的双关谐音。这种表达方式在南北朝时期比较常见,比如"莲子清如水","莲"与"怜"同音,而怜就是爱,所以莲子的意思实际上就是喜欢你。

接下来,女曰:"观乎?"又是女的挑逗,问男的去看看吗。士曰:"既且。"这个且其实是"徂",古代书写的时候有这样的情况,把双立人去掉了,可以理解成一种假借,就是用读音相近的字来代

## 方秉蘭兮

傳蘭蘭也集傳其莖葉似澤蘭廣而長節節中赤高四五尺〇陸疏蘭即蘭香草也春秋傳曰刈蘭而卒楚辭云紉秋蘭孔子曰蘭當為王者香草皆是也

替。徂就是往。像《周颂》中的"我徂维求定",意思是我们前往前方,就是为了求天下安定。上两句说,女的说你去看看,男的说我已经看过了。接着女子来了一句:"且往观乎?"再去看看吧,盛情邀请男的,然后就说"洧之外,洵訏且乐"。洧水旁边,地域非常辽阔,而且很欢乐。以上是男女的对话。

下边又回到诗人叙述:"维士与女,伊其相谑。"相谑和《山有扶苏》一样,是打情骂俏。诗人录了一段男女对话以后,接着又把笔放开,回到自己叙述的轨道上来说,女的和男的,他们在互相调笑,另外还"赠之以芍药",互赠芍药。先是秉蕳寻找,真正找到意中人以后拿芍药花互相赠送。芍药这种花,又名小牡丹,又叫留夷、辛夷,有数十种,花大朵,有红有白有紫,还有一些是黄色的,美丽得很。"芍"与古代"媒妁之言"的"妁"读音相近,字形也有相似的一部分。"药"字又与约定的"约"音近,字形也相近。所以,赠芍药的时候,男女之间好事已成。古诗用双关语表意,看来也是从《诗经》开始的。古代这方面的例子很多。比如大臣被流放,君主想他、原谅他了,赐他一只玉环。大臣一看就明白这是让他"还",就是回去。如果给一只玉玦,玦是有缺口的圆圈,那就坏了,君主让他自裁。再比如,有人结婚的时候,别人送点枣和栗子,用谐音表达"早立子"的意思。古代把用谐音来表达意思的现象,称为"风人体"。这是利用汉语自身的特点来表情达意,很有特色。

下一章,"溱与洧,浏其清矣"。浏是清澈的样子。"士与女,殷其盈矣",是说在溱水洧水合流以后,在郑国城西南这片空地上,适龄的男子女子殷殷然,也就是众多的样子。接下来又是女曰:"观乎?"女的说,去看看吧。这可能是诗人在半路上突然听到一男一女在对话,记录下来。男的说"既且",女的又说"且往观乎",再去看看。接着,说洧之外很大很快乐、赠之以芍药,这些跟前边是重复的。

这首诗的大景、远景,写了郑国在溱洧水河畔发生的风俗,实际上跟《褰裳》中的一样。这种风俗在研究《诗经》的文献《韩诗》中有记载。《诗经》研究在汉代有韩诗,因为这一派的老师叫韩婴,是燕国人。韩诗这一家现在只存《韩诗外传》。因为到了东汉以后,毛亨等人解释《诗经》的著作流行,韩诗家的著作就散失了,但是其中的只言片语、零散文字,在古人编辑其他图书时被抄录下来,流传到今天。见于《太平御览》里的韩诗记载,郑国的风俗,三月三日早晨于溱洧两水之上,招魂续魄,祓除不祥,古代的人愿意与喜欢的人一起前去观看。这里的祓和除是一个意思,只是多了一些宗教的意味。这则记载点出了三月三这个节日的古老渊源,在水边,男女要相会。唐代杜甫写有著名的《丽人行》,其中有"三月三日天气新,长安水边多丽人",说到了三月三,春景天,天气很好,长安的水边有好多美人,她们长得什么样?"态浓意远淑且真,肌理细腻骨肉匀",实际上写到了宫里那些女人。一直到今天,这个节日在生活中还是有些痕迹的。《韩诗外传》说招魂续魄,实际上不这么简单,它应该跟传说中的祈求生育有关系。这个节日还有一项很重要的内容,就是男女相会,促进生育。殷商的老祖叫契(xiè),他的母亲简狄也是在春景天,到水边洗一洗身,就是祓除不祥的意思,结果就在这个过程中吞了一只玄鸟的卵,怀孕了。另外在《周礼·地官》里也说,春天的第二个月要会男女,这些风俗大概都与三月三男女相会、祓除不祥有联系。

这首诗和前面的《褰裳》《山有扶苏》不一样。《山有扶苏》的内容是男女互相打情骂俏，只是这首诗内容的"伊其相谑"一部分。另外，男女赠芍药之后可能还有一些不便出口的男女之事。所以诗人宁愿采取一个大角度，只是描写，我们读这首诗，感到它在叙事上明显有一个诗人的视角。这个作品也是王官采诗说的一个证明，通过这首诗可以明显地看到郑地那天的风俗，但是因为这些风俗里涉及一些礼法上跟周礼有点别扭的地方，采诗官来自周王朝，觉得有些不雅观，所以有些事没有细写。另外，就像写报告文学似的，他挑几个特殊对话，来写男女的这种为了看节日很疯的结伴而行，而且是女的约请男的去。可见，采诗不单是把风俗里边当事人的歌唱记录下来，还有诗人站在旁边去观察和表现。读这首诗，我们仿佛见到了冰消雪化后，万物更新之时，人类为了自身的繁殖，到野外去相会，这样一种很古老的风情。这就是这首诗的独特价值。

**一首典雅的纯言情作品**

还有一首诗跟这个风俗有关系，就是《野有蔓草》，也是写这一日男女结合的实际情况，当然写得很含蓄。

野有蔓(màn)草，零露漙(tuán)兮。有美一人，清扬婉兮。邂逅相遇，适我愿兮。
野有蔓草，零露瀼(ráng)瀼。有美一人，婉如清扬。邂邂相遇，与子偕臧(zāng)。

野有蔓草，是春天。零露，指草上有露水团。"漙"字形容露水团团的、晶莹剔透的样子。在这样一个时节，我见到一个美人，这个美人怎么样？"清扬"，指人的相貌而说，形容眉目之间清秀。我们今天看女孩或男孩长得漂亮，眉毛、额头这一片也最关键。"婉"就是美好。"邂逅"这个词，学者郭晋稀老先生在《诗经蠡测》中认为是佳偶、巧合的意思，实际上就是一见钟情。"适我愿兮"，这句话是含蓄的写法，隐指男女之事。

文学往往如此，风俗自由不一定意味着诗写得非常放荡，可能诗人也好，当时的歌唱也好，非常节制地说这些事。当一个社会禁忌太重的时候、对男女之事讳莫如深的时候，就会给一些黄色作品留空子。比如在明清时，政府老是禁所谓的爱情小说，结果越禁越神秘，越神秘人们就越愿意去看。而在一个自由风俗的时代，人们反而不去说。唐朝的李商隐居住在京城的一个地方，那一带有很多歌妓，但是李商隐的诗从来不描写那些见不得人的事情。这对我们是一个启示，有些事就像疮似的，如果人挠它，会越挠越严重。

"野有蔓草，零露瀼瀼"，瀼瀼就是指露水浓厚。"有美一人，婉如清扬"，婉如就是婉然、美好的样子。"邂逅相遇，与子偕臧"，偕是一起，臧就是美好。俩人互相喜欢了。

这首诗实际上也跟古老的、野性的婚俗有关系，很文雅、很节制地表现了男女在自由风俗下各适所愿的快意，是很欢畅的情调。这都属于《郑风》中很特殊的作品，用优美的文字写了人间的常事，很干净。中国人对诗有一个定义，说"诗者志也"，也就是说诗言志，诗表达我们的心思。但是诗也有持的意思，把"诗"字的言字边换成提手，就成了"持"，持就是节制。写诗抒情，不能流于自然主义，流于自然主义的诗在西方就被称为灵魂的变异。有些人写的一些作品就变成了一种排泄过程，那就糟糕了。所以，《野有蔓草》这个作品虽然与一种野性的古老习俗相关，但是它显得那么典雅。这是中国最早的纯言情作品。

# 《郑风·将仲子》：热恋中的少女，情与理的纠结

诗名中的"将"有请求的意思，李白《将进酒》中的"将"就是此意。这首诗比较独特。《诗经》中的婚恋诗大致看有两大分野：一种是《郑风》中的《褰裳》《山有扶苏》等，讲的是一种野性的远古遗俗，春天，男女在水畔，或者有树的原野进行自由择偶。另一种如《周南》《召南》中的《关雎》《鹊巢》《桃夭》，是周人按照礼法嫁女儿、娶媳妇，组建好家庭。后一种习俗开创了后来中国人普遍遵循的婚姻生活传统。周礼的风俗取得正统地位之后，我们的民族在婚姻之事上越来越正经。当然，不是说我们的古人不会恋爱，还是有一些爱情诗流传下来。

这首《将仲子》的独特性在于，它写了一个女孩子面对与心上人自由恋爱被发现的危险，所感受到的压力。如何处置其中的矛盾，是诗要表达的内容。

将(qiāng)仲子兮，无逾我里，无折我树杞(qǐ)。岂敢爱之？

畏我父母。仲可怀也，父母之言，亦可畏也。

将仲子兮，无逾我墙，无折我树桑。岂敢爱之？
畏我诸兄。仲可怀也，诸兄之言，亦可畏也。

将仲子兮，无逾我园，无折我树檀。岂敢爱之？
畏人之多言。仲可怀也，人之多言，亦可畏也。

## "暖水瓶"式爱情的先驱

仲子是排行老二的那个人。一般家里有三个兄弟，老二往往比较淘气，是不是古人就如此，我们不得而知。"将仲子兮，无逾我里"，这是请求仲子不要翻越我的里墙。这个"里"就是院墙，相当于我们今天封闭小区的院墙。古代乡村设置五家为一邻，五邻为一里，每一里都用墙围着。

《左传》记载，宋国曾经发生过火灾。有一个人叫乐喜，做司城，也就是管理城市生活的官员，他让一个叫伯氏的人去管理各里。伯氏赶紧在各里采取防范措施，在火还没烧起来的地方，把大屋子用泥涂起来，防火，把小屋拆掉。从这个文献可以看出，城市里是有"里"的，这就是所谓坊里制。唐朝仍然是坊里制，里有固定的出口和入口。唐宪宗时期削藩，打击东方的藩镇割据势力，于是藩镇派刺客到长安城，就躲在里的出口等着宰相裴度上朝，同时在另外一个里等着宰相武元衡上朝。最终刺杀武元衡的人得手了，把他的头砍了下来。而裴度骑马上班时带着一个大毡帽，毡帽厚，帮他躲过一劫。从这可以看出封闭小区的特点，出口、入口有固定的地方。古代的坊里制在春秋时代就出现了，它有一个变化过程。这样设置是为了安全，也是为了管理。坊里制的破坏是在后代，大概到了宋朝，开封就不是按照一坊一里的模式修建了。

所以，诗的第一句就是在说：仲子啊，不要跳我们小区的墙。一说不让他跳，跳的那个人的性格就显现出来了。这个仲子为了爱情爬墙、不怕摔，很有办法。"无折我树杞"，这个是要命的，不只爬土墙留下痕迹，而且把树杞弄折了。树杞就是杞树。《诗经》中的树杞有三种：一种属于柳树，就是杞柳；一种是山木；一种是枸杞。这里指杞柳，古代院墙边栽一些柳，就像今天我们的小区中也栽一些长花的，或者长好看果子的树一样。树杞一般丛生，越伐越茂盛，种植在住宅周围，既可以防护院落，也可以编制器物，是小农经济的重要组成部分。诗在无意间，也把春秋时期乡村间的光景表现出来了。

"岂敢爱之"，爱就是舍不得、吝惜。《孟子》里，孟子说齐宣王：有一次你看到一头牛要被杀时浑身哆嗦，觉得可怜，要换成羊，结果"百姓皆以王为爱也"，老百姓不明白你是不忍，而认为你是舍不得，舍不得牛而舍得羊，因为羊小。这里的"爱"就是舍不得。"岂敢爱之"的"之"指的是树杞和墙。我哪里是舍不得那树啊，我是"畏我父母"，怕我父母知道咱们的事情。你慌手忙脚、毛毛躁躁地跳墙，把树损坏了。结果老父亲早晨起来巡视领地，发现树被折断，以为有贼了，开始准备了。实际上，从树被跳墙的人折断，到父亲发现有人与自己家的女孩暗通款曲，距离还远着呢，但是这就是爱中人，她小心地防护自己的爱情被发现，所以要事先警示。吴闿生

## 無折我樹杞

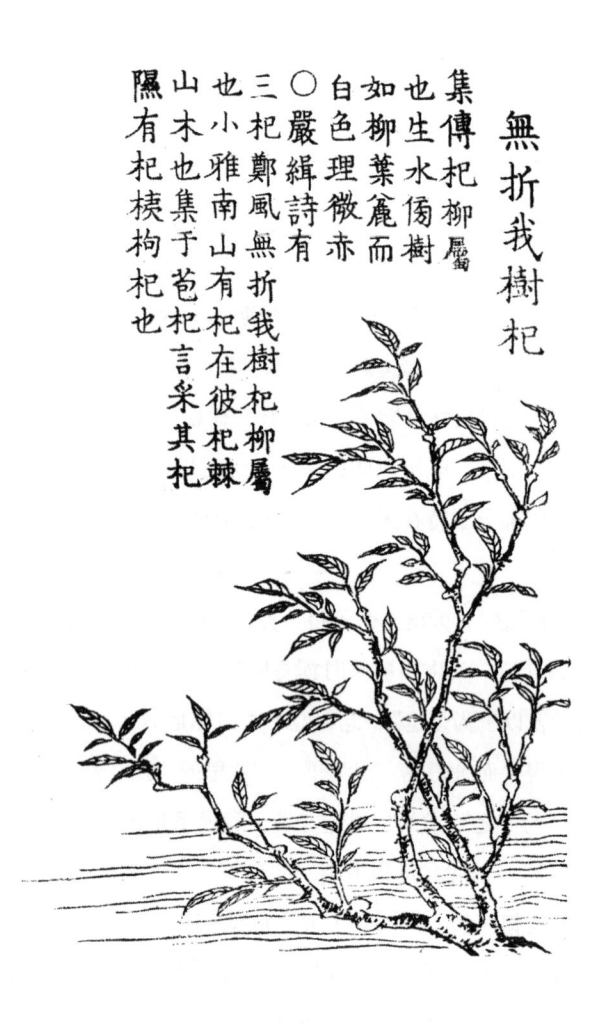

集傳杞柳屬也生水傍樹如柳葉麁而白色理微赤

○嚴緝詩有三杞鄭風無折我樹杞在彼杞棘也小雅南山有杞也木也集于苞杞言采其杞隰有杞桋枸杞也

《诗义会通》中说这首诗"语语是拒,实语语是招,蕴藉风流",说这首诗表面上看每句话都是拒绝,其实语语都是"招"他,其实"招"字可以换成提醒。她不是不要仲子再翻墙来找自己,而是提醒对方以后翻墙要专业点儿,不要再落了痕迹。"仲可怀也,父母之言,亦可畏也",你是让我想念的,但是父母的闲言碎语也是很可怕的,因为那对爱情是瓦解力量。父母虽然是至亲,但真正有了爱情的人,往往也不愿意让父母知道。因为爱情,把父母给推远了,这就是人情,也是人性的特点。可见,诗反映生活,尤其是反映心理极其细腻,有层次。

"将仲子兮,无逾我墙。"墙和里是一个意思。"无折我树桑",树桑就是桑树,《孟子》中就讲"五亩之宅,树之以桑",这是农村经常有的现象,到了两汉魏晋南北朝时期,还有诗"狗吠深巷中,鸡鸣桑树颠",乡土气息极其浓郁。中国是一个蚕桑的国家,我们对世界的贡献,在《诗经》的时代是桑。这种东西老早就传到了欧洲,蚕产的丝织的布受到西方人的喜爱。"岂敢爱之?畏我诸兄",诸兄和父母是一样的,指家里人。"仲可怀也,诸兄之言,亦可畏也。"此处因为重章叠句的需要,把诸兄拉进来,意思同前一章一样。父母、兄弟都是女孩子的监护人,尤其是兄弟。在小说、散文中经常有这样有趣的情节,男孩到女孩家去,未来的岳母可能对他比较客气,未来的岳父往往就不太客气了,而未来的小舅子、大舅子,对于这个男孩能不能配上自己的妹妹,就会有质疑的心理。在婚姻中,诸兄和父母是一样的。因为爱情的关系,女孩与父母、兄弟的关系相对就远离了。

"将仲子兮,无逾我园",园和墙一样。"无折我树檀",檀就是檀木，高大而木质坚硬，可以做大车。在《伐檀》中就有"坎坎伐檀兮，置之河之干兮"，伐檀后要放到河岸，因为使用檀木前需要用水泡，这是木材特点决定的。"岂敢爱之？畏人之多言"，人就是他人，包括父母兄弟，也包括社会上的一些人。这个"人言可畏"貌似和"男大当婚，女大当嫁"相矛盾。其中的矛盾产生在哪儿呢？

从里、墙、园可以看出，这个女孩子应该住在国中。在国中住的人，院子、小区、城郭都有围墙。如果从这大胆一点儿判断，她应该是周人群体里的人，周人迁到郑国这个地方，应该还遵循周礼，合法的婚姻应该通过父母之命、媒妁之言，行六礼，对于自由恋爱是排斥的。但这又毕竟是郑地，"未及周德"，周德不深，受王化影响不深，比较开放。这就出现了一个礼法和情感之间的矛盾，这首诗深层的内容正是"我所爱"和社会公认的规范之间的矛盾。这个女孩之前和仲子自由地产生了感情，他们又不完全是乡野里的人，不能按照自由的风俗走。于是"畏人之多言"，女孩怕被人说不正经。从这可以看出周礼对于人情的某种束缚，是诗篇所展现的社会学内涵。

爱情本是生命现象，青年男女，谁爱上谁，往往说不清、道不明，非理性，也不管不顾，越是阻拦越是来劲。《褰裳》等诗中讲到的野性习俗，之所以是自由的，是因为它成全情爱当事人双方的自愿选择，谁看上谁一般而言都可以。而在《将仲子》中，我们却看到了另一番情形。

首先是男女恋情的地点变了，水畔的男女转移到了有围墙的村落，家家的围墙，在保护着每个家庭安全的同时，也隔绝了男女的自由交往。适龄青年的自由恋爱，成了社会舆论加以反对的东西。

于是,在诗篇中,女孩子的真情,在情与理的对峙格局下,就成了偷渡。爱情变成了走私品,必须得悄悄地在地下进行,更要把它藏好,如此才能瞒天过海。更加重要的是,人们由这首诗看到的是这样一种情况:"周礼"已经严重地约束了人们的心灵,于是爱的表白,也不像"子惠思我,褰裳涉溱"那样爽快直接了;不像"山有扶苏,隰有荷华"那样富于挑逗和风趣了,一切的单纯明朗没有了。

艺术上《将仲子》变成了"只许佳人独自知"的曲折迂回,明暗两线,心口不一。因而诗篇表现人物多了层次,也多了"被文化"的质感。诗篇中的人物,特别是其中的女主人公,因此也获得了古代文学史上一个特别的地位:她可以说是后来《西厢记》《红楼梦》一类"暖水瓶"式外冷内热爱情的先驱,而且是一个永远年轻的先驱。

## 中国诗的活用

这本是一首爱情诗,但在传统的解释中,又将它与一个历史事件联系起来了。《左传》中有一段文字《郑伯克段于鄢》,写郑国春秋早期的国君郑伯郑庄公和他的弟弟共叔段之间的纠葛。人们过去解释《郑风》中的很多诗篇,都喜欢和郑国国君联系起来。对这首诗也是这样,有人认为是国人用爱情诗的口吻警示老二共叔段。郑伯是老大,他出生时"寤生",对此有两种解释:一种是难产、逆着生,另一种是睁眼。在中国的老观念里,孩子过早地睁眼会养不活。总之,他的出生让母亲姜氏受到了惊吓,所以母亲厌恶他。老二共叔段出生的时候比较顺利，姜氏就喜欢老二，一直护着老二、歧视老大，甚至多次到丈夫面前说让老二做国君。郑伯就这样在冷遇中长大，缺乏母爱。因为他们的父亲不同意废嫡立幼，所以后来郑伯即位了。姜氏就给共叔段索要一块重要的封地，被郑伯一口拒绝。然后要次要的领地，郑伯无奈之下答应了。共叔段就开始得陇望蜀，发展自己的领地，姜氏也维护着他。郑伯因为感到母亲偏心，心中有恨，就处心积虑地纵容弟弟。当大臣劝他早点制止共叔段的扩张，他就说因为母亲爱弟弟，他也没有办法，把火引向姜氏。等共叔段觉得自己的力量可以了，举兵谋反时，郑伯发自肺腑地说了一句"可以"，以泰山压顶之势克了弟弟。

有人说，这首诗是好心的国人在向老二仲子发出呼喊，"无逾我里""无折我树杞"，你不要鲁莽，不要破坏我们家的领土完整。"我"就是模拟郑庄公的心态，"岂敢爱之？畏我父母"，意为我是怕我母亲姜氏。仲子你是可爱的，但是闲言碎语已经出来了。这种解释可以说得通，但并不是十分严丝合缝。比如"诸兄之言"就无法解释，这里并没有诸兄。只是古人有这种说法，假如这种说法是真的，也可以从中看出《郑风》的一般特点，即可以用一般爱情诗的口吻去谈政治。

还有一首诗体现了郑风的委婉特征，就是《遵大路》。

遵大路兮，掺(shǎn)执子之祛(qū)兮，无我恶(è)兮，不寁(zǎn)故也！

遵大路兮，掺执子之手兮，无我魗兮，不寁好也！

这首诗过去都解释成男女情歌，大意是沿着大路走，我执着你的袖子，袪就是袖子。你不要厌恶我，不要快速地离去，你一离去我们就成了故旧，成了陌生人。第二章也是，沿着大路走，拉着你的手，不要嫌我丑，不要迅速地和我不好了。这首诗的两章中，子都是抛弃者，我都是被抛弃者。我舍不得子，写得缠缠绵绵。但它虽然缠绵，虽然挽留对方，但很有可能不是爱情诗。因为"遵大路兮"，一对小情人闹别扭，怎么还跑到大路上去拉拉扯扯？那也不安全，不符合情理。

我对这首诗有一个看法。这是一首在大路旁招待那些过往的列国使臣的诗。郑国在今天河南郑州，如果从齐国到楚国去，或从卫国到楚国去，可能要经过它的东边。如果从晋国到楚国去，可能要经过它的西边。还有东西来往，它在今天的陇海线上，是从秦国、晋国通向齐国、宋国的交通要道。历史上有过这样的记载。《左传》记载，列国使臣来往的时候，郑国人如果觉得有需要，会派使臣慰劳那些使节，希望他们多住几天。这首诗是外交场合的诗，但是写得缠缠绵绵，故意用了一种情人分手时牵牵连连、哭哭闹闹的情态，起到一种特别感人，甚至喜剧的效果，这就是《郑风》的活泼。

将《将仲子》理解为爱情诗无疑是最稳妥的，但是古人认为，在郑国可能拿这种诗去比喻政治上的兄弟关系，也很有趣味。唐代朱庆馀写了一首诗《近试上张水部》，水部是官名。在接近科举考试的时候，朱庆馀给张水部写了一首诗："洞房昨夜停红烛，待晓堂前拜舅姑。妆罢低声问夫婿，画眉深浅入时无。"说昨天晚上我们结婚了，到了第二天早晨，要去拜见公婆了，化完妆之后低声问夫婿，说我化的妆怎么样，讨不讨公婆欢心。这其实是古代的一种"行卷"，就是在正式科举考试之前，写文章递交给科举考试的主持人，问问他们对自己的文章怎么看。张水部是张籍，韩愈的朋友，官水部郎中，相当于司局级干部。可见，中国的诗有的时候可以活用，后来发展为断章取义、赋诗言志。

# 《召南·鹊巢》：鹊巢鸠居，谁知女儿思乡情？

维鹊有巢，维鸠居之。之子于归，百两御之。
维鹊有巢，维鸠方之。之子于归，百两将之。
维鹊有巢，维鸠盈之。之子于归，百两成之。

## 一种世俗的嫁女观念

这首诗的"鹊巢"就是鸟窝的意思，诗也是重章叠调，这一点跟《桃夭》很像。"桃之夭夭……之子于归……"，是从嫁女儿的角度写，而这首《鹊巢》有意思的地方是，第一章"御"就是迎，第二章"将"就是送，它是从迎送两方面写的。这首诗在艺术上不像"关关雎鸠，在河之洲"或者"桃之夭夭，灼灼其华"那么耀人眼目，但是它也有不少内涵。

"维鹊有巢，维鸠居之。之子于归，百两御之。""百两御之"这个"两"字读 liàng，实际上就是辆。这个"御"今天读 yù，但在古代它也读 yà，读 yà 的时候表示迎接。"维鹊有巢"，这里所说的鹊就是喜鹊。在北方有一种鸟，比鸽子略大一点，比乌鸦要小，肩膀是白的，就像穿着个白坎肩，就是所谓的黑喜鹊，最常见。画家就喜欢画喜鹊登枝。这个鹊叫起来是"加加加"的。它擅长筑巢，所以北方的冬天树梢上经常有一团柴火，那就是喜鹊搭的窝。过去的老人观察一年冷不冷，就看树上的喜鹊窝朝哪个方向开口，如果朝东南开当年一定冷，因为北方刮西北风特别多。古人还观察到，"维鹊有巢，维鸠居之"。这个鸠是什么鸟呢？有人说是八哥，巧嘴八哥，也有人说是布谷。反正这个鸟据说是不会搭窝，文献里这样讲，实际上是古人的观察，古人就讲这个喜鹊搭了窝，喜鹊好干净，结果那些不会搭窝的鸠，就跑到人家那个窝里面拉粪，一拉粪喜鹊看脏了，就抛弃了，去重新搭一个窝。然后鸠就来住在喜鹊原来的窝里。这是古人的观察。可能准确，也可能不准确，毕竟这也是两千多年前的一个比喻了。诗人就拿这个比喻嫁得好。说鹊有了窝，鸠就来居住，比喻男方家条件不错，女儿嫁过去以后有吃有喝可能还有钱花。讲嫁女儿要嫁个好人家，是很世俗的一种观念，可是它的生命力很强。一直到今天，嫁女儿也没有专门挑一个穷光蛋的。当然如果能看好一个穷光蛋将来像刘邦似的能打天下，吕太公给吕雉找婆家，人家有那个眼光也可以，但是这样的人少。

接下来，"之子于归，百两御之"，"百两"就是百辆车，这和第三章的"维鹊有巢，维鸠盈之"的"盈"都有多的意思，盈就是满。百两成之，百辆车迎接新娘，把婚姻做成了，这就是成。之所以要有百辆这么多的车，实际上是有原因的。第二章"维鹊有巢，维鸠

維鳩居之

傳鳲鳩鴶鵴也集
傳鳩性拙不能為
或有居鵲之成巢者
○按毛氏經諸解
之然大抵鳩拙于
為巢故禽經云拙
莫如鳩不能為巢
鳩不父指一種秸鵴
見下鳩古也埋法
尧對異圍法尧今人
偏呼綠色者為也埋
法尧是青鶻也鶻為
異圍法尧

《召南·鵲巢》：鵲巢鳩居，誰知女兒思鄉情？

方之"的"方"字不好理解，它就是方向的方，有沿着、依托着的意思。喜鹊有巢，鸠来拿这个巢做依靠。下面我们来谈为什么成就这个婚姻，需要这么多车。首先，这种嫁女儿时能用诗歌伴唱的婚礼，如此豪华，一定是有钱有势的贵族，所以车多，这样解释不算错。当然，作为诗歌，它肯定也有夸张和铺衬的成分。但是如果我们仔细研究一下周礼，就知道它和周代婚礼的陪嫁制度，又叫媵嫁制度有关。这个媵字我们很少见，就是陪送的意思。在一些文献，比如《左传》里面就提到过。周代的婚姻有"厚别附远"、联系不同族群的功能，那么，为了强化这个功能，周人特别强调在嫁女儿的时候要有陪嫁，这个陪伴说起来都点吓人，不可思议。比如，周王朝一个姬姓的公主，要嫁给齐国姜姓的国君。这个公主不仅自己要去，还要带着自己的妹妹一位，侄女一位，妹妹叫娣，侄女叫侄，跟着嫁过去。另外，我们知道，周王朝封建了50多个姬姓国家，所以有的诸侯国是同姓国家。比如卫国和晋国，都属于姬姓国家。周王嫁女，同姓的两个诸侯国也要各派一个陪嫁女及其妹妹、侄女，一共是九女，这叫一娶九女。也就是说假如姜太公的后裔跟周王结亲，就有九位姑娘同时嫁到他们家后宫里，把人家后宫占满了，这就是"维鹊有巢，维鸠盈之"的含义，满了。

## 周代的婚姻太沉重

那么，为什么要带着这么多陪嫁女？是为了巩固这个婚姻。婚姻代表两个国家的结盟。女性嫁到他国，生了儿子，成为接班人，两国之间就成了姑表亲，这个结盟才算牢固。但有时也存在公主没有生育的情况，那就需要领养一个陪嫁女所生的孩子。众女陪嫁是出于子嗣的考虑。费孝通先生讲过，中国"一表三千里"，重视表亲，这是有悠久的传统的。这是诗中出现那么多车的特殊原因。

这首诗艺术上不那么好，但也有值得注意的地方，通过它，我们可以了解一些文化现象。而且我们想象一下，虽然它没有凸显春天的光景，但是一般婚姻都在初春进行，在辽阔的地平线上，百辆车，吹吹打打，有女子坐在车上，要嫁到一个新的地方去，这也是一个非凡的历史光景。这里也显现出周代婚姻的一个毛病，男家女家的距离特别远，从洛阳甚至有人从山西嫁到山东，去充当别人家的主妇，将来要回一次娘家就非常难。周代这个礼数甚严，除了婚礼结束以后一段时间要归省父母之外，一般女子回趟家是非常困难的，这就涉及一个人性的问题了。一方面，这种婚姻是从政治考虑，父母之命，媒妁之言，在结婚之前女孩就没有见到过男孩，所以不了解对方，即使男方有脾气不好等缺点，也不能改变了。另一方面，任何人都是有乡情的，不让女子轻易回娘家，就没有照顾到女孩思乡的情绪。这有不人道的一面，在《诗经》里的其他篇章中，对此是有反思的。

因为周代婚姻负担的额外任务太沉重，有维系王朝政治秩序的责任，所以有的时候就顾不得那么多。我们今人也不必太苛责古人，我们的要点是把自己的生活做得更人道。

# 《周南·螽斯》《周南·芣苢》：古代女子的生育祈祷

《芣苢》这首诗表现的是女子生活中关于生育的压力。古代一个女子嫁到人家去，能够顺利地生育，尤其是生儿子，是在新家庭站住脚的一个根本。《硕人》中的庄姜非常美丽，但她无子，丈夫就不喜欢她，最终又回了娘家，命运很悲惨。在周代婚姻有着政治上联盟的意思，一定要生出男性的下一代，才能保证列国之间能够联合。另外，从更古老的历史背景说，生育是人类的自我生产。但是几千年来，人类在这个问题上有一个重大的误区，认为能不能生育是女子来决定的，这是一个冤案。但中国古代的女性，就是这样替人承担了巨大的压力。

## 古代女性的一种精神压力

《周南·螽斯》就表现了古人对生殖的祈求。

螽(zhōng)斯羽,诜诜(shēn)兮。宜尔子孙,振振兮。
螽斯羽,薨薨(hōng)兮。宜尔子孙,绳绳(mǐn)兮。
螽斯羽,揖揖(jí)兮。宜尔子孙,蛰蛰(zhí)兮。

"螽斯"就是蚂蚱,蚂蚱能生,所以农耕社会的人们就用蚂蚱来比喻生育力强的人。"诜诜"形容翅膀扇动的声音很大,"薨薨""揖揖"都是这个意思,以此来说明螽斯羽的众多。"宜尔子孙",就是能生育。"振振"是众多貌,"绳绳"是连续不绝的样子,"蛰蛰"是合集,也是众多,而且相互之间和谐相处。实际上这就是一首祝福多子的诗。

回到《芣苢》。芣苢就是车前子。这种植物在过去的农村很常见,长在田野、道路旁边,宽宽的叶子,有一根茎,茎上长很多籽。汉代的《毛传》说芣苢"宜怀任","任"即"妊",就是有益妇女怀孕的意思。这样的说法为闻一多解释《诗经》的《风诗类钞》和《诗经通义》所继承。这种说法不一定科学,但古人相信如此。这是理解这首诗的思路。

采采芣苢(fú yǐ),薄言采之。采采芣苢,薄言有(bó)之。
采采芣苢,薄言掇(duō)之。采采芣苢,薄言捋(luō)之。
采采芣苢,薄言袺(jié)之。采采芣苢,薄言襭(xié)之。

这首诗句句重复,只是变换一个字而已,这是它的特点。"采采"

## 螽斯羽詵詵兮

傳螽斯蚣蝑也集傳蝗屬
長而青長角長股能以股
相切作聲一生九十九
子〇爾雅螽斯蚣蝑蜙蝑
音斯邢昺云蜙蝑周南作
螽斯七月作斯螽惟字異
文倒其實一也一名蚣蝑
一名蜙蝑一名蟅螽螽總
名斯語詞註家以爲蚣蝑
則今吉里吉里斯也

就是采了又采,"薄言"是个词头,"薄言采之"和"采采芣苢"是重叠的。"采采芣苢,薄言有之",这个"有"就是取。"采采芣苢,薄言掇之","掇"就是拾取,跟有是一个意思。"采采芣苢,薄言捋之",这个"捋"我们今天还在说,只是音变了一点,是采芣苢的籽,不是取它的根叶,因为要取根叶的话应该用刀去剜。

前面这两章都在说取籽,下面第三章"采采芣苢,薄言袺之",这个"袺"就是把采到的芣苢籽放到衣襟里边兜起来,到了"采采芣苢,薄言襭之",就是不但兜起来,还要把这个兜着芣苢籽的衣襟牢牢地拴系在腰带上。"襭"就是把衣襟系于腰带上的意思,要注意这个动作。诗句重重叠叠地在讲什么?先把芣苢的籽采到手,然后放到衣兜里面,用衣襟形成一个兜兜起来,再把衣襟尖部拴回来,拴到腰带上,这一系列的动作与坐孕、坐胎很像,它实际上是一种祈祷怀孕的仪式。把兜住芣苢的衣襟牢牢地拴在腰上,就是让这个胎稳固地坐下,这样才能够生育。古人常用模仿某些动作来完成祭祀仪式,比如祈雨仪式,就必须得模仿人类在干旱之下的痛苦,以让苍天起悲悯之心。

## 单调和重复的语词

清代学者方玉润用文学的眼光解释《诗经》,很有点独立思考的精神,但在解释这首诗的时候有点走眼,他沿袭了《毛诗序》"和平则乐有子也"的说法,说这首诗让我们闭上眼睛看到一群妇女在风光秀丽的原野上采集,是一个很美妙的画面。这种解释不能说没有诗意，但是他却忘掉了女子为了生育在祈祷，在仪式的背后有强大的压力。方玉润说读这首诗我们好像听到了山歌，看到民间妇女们欢乐地采集，把诗意理解轻了，有点偏。

这首诗的背后是女性特有的一种精神压力，它展现了古代女性生活中的特殊现象。诗很简朴，它的写定应该在两周，不会太晚，但是这种诗的歌唱、仪式及其反映的关于生育的观念是非常古老的。

总之，生殖是婚姻生活中的一个重要内容，《诗经》表现了它。而且，在艺术表现上，"采采芣苢，薄言采之"等类似的句子相重叠，很有特点，在某种程度上显得有点单调，可越是单调又重复的事情，就越使人感到压力。这种内容和形式的高度相和也是非常巧妙的。

## 采采芣苢

傳芣苢馬舄馬舄
車前也集傳大葉
長穗好生道旁

《周南·螽斯》《周南·芣苢》：古代女子的生育祈禱

# 《周南·卷耳》：人生最苦是离别

《卷耳》代表了《诗经》创作的一个特色，通过读这首诗，我们可以了解《诗经》和一般诗集的区别。

> 采采卷耳，不盈顷(qīng)筐(jiē)。嗟我怀人，寘彼周行(háng)。
> 陟(zhì)彼崔嵬(wéi)，我马虺(huī)隤(tuí)。我姑酌彼金罍(léi)，维以不永怀。
> 陟彼高冈，我马玄黄。我姑酌彼兕(sì)觥(gōng)，维以不永伤。
> 陟彼砠(jū)矣，我马瘏(tú)矣。我仆痡(pū)矣，云何吁(xū)矣。

## 你也思念，我也思念

"采采卷耳"，"采采"就是"采了又采"。农耕社会不但要收获各种粮食,还要采集野菜、野果、草药等,是耕种之外的必要补充,女性做得多。那卷耳又是什么呢?卷耳又叫灵耳、苍耳,长在马路边上或者斜坡子等不种庄稼的地方,很常见。叶子像猫耳朵,长大了以后比猫耳朵大,摘下来可以做猪饲料。果子像个枣核,长很多刺,又叫羊带来,据说是靠扎在羊尾巴上,从远方带过来的。古代有人说苍耳可以做酿酒的引子,就是酒蘖,不知确否。"不盈顷筐","不盈"就是不满,"顷筐"就是斜筐,一头深一头浅,这样的筐不是很能盛东西。问题就在这,很容易装满的筐却总也装不满,一定有原因。诗篇交代得很清楚,那是因为心不在焉,心里想念在外的丈夫。这就是"嗟我怀人","嗟"是叹息、嗟叹,"怀人"就是我所怀念的那个人,也就是下文的那个骑马、喝酒的"我"。

"寘彼周行","寘"就是放置,"彼"是那个,"周行"是大道。大道为什么叫周行?用这个周字是因为它的起源跟周王朝有关,周行就是周道,和我们今天说的国道类似,我们现代的国道有高速、107线、108线等。周王朝当时在陕西、河南建都,面对广大的东方和南方要修大道,以便使臣以及货物的来往。"寘彼周行"有两种解释:一种是"我把筐放在道路旁";另一种,朱熹《诗集传》提出新说,认为"寘"的不是那个筐,而是所想念的那个人,他像被扔在大路上。这种解释别有慧心。说我所想的那个人是国家的使臣,经常出外为国家办事情,整天在大路上奔忙顾不得家,所以想了也是白想,就算了吧。因此,第一章讲的是一位女子拎着一个浅筐来采摘野菜,她思念自己在外为国事忙碌不归的丈夫。

从第二章开始到全诗结束,诗篇的抒情主体变成了男人。"陟彼崔嵬","陟"就是登、升,"崔嵬"形容山曲曲折折、又高又险。"我马虺隤",“我马"是指马车,“虺隤"就是马累了,没力气。这两句是说爬高山,爬山干什么呢?想望远、望家乡。可是家乡太远,必须爬得很高才能看到,高到马都累坏了,上不去。暗写男子想家想到何等程度,很深情。望不到家乡,没办法,只好借酒浇愁:"我姑酌彼金罍,维以不永怀。""金罍"是一种酒器,二十世纪七十年代,在琉璃河西周燕国遗址中发掘出了金罍,青铜制造,圆圆的,外表刻有花纹,形状像个大坛子,小口大肚,下面平底。能用这种酒器的人,身份可不低。它不像军用水壶那样可以装点儿酒挎到身上,携带不是很方便,可是考虑到有这样酒器的人有马,有车,有随从,携带就不成问题了。"金罍"透露出男子的地位,应该是国家使臣一流。"我"姑且拿起金罍倒酒,就是"姑酌彼金罍"。"维以"的"维"是虚词,"以"可以解释为"因为"或者"以此"。"不永怀",让我伤怀的心情不要再那么持久了。从这些可以看出——这是个男人,驾着马车,还喝酒,而且他在远方。

第三章,"陟彼高冈,我马玄黄","玄黄"实际上是变颜色,也可以理解为马出汗,那毛色就会变。"我姑酌彼兕觥","兕"是犀牛,"觥"是一种酒器,"兕觥"就是像犀牛角的或者用犀牛角做的一个酒杯。"维以不永伤","伤"就是伤怀,还是喝酒浇愁。

到了第四章,诗篇的调子变了,每句结尾都用一个"矣"字,语感急迫而又消沉。"陟彼砠矣,我马瘏矣!我仆痡矣,云何吁矣。""砠"是石头山上有土,相对平缓,马车才能上去。"我马瘏",就是马病了,困到了极点;"我仆痡","痡"也是疲惫到极点。"云何吁矣","吁矣"是忧叹,也有人把"吁"解释成"张大眼睛远望"。费了很大周折上了山顶,家乡还是在目力之外,结尾处落在一片黯然神伤中。

## 向做出牺牲的人表达敬意

这首诗的内容可以这样表示：

女：采了又采采卷耳，总是不满一浅筐。我那可怜的爱人啊，我好思念他。

男：当我登上高山巅，我的马儿腿发软。我那亲爱的妻子啊，借酒浇愁好想她。

可见，这首诗不是一个人唱，而是两个人在唱。它不是一个人抒情或讲故事的一首诗，而是在一个舞台上演出的男女两个角色的唱词，后来人们把它写成文字，就变成一首诗了。如果我们再把它分开读，还可以变成两首诗。戏剧里面就有这样一种演出方式，两个演员在台上没有交流，你表你的心事，我表我的心事。《卷耳》把我们带到了《诗经》作为唱词的形态。

当我们不再用一部诗集的眼光，而是从歌唱的角度看，就看到了典礼和演出，它和礼乐相关。典礼的场合就是前面说的舞台，那时不可能有专门表演艺术的舞台，但典礼因有歌唱而显示出强烈的艺术气息，也是自然的。为什么典礼要歌唱？这就涉及西周文明，从西周开始人们用歌声来表达祝愿之词，来加强典礼的神圣性和隆重性，强化社会的和谐和凝聚力，这就是"礼乐"。尚"和"是中国文化的基本精神，就像烹饪一样，要拿各种佐料，有荤有素，还有苦、辣、酸、甜、咸几个味道综合在一起，成为鲜美的汤味。《卷耳》这首诗所体现的就是这种和谐的东西。

这首诗用演出的形式，表现那些为国家做事情的人的家庭生活以及在这种生活中的情感。任何社会都会有这种情况，国家打仗了，有事情需要人做，就必须有些人牺牲小家庭的利益维护大家庭的利益。"忠孝不得两全。"《卷耳》就是要抹平家和国的这种冲突，向做出牺牲的那些人表达高度的敬意，对他们进行精神补偿。对家国矛盾产生的痛苦，要进行抚慰，而不是去撕裂。这就是"礼乐"的追求和谐。

# 《邶风·新台》：对周贵族不伦婚姻的齿冷

《新台》这首诗见于《邶风》。《诗经》的邶、鄘、卫三风都属于卫国。一个地方有三种风，大概是因为当地乐调比较发达。就像今天的河南省地方戏也很发达，有越调有曲剧，还有大家都熟悉的豫剧，而豫剧在河南各地又各有特点。那么，这首诗是怎么唱的呢？

新台有泚（cǐ），河水瀰瀰（mí），燕婉之求，籧篨（qúchú）不鲜（xiān）。
新台有洒（cuǐ），河水浼浼（měi）。燕婉之求，籧篨不殄（tiǎn）。
鱼网之设，鸿则离之。燕婉之求，得此戚施（qī shī）。

## 想找白马王子，得了个老鱼篓子

"新台有泚"，"新台"是新建的台子，古代经常修一些台观，搭高高的台子，《老子》中不是有"九层之台，起于累土"吗？另外还有"如登春台"这样的词，是登高望远的意思。我们今天也喜欢在高台上望望远，心情舒畅。古代的台子可能还有一些宗教作用。"泚"是华美、光灿灿的样子，说的就是新台。"河水"就是黄河水，"㳌㳌"形容黄河水很满、浩浩荡荡。"燕婉之求，蘧篨不鲜"，"燕婉"就是和婉美妙，在这儿是形容词做名词用，就是好小伙子、帅哥的意思。诗从这一句，就开始进入正题了，原来诗篇是以出嫁卫国的女子的口吻写的。她追求燕婉，结果怎么样呢？"蘧篨不鲜"。"蘧篨"本来是指我们常见的大竹篓子，没有脖子，没有腰身，所以在这儿就当不能俯身讲，身材臃肿，连腰都弯不下去。"不鲜"，有点儿老不死的意思，因为"鲜"字在古代汉语中可以解释为死了，在《左传》中就有这样的用法。"老不死"是一句骂人的话。第一章的意思就是，新台光灿灿，河水汗漫，本来是求美丽的好小伙的，结果得了个不能弯腰的老不死。这是多么丧气的事。诗到了这里，就把故事给点出来了。

　　这首诗中的故事在《左传》中有记载。卫国到了春秋时期有一个君主叫卫宣公，名字叫晋。他接连地做出不正当的男女之事，先是在他父亲死后娶了父亲的小妾，这种行为在古代叫"烝"，生了儿子伋子。后来伋子长大了，宣公应该也有五六十岁了，正好是到了诗中所说的腰腿臃肿的年龄。这时，要给伋子娶媳妇，从齐国娶来了一个夫人，后来就叫宣姜。宣姜这个名字就产生疑问了。因为她作为国君夫人，名字中有"宣"字代表和宣公有关系，她丈夫死后的谥号是宣公。为什么给儿子伋子娶媳妇，这个媳妇却成了宣姜呢？原来，半路上杀出个程咬金，本来要做公公的卫宣公看到宣姜漂亮，结果拦路打劫，把儿媳妇据为己有。为了遮人耳目，他没有把新人

鴻則離之

鴻雁于飛傳大曰
鴻小曰雁集傳鴻
雁之大者○鴻好
食菱實故俗呼肥
施古乙

娶回国，而是在卫、齐来往的半路上修了一座高高的新台，两人先住上一阵，把生米做成熟饭。这个丢人的台子一直到魏晋南北朝还在，北魏郦道元写《水经注》时还说了它。

这件事发生之后，卫国人表示齿冷，国君上娶小妈，生了儿子，下边又开始娶儿媳妇。所以，诗一上来就说新台光灿灿的，很刺眼，河水浩浩荡荡，可怜的是来自齐国的那个姑娘，挺漂亮，她想找一个白马王子，结果得了个老鱼篓子，写得诙谐、讽刺。

接着下一章，"新台有洒"，"洒"是高俊的样子，有的《诗经》版本写作"漼"，读 cuǐ。"浼浼"形容河水涨满那个样子，"不殄"就是不绝，跟"不鲜"同义，都是说老不绝，也是骂人的话。

## 敢怒敢言、敢恨敢骂

第三章说"鱼网之设，鸿则离之。燕婉之求，得此戚施"。设个渔网本来是想捞鱼，结果"鸿"，就是天上飞的大鸟落在网里边，"离"就是遭遇，这是说反常、诧异、失望。这是传统的解释，闻一多对此提出新解，他说鸿就是"蘴"的谐音，而"蘴"就是癞蛤蟆。这样讲也不错，说本来想打鱼，结果捞了一大堆癞蛤蟆，这个心情多糟糕！这倒也符合生活的事实，设渔网捕到蛤蟆是比较奇特的事情，让人惊奇，也表现出一种反感。接着说"燕婉之求，得此戚施"，"戚施"是指不能仰视的人，也是没脖子。记载春秋时期一些言论的文献《国语》中就有"戚施不可使仰"。不知道卫宣公是不是老成戚施的样子，反正大家就认为他跟宣姜这样十几岁的小姑娘比是太老了，实际上就是丑化他。

这首诗表现了对违反常理的婚嫁现象的不以为然、抨击和讽刺，却是诙谐的调子。它打比喻，蘧篨、戚施、"鱼网之设，鸿则离之"这些词句很有意思，用夸张的手法。它还骂人，像"不鲜""不殄"就是直接骂。可见，在《诗经》的时代，不管你是国君还是其他什么人，只要做错了事情就要被老百姓骂，这种作品非常清晰地表现了人们对社会上一些不正当现象的爱憎分明。这首诗的主要可取之处在于表现了当时人那种敢怒敢言、敢恨又敢骂的精神。

这首诗的价值还在于它反映了春秋时期贵族的堕落。卫国是西周封建很重要的国家，当时的贵族对婚姻是很在意的，因为婚姻承担着联合其他族群的任务，婚姻合"二姓之好"。但是到了春秋时期，贵族把自己身上的责任都忘掉了，被自己低俗的欲望牵着走，开始没落。当然，到了春秋时期周王朝建国已经三四百年，族群的融合已经完成，所以贵族对婚姻最初的原始任务已经不是很清楚了，周人当贵族当久了，忘了自己的身份，所以就出这种丑态。

# 《鄘风·君子偕老》：哀叹君夫人飘萍的命运

《邶风·新台》讲了"老鱼篓子"卫宣公强娶年轻美丽的宣姜的故事，宣姜被迫嫁给宣公后，她的苦难并没有结束。她和卫宣公生了两个儿子，一个叫寿，一个叫朔。朔在宣公死后即位，就是卫惠公。惠公即位的时候年纪很小，不能独立治理国家，宣姜母子在卫国朝堂的力量很弱，她的娘家齐国人为了巩固惠公的君位和齐、卫两国联盟，又强迫她嫁给了卫国的权臣昭伯。昭伯是宣公的儿子辈，大概是宣公之妾生的庶子。宣姜后来又与昭伯生下了几个子女，其中包括《载驰》中的许穆夫人。但是，嫁给昭伯和当初嫁给宣公一样，宣姜都是不愿意的。这就是宣姜的悲哀。古代有很多女性生在帝王富贵之家，因为自己长得漂亮就成了飘萍，被当成大家的宠物倒来倒去，遭遇了不幸的命运。

《鄘风》中的《君子偕老》，按照古代的注释，与宣姜的故事有关系。

君子偕老，副笄六珈。委委佗佗，如山如河，象服是宜。子之不淑，云如之何？

玼兮玼兮，其之翟也。鬒发如云，不屑髢也。玉之瑱也，象之揥也，扬且之皙也。胡然而天也？胡然而帝也？

瑳兮瑳兮，其之展也。蒙彼绉绤，是绁袢也。子之清扬，扬且之颜也。展如之人兮，邦之媛也！

## 如山如河的一国之母

"君子偕老"，"偕"就是一同，这个词今天我们还在用，比如某某领导人偕夫人进行国事访问。这句意为她应该是与君子活到老的人。然后说她的头饰，叫"副笄六珈"，"副"这个词在这儿指用头发编织的东西，就是发套，古代贵族喜欢戴假发，女子把前面的额头，尤其是两边高高翘起，形状像知了，就是"螓首蛾眉"的"螓首"，后边的假发像蝎子尾巴翘着，叫缠尾。"笄"就是指发卡、簪子或者发钗。"珈"是笄上的装饰玉片，有六种，所以叫六珈，这些都是身份华贵的象征。后世有一种头饰金步摇，大概也和这些东西很接近。接着说她"委委佗佗，如山如河"，"如山如河"形容她的气派，大方、稳重、安稳，"委委佗佗"据研究应该是"委佗委佗"的误写，形容举止雍容华贵的样子。"象服是宜"，"象服"就是法服，按照仪制君夫人有几套类似制服的服装，上边画着各种图案，这些图案代表身份，所以叫象服，意为象征她身份的服装。《周礼》记载王后的象服有六种，君夫人的象服种类没有特别清楚的记载，但是也不会太少。这几句就写出了这个美女的特征，君夫人的漂亮，不仅体现在五官长得好、身材好，而且作为一国之母，穿上法服、戴上国君夫人的首饰以后，真的可以代表一个国家的光彩。

可是接着来了一句"子之不淑，云如之何？"。"不淑"在这里不是不善，而是不幸的意思，这是理解这首诗的一个关键。在《礼记》中，"不淑"就可以解释为不幸，王国维先生也说"不淑"这个词古代多用于遭际不善。因而这句诗不是说"之子"，也就是这位女子不善，而是说她的遭遇不好。"云如之何"就是让人无可奈何的意思。所以，诗实际上是表达惋惜和哀叹，她本应该是与君子一块老去的夫人，她穿着得体、气象庄严，但命运却是那么糟糕。

接下来第二章写宣姜如何美。"玼兮玼兮，其之翟也。""玼"和《新台》中"新台有泚"的"泚"意思一样，都是指光灿灿的样子。"其之翟也"，"翟"是一种长羽的鸟，野鸡，又叫"雉鸡"。古代君夫人的礼服上要画很多野鸡图案，非常漂亮。"鬒发如云"的"鬒"就是美丽的、黑漆漆的。"不屑髢也"说她不屑于戴假发，因为头发多。直到今天女孩子头发多也属于优点，头发稀则是缺点。"玉之瑱也"，这个讲她头上佩的玉，就是别头发的发髻两端垂的玉石。说那个玉怎么样呢？是"象之揥也"，指她的簪子上镶嵌着象牙制的装饰物，这种发饰可以搔头，也可以摘发。接着说"扬且之皙也"，"且"是语词，"扬"在《诗经》里出现了好几回，主要指人的眉宇之间，眼睛的上半部分及其以上部分宽阔明亮。"皙"就是白，就是说脸色白皙。接着"胡然而天也？胡然而帝也？"，说你怎么长得像天仙一样,像帝女一样!这一章"也"字很多,清代牛运震说这一段老是用"也"字,使这个调子非常有光彩,有逸兴,气势就要飞动起来,不让人觉着重复、累赘。说"胡然"还是在赞美,就是你干嘛长这么漂亮,你怎么这么漂亮,从这儿开始就有言外之意了。

## 珍惜美丽,是文学的灵魂

联系宣姜,宣公好歹是她的丈夫,宣公死了之后她费了好大劲让儿子上台,可儿子小、力量太弱,只能投靠有权的昭伯,而且她的娘家齐国也希望她再嫁一回。然而宣姜毕竟是两个儿子的母亲了,她不愿再嫁,这个事情让她很无奈。诗人对此深表同情,所以就夸她,你长得真漂亮,你长得真好,言外之意就是,美丽也给你招来了灾祸。所以,女孩长得太过美丽,有的时候人生会顺利,但是有时也可能带来灾难。诗读到这里真是百感交集,这就是诗的人道主义,同情她,同情美丽而又命运不济的人。就像《红楼梦》大观园里的贾宝玉,他就是这样一个人,女孩们无论地位高低、脾气好坏,贾宝玉都珍惜她们的美丽,这就是文学家的灵魂。

最后一章,"瑳兮瑳兮,其之展也","瑳"是指鲜亮、盛大的样子,很好看。"展"是白纱制成的单衣。"蒙彼绉絺,是绁袢也",单衣外边蒙的是什么呢?"绉絺",就是用葛麻制成的细布,有点儿像水洗布。"是绁袢也","绁袢"就是指汗衫。"展"是外衣,"绉絺"是中衣,"绁袢"是内衣。总而言之,她穿了几层衣服,这就是古代贵族的服饰,非常讲究。"子之清扬","清扬"是指她的眼睛清亮。

"扬且之颜也","扬且"就是额镬明亮。"展之如人兮,邦之媛也",说这个人实在是邦国的美人呀!她国色天香。"展"的意思是确实,"媛"就是美人、姣好的女子。这里,惋惜的意思也有,但仍然是赞美她漂亮。

这首诗即使不和宣姜相联系,也可以肯定是在写一位贵夫人,她风姿绰约、迷倒众生,但丈夫早死而守寡。说老天爷把她造得这么好,给她这么一副形貌,为什么又给她那样糟糕的命运?这是无限的同情,也是无限的哀伤。所以说天地有缺憾,人间有惋惜。两千多年前的诗,今天读起来仍然那么让人动情。虽然它写的是一个贵夫人,但无论是谁,命运不好都值得同情。所以这首诗实际上就表现了一种很宽广的慈悲心。

# 《鄘风·墙有茨》：对老贵族败道私生活的无言

墙有茨(cí)，不可扫也。中冓(gòu)之言，不可道也。所可道也，言之丑也。

墙有茨，不可襄也。中冓之言，不可详也。所可详也，言之长(cháng)也。

墙有茨，不可束也。中冓之言，不可读也。所可读也，言之辱也。

## 乌七八糟的宫廷丑事

这首诗是用墙上长满蒺藜打比喻。蒺藜是一种野生植物，在野地里有很多，尤其是西瓜地里，它是蔓生，趴在地上长，会结一种五角的果子，不能吃，很硬，踩上去会扎脚，俗称"蒺藜狗子"。这种东西长在墙上有防护的意思，但未必是人刻意栽的。所以"墙有

牆有茨

傳茨蒺藜也集傳蔓生細葉子有三角刺人

茨，不可扫也"，因为蒺藜扎人，要扫就会扎手，这是打比喻。"中冓"就是指幽深的宫里边，"中冓之言，不可道也"意为那些宫廷里的传言是不能说的，犹如墙上的蒺藜是不能拿手去扫的，这是一种连类而及的比喻。这里的"中冓"和上流社会有关系。拿卫国来说，到了春秋时期，卫宣公先娶后妈，后娶儿媳妇。儿媳妇宣姜成了他的老婆，又在他死后嫁给他的儿子昭伯，这种连环套似的乱七八糟的事，就是所谓的"中冓之言"。

上流社会那些隐秘之事在社会上不胫而走。然而，这首诗并不是指责那些丑事，而是指责说这些话的人。意思是那种丑事就不用说了，说它都是丑。这就是诗讽刺的着力点，它已经懒得去指向那些丢人现眼的事情了，反而觉着对传这些话的人，可以告诉他们不要说，因为会脏人的嘴。到了这个地步，对于宫廷里边那些乱七八糟的人、事、关系，诗人已经没有兴趣去跟他们讲什么是对，什么是错，什么是好，什么是歹了。所以，诗表面上好像避开了丑事，实际上对丑事的厌恶、轻蔑已经无以复加。

这就是无言之言，有的时候轻描淡写地表现，它的力度反而要深于那些嬉笑怒骂式的表达。这是诗的技巧，有举重若轻的力量。这就是"中冓之言，不可道也"。接下来说为什么不可道，"所可道也，言之丑也"。有关宫里边那些事，能说的那些话，没一句好话。可以道的都是丑言丑语，说它都丢人。

"墙有茨，不可襄也"，"襄"的意思接近于尊王攘夷的攘，可以解释为消除。跟第一章"扫"的意思相近而有所不同。《诗经》在艺术上是重章叠调的，每一章相同位置上的词语都要换一下，这样语言就丰富了，诗意也丰富了。"中冓之言，不可详也。""详"就是详细地说。关于中冓的传言呐，听听就完了，不要再细说它了。"所可详也，言之长也。"长没有善恶的意思，而是说没完没了，丑事太多了说不完。

## 说说都会脏了人的嘴

接着"墙有茨，不可束也"，"束"就是捆绑，也就是说没法理清。"中冓之言，不可读也。"读在这就是说的意思，也可以理解为细说，因为古代读书有时反复看，把它的意思提炼出来，抽取它的意思就是细说。那么"所可读也，言之辱也"。宫廷里边可以说的那些话都会给说者带来耻辱，这个"辱"字用得也是力透纸背的。

这首诗三章的意思都一样，他不责备那些制造坏新闻的当事人，而是把矛头指向了说这些话的人。貌似放过那些做坏事的人，实际上意思是更深一层的，用皮里阳秋的笔法，来斥责宫廷里那些丢人现眼、见不得人的事情。同时也号召大家，跟这些坏现象，让人耻辱、羞愧的事情绝缘，不跟他们一般见识，不去传播他们的事情。所以，对坏事的齿冷之意就无言地表现出来了，而且表现的力度要比直接去说、去指责要胜出好多。这就是诗篇的善于表达。

这首诗明显表达了诗人，其实也可以是社会舆论的代表，对上流社会糜烂私生活的厌恶和针砭。从这个意义上，诗篇就是那个时代生活状况一个侧面的"报告文学"。

## 两种婚俗的斗争

这首诗是"卫地的风",卫国在今天黄河以北安阳附近,是殷商故地。我们知道殷商人的婚姻和周人奉行的婚姻是有所不同的。而中国现在遵循的婚姻传统是周人开创的,这个传统讲伦理、讲大小辈,像公公娶儿媳妇这种事,周代礼法无论如何都是不容的。但是在殷商怎么样?就不好说了。比如,我们举个远点儿的例子,在汉代,王昭君先嫁给了匈奴呼韩邪单于,呼韩邪单于死了以后,她接着又嫁给了呼韩邪单于的儿子,当然不是她生的。这种婚姻现象在有些民族是允许的。

周代的婚姻还有一个规定,同姓之间不能结婚。从医学角度看,亲戚关系不那么近的同姓男女结合,虽然长久看可能会产生一些痴呆儿,或者智商不高的儿童,但是很明显的那种生育不良,一般不会出现。如果同姓出了五服,生育上的恶果就不是很明显,或者表现不出来了。但是,文化上对这种事情的规定是不讲医学的。像周代规定的同姓不婚,可能有另外的考虑,这个问题学术界一直在讨论。这种原则确立了以后,一直到今天很多人还在遵循着。可是有些民族,甚至在皇族里就有叔叔娶侄女之类的现象。如果叔叔娶了侄女,人们就要问了,侄女对叔叔是行孝道啊,还是行夫妻之道啊,就没法讲伦理了。所以,婚姻问题是一个社会问题,它不单是两人结合、生孩子的繁殖现象,还牵扯到更复杂的社会问题。

回到商代,它的婚姻习俗是有很近血亲关系的男女也可以结婚,周人占领了这片地方以后,当然要推行周家的礼法。可是一个地域上的文化,一种很古老的婚姻习俗,它不但不会轻易灭绝,到了一定时候还可能返上来，影响上流社会。尤其是到了春秋时期，用婚姻缔造政治联盟的迫切性，已经不是很强烈了，所以老贵族的精神也疲沓了，就很容易接受这种地域性的风俗。

在这首诗中，毫无疑问，诗人坚持的是一种正统文化，或者说周人的文化。他所指责的那些现象，比如乱伦的婚姻，与殷商风俗有关。殷商的婚姻习俗本身也无所谓善恶，但是在坚持礼法的人看来，这就是一种不折不扣的邪恶，不折不扣的不守礼法。所以，仔细分析这首诗的社会背景，我们看到的是一种风俗之间的搏斗。也可以说，正统的周礼占了上风以后，它进入到人们的头脑中，变成一种被捍卫的传统、标准，诗人拿它去衡量一些跟它不相符的风俗。

# 《鄘风·蝃蝀》：对不守婚姻礼法者的痛斥

《蝃蝀》这首诗见于《鄘风》，"蝃蝀"就是彩虹。

蝃(dì)蝀(dōng)在东，莫之敢指。女子有行(xíng)，远父母兄弟。
朝跻(jī)于西，崇朝(zhāo)其雨。女子有行，远兄弟父母。
乃如之人也，怀昏姻也。大无信也，不知命也！

## 对"私奔"女子的严厉斥责

在现代，下雨出彩虹了，如果小孩子用手指，大人总是说别指别指，烂手指头。这种习俗的历史有三千多年，在甲骨文及其后代的记载中就出现了。蝃字的甲骨文是一个象形字，像两个脑袋的虫子或者龙。殷商有一位王叫武丁，是使殷商走向强大的一个王。武丁时候的卜辞就有"有出虹自北饮于河"，就是有虹从北边出来了，搭在河上，好像是一条龙或者一条大长虫在河里饮水。据学者研究，殷商人认为虹出来了有灾祸。在《国语》里还有一个故事。两条龙在夏朝的宫廷上方盘旋,翻云作雨,流了很多液体,夏朝人把这些液体收起来了,装在罐子里边保存。穿越了夏、商,到了周,到了西周后期出事了,这个罐子被打破了,之后一个乌龟形状的东西出来了,撞到一个小女孩身上,这个小女孩跟它犯了冲了,没有结婚就怀了孕,最后生出来一个孩子,就是褒姒。

到了周代,《逸周书》里就说,"虹不藏,妇不专一",意为虹不藏着露出来了,表现的是妇女不贞洁、不专一,不忠于丈夫,就是淫荡。把"虹"视为淫气,这是我们看到比较早的文献。甲骨文时期那个两头蛇的字形,可能意味着是两条蛇在一起纠缠着,可以推测,正因为如此,周代才说是妇不专一。

到了汉代,著名词典家刘熙在《释名》这部专门解释一些事物的名称的书中说:"阴阳不和,淫风流行,男美于女,女美于男,互相奔随之时,则此气胜。"说阴阳不和了(这个阴阳主要指男女),淫风亦即男女作风不正常流行起来了,男的打扮得比女的还漂亮,女的打扮得比男的还漂亮,互相追逐,这个时候虹就该出现了。这实际上跟汉代的天人感应有联系,汉代人认为人间出了一些问题,社会上出了一些不良现象,老天爷会出一些天象表示警惕。可见,民俗中不让小孩指虹,是因为大人们觉得虹的出现不是个好事,是不正常的现象。这些内容可以跟"虹"连起来,因为它是两头之虫,而且是不祥的征兆。我们读诗的时候要知道,一些名谓实际上蕴含着很古老的含义。

"蝃蝀在东",说虹出现在东方,在东就是东边,古代有谚语"东虹晴西虹雨",东边虹出来不能长久,因为天要晴了,这是古人的认知。实际上虹总是出现在与太阳相对的方向，太阳如果在西边，虹就在东边，如果太阳在东边，虹就不会出现在东边了，这是一种光学现象。尤其是下了雨以后，空气中含的水多，一折射就会出现彩虹，今人知道这是自然现象，有诗"赤橙黄绿青蓝紫，谁持彩练当空舞"，因为彩虹很漂亮，把它作为审美的对象，但是古人不懂这些，因为它像两头龙，被认为不吉祥，所以"蝃蝀在东，莫之敢指"。下边是"女子有行，远父母兄弟"。这个"行"就是出嫁，女子要走了，要嫁出去了，要永远和父母、兄弟远离了，是大事儿。女子出嫁是大事情，就应该合理合法，所以这句的言外之意就是指责那些不合理、不合法的婚姻，就是女孩子跟人跑了，没有经过父母之命、媒妁之言，古人把这种现象叫作"奔淫"。

"朝隮于西，崇朝其雨"，"朝"就是早晨；"隮"就是升，升高的意思；早晨彩虹在西边出现了。崇朝就是终朝，"崇朝其雨"，一个早晨雨下个不停。这两句诗以早霞朝雨，预示女子不守规矩，也暗示着短暂。到今天北方还流行一句谚语"早晨下雨一天晴"，早晨的雨是短暂的。言外之意，你跟人跑了，你高兴了，满足了一种快感，但是长不了，所以下边接着又说"女子有行，远兄弟父母"。前边说父母兄弟，这儿说兄弟父母，这叫倒文与谐韵，就是在文字上把兄弟跟父母颠倒，目的是谐前面的韵，古代"母"和"雨"同韵，现在读起来不同了。第一章的"远父母兄弟"的"弟"字，和"蝃蝀在东，莫之敢指"的"指"字，也是谐韵的。

下边就是直接斥责了，"乃如之人也，怀昏姻也。大无信也，不知命也！"，说像这样的人，没有经过父母之命、媒妁之言就走了的，这种人贪恋婚姻，贪恋男女结合，是大不讲信用的，不守信。实际上就是不守规范，不守规范也是一种不守信。"不知命也"，不知道安于自己的本分，这个"命"就是本分的意思。

明代的戴君恩在《读风臆评》中说："一二为三章立案也，何等步骤。"说头两章是立案的，它的格调是平稳的。讲"蝃蝀在东，莫之敢指"，女子嫁人是大事；云彩在西边升起来，下雨也就是一小会儿，女子嫁人是大事，都是很平稳的，讲究步骤。接着"乃如"四句直接谴责，就"语意森凛"了，语言冷气森森的。这个点评帮助我们理解诗。这一章用了四个"也"字，是加重语气的，有点像我们今天说"呀"，像这样的人呀，她是贪恋婚姻呀，她是不讲信用呀，她是不知本分呀，越说越气，调子是高扬的。

近代吴凯声在《诗义会通》中说，读这首诗可以理解文章擒纵疏密之法，就是文章要讲究欲擒故纵和疏密变化。这首诗前面两章是比较疏朗的，到了最后一章，连用了四个也字句，句与句之间最多用个分号就能断开，这一顿数落，语言是很密的，全诗的节奏变化很强烈。

## 周文化与郑卫之地古老文化的搏斗

现代社会，女孩子的婚姻自己做主，这没有问题。"五四"时期鲁迅先生写《伤逝》，说"我是我的，别人不能替我们做主"，这是非常正大的一个观点，到今天还适用。但是对于两千六七百年前的古人，我们不能要求他们和今天一样。古人对这种"私奔"的现象是抱着完全排斥的态度，这也是《诗经》展示给我们的内容。可见，

《诗经》中有些作品是在坚持礼法,而男女凭自己主观意愿择偶这个事情,是违背礼法的。

《郑风》里"子惠思我,褰裳涉溱。子不我思,岂无他人""山有扶苏,隰有荷华。不见子都,乃见狂且"之类的事,虽然也是男女自由结合,但那是在古代春天的一个特殊节日里,是国家和风俗允许的,只限于那几天,而且那个节日只是一种古老风俗的残留形式。读《蝃蝀》这首诗,我们看到的是维系了两千多年的"父母之命、媒妁之言"这种婚姻体统有一个建立的过程。诗对礼法高度重视,对非礼法现象高度斥责,这和我们自由的爱情观是有差距的。

《毛诗序》说这首诗是"止奔也",把这首诗放在了齐桓公尊王攘夷之后。古人理解问题有的时候和我们的思维不一样。卫国在春秋时期遭遇了一次来自北方的夷狄的打击,差点亡了国,剩下的人很少。是齐桓公尊王攘夷,号召天下的诸侯帮助卫国,把它的都城迁到黄河东南岸,从而使这个国家保存下来。卫国在被救助之后,要恢复国力和元气还要靠自己努力,这个努力的君主就是卫文公。所以,解释《毛诗序》的"止奔",后来一些学者就把诗和卫文公的一些作为结合起来了,说他"以道化淫",对奔淫现象进行制止,于是就有了这样一首诗。

到底是不是这样呢?诗篇本身没有明确显示,这只是一个古老的说法,可以存疑。《诗经》研究比较难的就是这些问题,需要斟酌,需要学术界不断讨论,并根据新材料去验证、考究。

回到这首诗本身,我们看到了一种风俗的变化,一种正统的、强势的文化,在牢笼、抑制一种地域性的,也可能渊源很古老的文化,只是因为它和正统的风俗不同,这是一种文化上的搏斗。

# 《卫风·氓》：蚕女啊，假如生活欺骗了你

《氓》属于《卫风》，邶、鄘、卫三风的地点都在今天河南省北部，黄河以北的安阳及其周边地区。很有意思的是，《诗经》十五国风有八风在河南省。《周南》是在今天河南省洛阳市及周边地区，《召南》实际上有一部分属于河南省，但是暂且不算它吧。邶、鄘、卫三风在河南省。《王风》也是在洛阳市，西周崩溃了以后周王朝把都城迁到了洛邑，那里就成了王地。郑，在今天河南省郑州市及其以东、以南地区。《陈风》也在河南省，就是今天的河南省淮阳地区，这个地区古代属于太昊，文化上属于东夷。桧跟郑是叠合的，桧的所在地也在今天的郑州地区，是一个小国家。

十五国风有一半以上在河南省，这和当时的文化中心有关系。当年西周王朝派了一些人到各地去采集民风，以此来看各地的风俗，由民俗民风的好和坏来检讨王朝政治的好坏，这叫作采诗观风。官员采了风以后，要演出给周王看，这叫"观得失，自考正"，看看自己的政治实施得如何。

在这样的情形下，采诗观风的主要范围还是在当时的文化中心

地带。比如，《氓》就是在卫地采诗的结果，将一个下层女子在婚姻上遭遇的不幸反映到诗篇里，这在当时的全世界范围内都是非常了不起的。因为几乎没有文学作品会把关注的焦点集中在一个以养蚕为生的普通女子、基层民众身上。

氓之蚩蚩（méng chī），抱布贸丝（fēi）。匪来贸丝，来即我谋。送子涉淇（qí），至于顿丘。匪我愆期（qiān），子无良媒（qiāng wú）。将子无怒，秋以为期。

乘彼垝垣（chéng guǐyuán），以望复关。不见复关，泣涕涟涟（lián）。既见复关（zài），载笑载言。尔卜尔筮（bǔ shì），体无咎言（jiù）。以尔车来，以我贿迁（huì）。

桑之未落，其叶沃若。于嗟鸠兮（xū），无食桑葚（shèn）！于嗟女兮，无与士耽（dān）！士之耽兮，犹可说也（tuō）。女之耽兮，不可说也。

桑之落矣，其黄而陨（yǔn）。自我徂尔，三岁食贫。淇水汤汤（shāng），渐车帷裳（wéi）。女也不爽，士贰其行（èr háng）。士也罔极（wǎng），二三其德。

三岁为妇，靡室劳矣（mǐ）。夙兴夜寐（sù xīng mèi），靡有朝矣（mǐ zhāo）。言既遂矣（suì），至于暴矣。兄弟不知，咥其笑矣（xì）。静言思之，躬自悼矣。

及尔偕老，老使我怨。淇则有岸，隰则有泮（xí pàn）。总角之宴，言笑晏晏（yàn）。信誓旦旦，不思其反。反是不思，亦已焉哉!

## 被欺骗的蚕女

"氓",在《周礼》中指芸芸众生、野外之民,其实这个称谓交代了人的身份。野外在周代有特定的所指,这就涉及西周封建。西周王朝是发源于陕西的一群人,夺了殷商的政权而建立的,他们要统一全国。当然那会儿全国比现在要小,主要是黄河流域,南到江汉一带,北到燕山南北,西到陕甘,东到泰山南北。最初从陕西崛起的这个族群,要怎样统一全国?通过封建,把周人群体化整为零,分成各个部分,然后由贵族领导一些基本民众,到各地去建立邦国,控制一片地区。比如在泰山南北,泰山以南为鲁国,泰山以北为齐国,这是当时建立的两个大的国家。那里有大汶口文化、龙山文化等史前文化,人口很多,也有很多土著的政权。从周朝封建来的国君和贵族,要统治这一带的当地人。他们必须修一个城墙,就叫"邑",周人住在里边,可是光住在里边不行,还得吃饭,所以在城外要划出一片土地来,就是郊,属于生活区域,可以耕种和从事一些其他活动,也要修一些碉堡式的设施来捍卫政权。从郊再往外走,基本上就是野的范围了,所以,当时把当地的土著居民称为"野人"。这首诗里的"氓"就是野外之民。

那么,第一章"氓之蚩蚩","氓",就是指那个人,那个野人,也不知道他是谁,没有举他的名字。"蚩蚩"有学者解释成敦厚的样子,实际上应该是看上去敦厚的样子。"抱布贸丝",抱着布来换丝。

"布"就是布帛,"丝"就是丝麻织物。由"贸丝"来看,这个女子的身份跟养蚕、纺织有关,也可以说她是个蚕女。接着,"我"马上做了一个判断,"匪来贸丝,来即我谋",说氓表面上来换丝,其实是来找我"谋"的,"谋"就是图谋婚姻之事。通俗点说,"氓"是来跟"我"套近乎的。可能他一开始来是"贸丝"的,后来他看上了诗中的姑娘,来的次数就多了,于是"我"马上捕捉到了小伙子的意思。接下来她怎么办呢?诗里写道"送子涉淇,至于顿丘","我"就送你,这里对男子的称谓由"氓"变成了"子",诗里没有直接说"我"有没有答应氓。直接就写到蚕女依依不舍地送氓离开,至于顿丘。这就透露出蚕女是答应了他的。这就是好诗的写法,不会像写散文那么滴水不漏地介绍他们爱情发展的整个过程。"送子涉淇,至于顿丘",就是渡过淇水至于顿丘,淇水在邶、鄘、卫三风里反复出现,它发源于太行山,向东流过卫国境内,蚕女送氓涉淇到了顿丘。顿丘这个地名在其他文献里出现过,有的文献说在淇水之南,也有记载说它离淇水非常远,但都无法确认其所指是不是这首诗里的顿丘,另外也有学者说顿丘就是泛指土丘,也是可以的。因为这里可能有夸张的成分,如果按照顿丘县坐实了来理解,离淇水有几十里地,一个女孩子送男孩子不太容易走这么远。总之,"匪来贸丝,来即我谋"之后就是女孩子的表现,"我"送你一直送到顿丘。接着又来一句,"匪我愆期,子无良媒","愆期"就是错过佳期,说不是我故意拖延时间错过了佳期,是"子无良媒"。氓没有派媒人来提亲。听话听音,蚕娘这样解释,很清楚地交代出这样的事实:男子在蚕娘面前已经不再"蚩蚩然""敦厚貌"了,他已经开始得志,开始在女孩子面前闹脾气了。蚕娘中了爱情的招,不仅堕入爱河,而且不可救药了。面对氓的脾气，这位蚕娘还没嫁给他，却在精神上成为俘虏，不能在人格尊严上有任何积极的抵制，只是一味低声下气地解释，同时要求一种基本层次的保证：婚姻缔结的合法手续。这有可能是一个关键的地方，后来这个女孩被抛弃了，也没有人伸张正义，就是因为他们的结合不符合周代的婚姻制度，没有经过"父母之命、媒妁之言"。

古代婚姻是有媒事的。《周礼》记载，当时国家设大小官员管理媒事，有点像儿我们今天的民政局的人。两个人结婚领了执照，一盖章，就是合法夫妻了，将来一旦出现离异等情况，政府会主持公道。在这里，女孩子说"匪我愆期，子无良媒"，她是很清醒的，要我嫁给你，你要有媒人出面。但是接着下边又说"将子无怒，秋以为期"。你不要再生气了，咱们秋天就结婚好不好？这里实际上就是一失足成千古恨，她没有再坚持自己认定的原则，没有坚持没有媒人就不嫁，或者拖延，放弃了自己的立场。蚕女开始让步，最终嫁给他了。

那么，这个没有经过父母之命、媒妁之言的婚姻怎么样呢？就要看第二章。这一章主要写了女孩子的盼望之情。男子走了，他终于得到了满意的答案——"秋以为期"，秋天结婚。结果一走就没了音信。女孩子受不了了，她盼望着，"乘彼垝垣"，爬上了高高的墙，望着男孩子的音信。"垝垣"就是高高的墙。"复关"就是回来的车，"复"是回来，"关"是车厢板，用车厢板代替返回来的车。"不见复关，泣涕涟涟。"看不到"复关"两眼都在流眼泪，眼泪啪嗒啪嗒就掉下来了。"涟涟"就是接连不断。"既见复关，载笑载言。"看到他的车来了，又欢声笑语了，用"载笑载言"形容很欢欣的样子。通过正反对比，强调了女孩子对那个男孩子盼望之急。

接着"尔卜尔筮,体无咎言"。"尔卜尔筮",就是卜尔、筮尔。"卜"和"筮"是古代的两种算卦方法,"卜"是用龟壳等算,"筮"是拿草棍儿算。蚕女又卜又筮。这男孩子回不回来?我们的婚姻能顺利进行吗?未来幸福不幸福?补充描写了女孩子的忐忑心情和对男子的翘盼。"体无咎言","咎言"就是不吉利的话。"体"就是卦体,"体无咎言",算的卦中没有不吉利的预言。最后,"以尔车来,以我贿迁"。"贿"是指女孩子的财产。结果这个男孩子的车来了,把女孩子所有的东西都带走了。他们的婚姻就这样缔结了。女孩在没有媒妁之言的情况下做了爱情的俘虏。

## 在不幸中咀嚼生活

按照正常的叙事,接下来该叙述结婚,或者婚姻生活了。如果那样写的话就成了长篇叙事诗,汉民族的诗歌没有那个传统,不会像西方或者印度那样写《荷马史诗》《罗摩衍那》那种好几册的大史诗。中国诗歌没有长篇叙事的兴趣,这从《诗经》开始就表现得非常清楚。其实一个作品好不好,长度不是关键。

这首诗对他们婚后的生活基本上没有正面描写,而是笔锋一转,变成了抒情。这就是第三章。

这一章是议论,说桑树叶子在没有掉落的时候,它是"沃若",也就是润泽的。"沃若"这个词在《小雅》里也出现过。《小雅》是陕西一带王朝中心地区的诗歌,有好多是在政治场合唱的,比如写马车缰绳的柔软、柔韧,也用"沃若"。可是在这首《氓》中,河南

于嗟鸠兮無食桑葚

傳鳩鶻鳩也食葚過則醉而傷其性集傳似山雀而小尾青黑色多聲○小宛鳴鳩一物鶯鳩也嚴緝辨五鳩其說可從李時珍云今夏月出一種糠鳩微帶紅色小而成羣好食桑椹及半夏苗即此也

的一个女子歌唱自己的不幸的时候，形容桑叶的润泽，也用了"沃若"。按照常理，河南人说话跟陕西人的差异应该是很大的，所以这也是采诗说的一个证据。"沃若"可以理解成采诗官的语言，采诗官从陕西出来到全国各地去，他们操的是王朝中心地区的语言。《氓》这个故事是河南的，但是采诗官加工它所用的语言可能就不是河南的了。接着"桑之未落，其叶沃若"的是一声嗟叹，也就是"于嗟"。"鸠"是一种鸟，又叫斑鸠，据说性情很温和，有固定的配偶。诗里边常用这种鸟来比喻女性。"于嗟鸠兮！无食桑葚。"桑葚就是桑树的果子。这里有一个传说，鸠喜欢吃桑葚，吃着吃着就吃多了，就会醉，从树上掉下来。下面接着"于嗟女兮！无与士耽"，女孩们不要跟男人们沉迷于爱情之中。"耽"就有耽溺的意思，沉到里边拔不出来。为什么呢？"士之耽兮，犹可说也"，男人们沉溺了是可以摆脱的。"女之耽兮，不可说也"，女孩子一陷入到爱情之中，就再也拔不出来了。

这一段感慨，实际上是在叙事过程中间插了一杠子，先是热热闹闹地结婚，而婚后怎么样却不告诉你，让你好奇。云遮雾绕地不直说，却来感慨桑叶。蚕女嘛，这也是三句话不离老本行，她对桑树的观察很细腻。说完桑叶之后是"于嗟女兮！无与士耽。士之耽兮，犹可说也。女之耽兮，不可说也"。后边两句最关键。这首诗的女主人公，虽然陷入爱情以后痴痴傻傻的，但她对生活的反思能力很强，颇有些智慧色彩。她的反思实际上道出了一种不平衡，也可以说是不平等。男女在感情上是有差异的。汉代学者郑玄说，男子除了婚姻之外，可以登山，可以临水，可以干事情，可以交朋友。女子呢，只在家里边守着自己的丈夫。他从这个角度讲男女不平衡的起源，

《卫风·氓》：蚕女啊，假如生活欺骗了你　　　129

实际上还是蛮有道理的，符合古代社会的状况。人类社会的分工的确造成了不同的心理状态，这是存在的，也是希望研究和解决的，毕竟女人不是天生就这样。

而这首诗闪亮的地方就在这。这个女子其实挺不幸的，诗的后半部分叙述了她的遭遇，但是她在不幸中咀嚼了生活，发现了生活的某种真谛。这是很值得重视的。

到了第四章，终于把事情交代出来了。"桑之落矣，其黄而陨"，说桑树叶子黄了，飘落下来，"陨"就是掉下来的意思。"自我徂尔，三岁食贫。""徂"就是往，"自我徂尔"就是自我嫁到你们家，"三岁"是多年的意思，不是确指，可能好几年了。好几年都"食贫"，"食贫"就是吃苦，这是讲自己。我到你们家，没有挑三拣四，没有不尽妇道。接着，"淇水汤汤，渐车帷裳"。这是个比喻，就像在浩荡的淇水边走，早晚打湿车的帘子一样，男子总有一天要变心。"女也不爽，士贰其行"，女子也就是"我"，没有任何爽，"爽"就是差错。是男子变了，"贰"就是改变，"行"就是行事。至于男子为什么变心，诗并没有交代。这里体现出本诗和《诗经》中其他的弃妇诗不一样，其他一些诗就写明白了，是丈夫喜欢上了别的年轻女子，这里却不讲，与女主人公的性格是非常吻合的。接着后边下了一个判断，"士也罔极，二三其德"。"罔极"的"极"本义是最高的房梁，事实上就是标准、标杆，没标杆就是没准则、不忠贞。"二三其德"，"二三"就是不专心，三心二意、朝三暮四，直接指向了男人在婚姻上的那一番表现。这个女子不是一味地委屈诉苦，她是在判断、指责。这首两千多年前的诗，写了一个身份不高的女子反思生活，她不是一味地哀怨和倾诉，不是只顾对别人说她妇德无亏，他们家的钱是我挣的,他们家的亲戚都是我招待的,他抛弃我,是不对的!那样的倾诉是一种惯态,这个女子没有那样做,尤其显得可爱。

第五章,"三岁为妇",就是多年在你们家做主妇。"靡室劳矣",家里边所有的劳动都是我来做。"夙兴夜寐","夙"是早,"夜"是晚,"兴"是起床,"寐"是睡觉。也就是说,早起晚睡。"靡有朝矣"的"朝"是早晨,代指一天,这句诗的意思是不是一天两天了。"言既遂矣,至于暴矣。""言"是语词,"遂"指达成,男子的心意达成了,就开始对我暴虐了,变心了。"兄弟不知,咥其笑矣。"古代常用兄弟来比喻婚姻的亲密,因为兄弟是血亲。这句说我们原来像兄弟一样亲密的夫妻关系,现在变得不相知了。"咥其笑矣","咥"就是大笑,这里指谑浪、不正经的笑。讲这个婚姻变质了,男子对自己不尊重,侵凌、哂笑。"静言思之,躬自悼矣。""我"静下来,反思这个事情,只有自己伤悼自己。这就和前面的"匪我愆期,子无良媒"连起来了,女子现在想一想,是自己爱上了他,在没有媒妁之言的情况下嫁给了他,但是现在他对自己这样,又能怨谁呢?谁也怨不着。话说到这里,是哀伤到无以复加了。

## 为弱者歌唱

王朝采诗观风,这首诗体现了对弃妇这种现象的关注。它的创作过程很可能是弃妇口述,采诗官整理。后来诗经过了层层上交、层层加工。最早去打听这个故事的人,把它交给音乐官,低级的音乐官再交给高级的音乐官,然后由他们来谱成曲子,唱给王听。但它是采集过来的,是源于生活的,甚至可谓中国最古老的报告文学,它不是诗人坐在家里想出来的,所以才这么千姿百态。所以,到了"静言思之,躬自悼矣",诗的警醒意味就出来了。一个女孩子本着自己的情感,没有媒妁之言就嫁给了一个男人,结果到了最后无处诉苦。采诗官们采集这个诗、歌唱,它还流传甚广,也是在教育大家,在婚姻生活上女孩子们要注意保护自己。因为实际上,如果婚姻破败,吃亏大的往往是女性,这是我们人类的缺陷、人性的短处。

这首诗的叙事有个特点,对于婚后的生活,不做专门冗长的交代,而是慢慢地、一点一点地渗透。中间的几章里,"自我徂尔,三岁食贫",过得艰苦;"三岁为妇,靡室劳矣",她很勤劳;"夙兴夜寐,靡有朝矣",把日子过好了;"言既遂矣,至于暴矣",它把婚变零存整取地交代出来了。中国的叙事诗总是在浓郁的抒情色彩中,用简短的篇幅把事情交代出来。

最后一章是痛定思痛,最后做决绝之态,决断。"及尔偕老",说当年我们约定的是要跟你一起老的,结果你使我怨,"使我怨"之前那个"老"是顶真格,它作为下句的第一个字和前句的最后一字相同,也可以理解为前句的缩略语,是不必翻译的。这两句意为说什么老啊,你是最终让我怨恨的。所以,"淇则有岸",淇水总有岸边,"隰",下湿之地、沼泽之地,再大的沼泽地,它也有一个泮,"泮"也是岸的意思,也就是说这事总有头。从这可以看出,这个女子实际上严格说来不是被抛弃的,她是主动离开了男子。为什么?就是前文说的男子总是对她不尊重,在精神上折磨她。然后接着又回忆,毕竟一日夫妻百日恩,像这种夫妻之间的断别,实际上是非常痛苦的。所以虽然是她主动离开,但还是难免不断地回顾当初,

"总角之宴，言笑晏晏"，"总角"就是结发，指子女结婚后侍奉公婆的发饰。"总角之宴"应该是指结婚时的宴席，那时我们"言笑晏晏"，有说有笑，"晏晏"就是和乐的样子。"信誓旦旦，不思其反"，"旦旦"是诚恳的样子，你当初那么信誓旦旦，没想到没过多久你就"反"了，"反"就是跟誓言相反。"不思其反"下面又来了个顶真格，"反是不思"，既然你已经背弃誓言，我们就不再想了，"不思"了，"亦已焉哉"，就散了吧。女子决绝地主动放弃了，不再受这种折磨了，这是她的性格。

清代牛运震在《诗志》中说，作品对男子的称呼换了好几回，有时称氓，有时称子、称尔，有时称士。他说，称氓是鄙视他，称子、称尔是跟他表示亲近，称士，这个士就是指一般男子了。这里包含着一层意思，就是男人都是好变心的，我这丈夫也和一般男性差不多，都是一个德行。而且，士是一个比较尊贵的称呼，古代贵族才称士，用在这里语带挖苦。

这首诗中的女子在生活的废墟当中发现了某种真谛，懂得反思，被赋予了一种智性。同时，她虽然遭遇不幸，但性格刚强、挺拔，这正是不凡之处。

这是一首来自社会下层的诗，其实采诗官的身份也不一定那么高。正因为如此，他们才很敏感，对小民的苦楚能够感同身受。他们就尽情地让民众放歌，让那些受苦的、在生活中受了委屈了、被生活欺骗的人表达自己的理解和情感。诗是下层冲进下层的表现，这正是《诗经》了不起的地方。和后来的汉、唐、宋等朝代的文学相比，《诗经》里既有庙堂的声音，也就是那些有文化、有地位的人的声音，也有下层的声音，它是个多声部。在采诗观风制度下，我们的诗歌老早地就把文学的触角伸向了基层，伸向了那些没名没号的小民，伸向他们的内心世界，触摸他们的感受。这在世界文学史上是罕见的，体现了《诗经》的精神价值。所以，从这首诗我们看到了一个不幸的婚姻，看到了一个鲜明的性格，同时也看到了那个时代的文化。

# 《邶风·凯风》：唱给母亲，凯风寒泉之思

《诗经》里有一首诗是唱给母亲的，就是《邶风·凯风》。这首诗一共是四章：

凯风自南，吹彼棘(jí)心。棘心夭夭(yāo)，母氏劬(qú)劳。

凯风自南，吹彼棘薪。母氏圣善，我无令人。

爰(yuán)有寒泉？在浚(jùn)之下。有子七人，母氏劳苦。

睍睆(xiànhuàn)黄鸟，载好(zàihǎo)其音。有子七人，莫慰母心。

## 如果让母亲伤了心

这首诗一共四章，前两章都以"凯风自南"开始，什么是"凯风"？"凯风"就是南风，中国是个季风气候区，刮南风往往是春天到了，所以南风又叫熏风，是和煦的风，促进万物生长的风。"凯风"从南吹过来，吹到"棘心"，"棘"就是酸枣棵子，在北方的很

吹彼棘心

傳棘難長養者集傳小木叢生多刺難長園有棘傳棘棗也○嚴緝李氏曰南風長養萬物物情喜樂故曰凱風棘酸棗也山陰陸氏曰棘性堅彊費風之長養者四時纂要曰四月葉生凱風酸棗也於果為下圓有棘酸棗也又釋木棗注引孟子趙岐注云臧棘小棗所謂棘酸棗也朱氏集解云臧棘小棗非美材也

多阳坡地上爱长这些东西，枣子味道很酸。这种树春天返青晚，不像桃花、柳树等老早地就应着时节红了、绿了，春风是很难把它吹绿的，所以要到凯风，也就是接近夏天的风来了才能返青。"棘心夭夭"，"棘心"的"心"就是酸枣棵子上长的小嫩芽。"夭夭"就是在风吹拂下摆动的样子。最后一句说"母氏劬劳"，实际上前三句都是在反衬下边这一句，母氏养育儿子是非常难、非常艰辛的。"劬劳"的"劬"字是劳苦、劳累的意思。

第二章"凯风自南，吹彼棘薪"，这个"薪"是柴火、薪柴。这个"薪"指酸枣已经长大了，要成柴了，实际上就是在成长。"母氏圣善"，"圣善"就是高尚、善良，而下一句"我无令人"，却是没好人的意思，跟母亲相比我们做得不好，我们让母亲失望了，这句话是一种自责。

接着第三章，"爰有寒泉？在浚之下"。"寒泉"就是寒冷的泉水，"在浚之下"是在浚这个地方。用泉水的寒来形容母亲心境凄凉，在浚这个地方有些儿子，母亲辛辛苦苦把他们养大了，他们却让母亲伤了心。接着是"有子七人，母氏劳苦"。今天我们读"爰有寒泉？在浚之下。有子七人，母氏劳苦"有点不押韵，但是这个"下"字古代跟"苦"应该在同一个韵部。

最后一章，"睍睆黄鸟，载好其音"。"睍睆"是个联绵词，实际上在古代两个字的声母也接近，它是形容黄鸟的。它的解释古来有两种说法：一种是漂亮的羽毛，指它的颜色；另一种是指鸟的叫声婉转好听，如果是这样的话，实际上就和"载好其音"意思相同。最后"有子七人，莫慰母心"，也是强调七个儿子对不起母亲，让母亲伤了心。这首诗歌也用了重章叠唱的方式。

## 要原谅"亲之小过"

　　这首诗是唱给母亲的,感念母亲劳苦并充满了自责之情。那么为什么自责呢?孟子在《告子》里和他的学生公孙丑谈《诗经》,公孙丑问:"《凯风》为什么不怨?"孟子回答:"《凯风》,亲之过小者也。"公孙丑又问《小弁》为什么怨呢。孟子回答:那是亲人,也就是父亲、长辈那个过错大。亲人犯了大过错,做儿子的再不抱怨,那是对他疏远,在心理上疏远亲人。就是说作为孩子,父母犯了错误,如果是大的过错,应该批评,应该有点埋怨的情绪,这样才是自己人。而如果亲人、长辈犯点儿小错误孩子就没完没了地抱怨,孟子说这不是孝子的做法。公孙丑说"《凯风》不怨",孟子也没有反对,也就是说孟子认为这首诗中的母亲没有太大的过错。实际上,一个家庭养七个儿子,家主是非常艰难的,张嘴吃饭的多,干活的少,所以母子之间难免舌头碰牙,母亲也难免发生点儿小过错,所以儿子自责,母亲这么辛苦我们还不能原谅她,还让她生气,这样就很通顺了。

　　儿子埋怨母亲之后深深地反省、自责,这就是一种情感之美。这首诗在后代的影响还是蛮大的。东汉的第三代皇帝汉章帝,给他的儿子东平王和琅琊王的诏书中就说"以慰凯风寒泉之思",意为让他们怀念母亲,因为那个时候他们的母亲去世了。陶渊明在给旧故写《孟府君传》的时候也有"凯风寒泉之思"这样的句子。另外这首诗在现代还引发了一则有趣的佳话。

　　闻一多先生在《诗经》注解方面很有成就,他也是一位诗人,曾经写过《七子之歌》,包括澳门回归的时候有一个小孩子唱的"你可知Macau不是我真姓？"那首诗。实际上《七子之歌》写了中国的七个地方，包括香港、澳门、威海、台湾等。关于台湾那首诗，是这样写的："我们是东海捧出的珍珠一串，琉球是我的群弟，我就是台湾。我胸中还氤氲着郑氏的英魂，精忠的赤血点染了我的家传。母亲，酷炎的夏日要晒死我了，赐我个号令，我还能背水一战。母亲，我要回来，母亲！"这首诗写得也很有劲，很有深情。而这首爱国情绪很浓郁的诗，它的诗名就来自《凯风》。这就是《诗经》的影响力。

这首诗的成功除了表达了深沉的孝子之情外，还在于诗篇中的物象。"凯风自南，吹彼棘心。棘心夭夭，母氏劬劳。"意象极为温润。春风吹拂下酸枣棵子生出叶芽，是多么清新动人的景象，以此来表达对母亲的爱，是非常适宜的。

# 《鄘风·载驰》：念母邦怀大义胜须眉的许穆夫人

《载驰》写许穆夫人，她就是《邶风·新台》中那位宣姜的女儿。宣姜婚姻不幸，嫁给卫宣公后又作为遗孀被迫嫁给了公子顽，但她的孩子都还不错，有宋桓夫人、许穆夫人、戴公、文公等。许穆夫人是有远见、有大局观的人，刘向《列女传》记载，她曾要求父亲昭伯（即公子顽）把她嫁到大国去，这样如果卫国有事可以帮忙，后来她嫁到许国。

《载驰》的写作背景，与春秋时期的一件大事有关。从太行山一带南下的狄（北方各个非华夏部族的统称），击溃了许穆夫人的母国卫国，卫这个被封建在文化非常发达的殷商故地的老牌国家差点儿亡国，跑到黄河对岸，不足八百号人，加上两个未受战乱地方的人口，只剩下五千多人。当时，周王迁到洛阳以后，经过郑伯的一番打击，失去了号召天下诸侯的权力，面子上也非常难看。毕竟，连郑伯都打不过，谁还搭理他？也正是周王室的衰落给了北狄机会，如《小雅·常棣》"兄弟阋于墙，外御其务（侮）"中所隐含的意思，如果兄弟内斗，会招来外患。

卫遭难后,是齐桓公、宋桓公伸出援手,出兵相救并帮助他们在楚丘修了新的都城,安顿下来。这样,后来的卫文公才得以复国。北狄灭卫,是齐桓公争霸天下的一个标志性事件。天下诸侯觉得齐桓公才是真正的号召天下的人,所以称他为霸主。孔子说过"微管仲,吾其被发左衽矣",他认为当年是管仲辅佐齐桓公尊王攘夷,救助卫国及其他被北狄侵略的诸侯国。如果没有管仲,人们就会失落文明的生存方式,改为"披发左衽"的蛮夷打扮。管仲说的一句话"夷狄豺狼,诸夏亲昵",第一次把民族大义揭出来了。

齐桓公号召天下诸侯救卫国,可以说是中国历史上民族大义第一次高涨。在这样的情形下,另一些诸侯的表现就差了一点儿,包括郑国和许国。许国不仅没有任何动作,还阻止许穆夫人回国。这就是《载驰》这首诗的内容。

载(zài)驰载驱,归唁(yàn)卫侯。驱马悠悠,言至于漕(cáo)。大夫跋涉,我心则忧。

既不我嘉,不能旋反。视尔不臧(zāng),我思不远?既不我嘉,不能旋济。视尔不臧,我思不閟(bì)?

陟(zhì)彼阿(ē)丘,言采其蝱(méng)。女子善怀,亦各有行(háng)。许人尤之,众稚(zhì)且狂。

我行其野,芃芃(péng)其麦。控于大邦,谁因谁极?大夫君子,无我有尤。百尔所思,不如我所之(zhī)!

《鄘风·载驰》:念母邦怀大义胜须眉的许穆夫人　　　141

## 母邦遭难，归心似箭

这首诗头一句中的"载"是连接两个动词的结构词。"驰"和"驱"都是奔跑。"归"是回娘家。"唁"是吊唁、慰问，"唁卫侯"就是吊唁卫侯。此时卫懿公已经被北狄杀死，所以卫侯应指卫戴公。据说卫懿公喜爱仙鹤，整天让仙鹤坐在战车上，结果北狄入侵的时候，武士们就说既然仙鹤能坐战车，就让仙鹤去打仗吧。卫懿公只好临时凑了一支军队，由于缺乏武备，最终被北狄围歼，他本人也被杀死了。"驱马"就是赶马，"悠悠"就是漫长。"漕"是卫国的临时都城。"大夫跋涉"，"跋涉"就是过草地、河流，抄近路。这句解释有分歧：一种解释是许穆夫人要回娘家，许国大夫抄近路把她拦下来，所以后面说"我心则忧"。另一种解释则说"跋涉"指卫国使者跋山涉水向许国求援。两种解释都可通，第二种解释好一些。因为许国人根本就不让她回家，所以开头的"载驰载驱"，给人的印象是眼前"踏踏踏"一辆马车快速奔驰。然后交代，车上的人要急着奔向母邦，但实际上，车马并未真的如愿在大路上奔驰，女主人公可能连门都未能出。这就是文学，虚虚实实，制造出一个想象的情形。如果不这么写，而是顺着写，恐怕就没有味道了。

第二章，"嘉"就是赞许、赞成。"我嘉"就是"嘉我"。"旋反"是回国。"既不我嘉，不能旋反"意思是许国人不同意许穆夫人回家，认为她回去了也不管用。后面"不能旋济"的"旋济"和"旋反"一样，也是达到目的的意思，"济"就是达到目的。所以她接着说"视尔不臧，我思不远"。"视"是相较的意思，"视尔不臧"就是相较于你们的没有一点良策，"我思不远"吗？难道我的思路、想法是浅见吗？从西周初到春秋时期，嫁出去的女儿回家受到礼法的严格限制。"视尔不臧，我思不远"，"视尔不臧，我思不閟。"两个排比句子是许穆夫人的反问，"閟"是思虑周密的意思，那么许穆夫人究竟有什么思虑？结合下文的"控于大邦，谁因谁极"可以看出，她可能向当局者提出了向大邦求救的主张。当然也被无血性、无远见的许国大夫君子们冷漠以对了。连续的反问中，"问"出的是许穆夫人挺拔、高耸的性格。但是，越是有性格，在一群无血性的权贵面前，就越是苦闷。这是中国诗歌里第一次直接写女人的见识超过男人。

诗读到此处应该拍案，在中国文学史上，这是一次胜利，让巾帼压过了须眉。这是《诗经》值得注意的地方。中国古代歧视妇女，孔夫子这个人哪儿都好，就是有一点，瞧不起女人，"唯女子与小人难养也"，"女子难养"是他说的。在《论语》中还有一句老话，周武王说"我有乱臣十人"，其中的"乱"字是治天下的意思，武王说有十个治天下的人。结果孔子非要站出来说，唉，有女人在，九人而已。他非要把这个女子挑出来，所以，这个问题没法给他遮掩。但是，从这首诗我们看到，《诗经》对女性不是这样的。

## 大义源于对母邦的爱

第三章，"陟彼阿丘"写许穆夫人心里闷得慌，就登上高丘。"蝱"是一种草，名叫贝母，据说可以治疗淤积病症。"陟彼阿丘，言采其蝱。"这是《诗经》的惯用手法，有了忧愁出去登登高，采采

言采其蝱

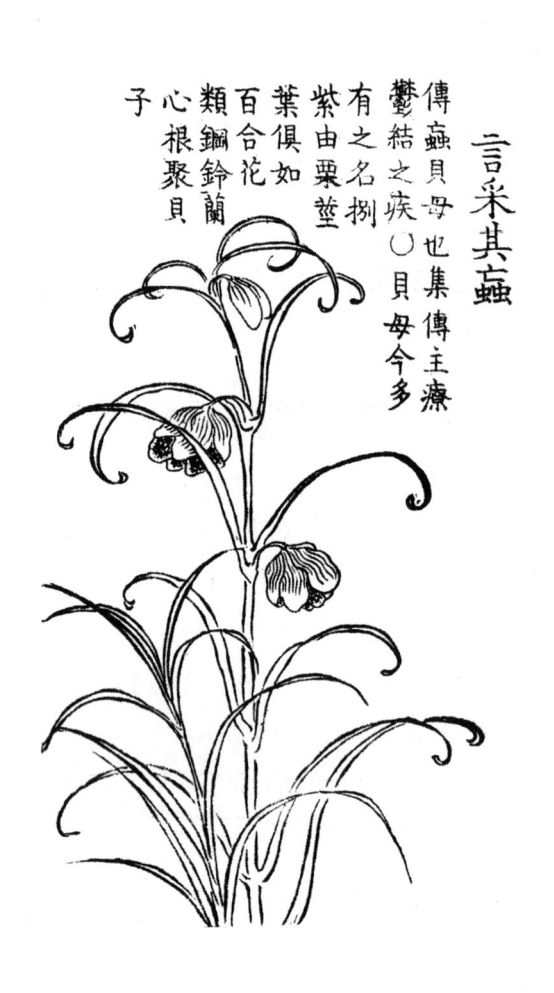

傅蝱貝母也集傳主療
鬱結之疾〇貝母今多
有之名捌
紫由粟莖
葉俱如
百合花
類鋼鈴蘭
心根聚貝
子

药，未必是实情。"女子善怀"，明代学者杨升庵认为"善"就是容易。这是许国人丑陋地指责许穆夫人的话，说这个女人不让她回家就哭哭啼啼、吵吵闹闹。诗人用这句话，巧妙地揭了一下大男子主义偏见的老疮痂，他们的智力和胆略都不如许穆夫人，就想用男权社会"嫁出去的女儿泼出去的水""女人就爱哭"之类的礼法、偏见压垮她。这里也凸显了许穆夫人面对的险恶环境。"亦各有行"则是许穆夫人对这一指责的反驳，言外之意是她回家是因为大义。"许人尤之，众稚且狂。""尤"是责备，"稚"是骄傲，"狂"是发傻。"众稚且狂"就是既稚又狂。说你们这些大夫责备许穆夫人，真是既骄横又狂妄，是对许国人在盟邦遭难的时候只图自保的指责。

"我行其野，芃芃其麦。控于大邦，谁因谁极？""我行其野"跟"陟彼阿丘，言采其蝱"是一样的。"芃芃其麦"透露已经是春天了，卫国被北狄灭国的消息传到许国已经有一段时间了。这时她想"控于大邦"，"控"就是控告、求助的意思。"谁因谁极"，"因"就是依靠，"极"是屋顶最高处的大梁，这里也有依靠的意思。这句意为：我们投靠谁才能够得到帮助呢？这是诗人模拟许穆夫人的想法。"大夫君子，无我有尤。百尔所思，不如我所之。"意思是大夫君子们，不要责备我了。"百尔所思"，"尔"就是你们，"百尔"就是尔百。"百尔所思，不如我所之"是说你们的百种想法，都不如我所想到的。

在卫国遭受异族入侵的时候，按照"诸夏亲昵"的原则，中原的各个诸侯国本应联合对外，这是当时的民族大义。因为按照周家这种封建制，在一开始把王朝化整为零，各诸侯到各地方去镇守，他们之间应有的关系，应该是一方有难八方支援。本诗展现了许穆夫人为诸夏大义与许国一帮无血性的大臣的抗争。这一不成功的抗争,也让她被时代所关注、所铭记。她是一个心里有国家意识的女人,很不平凡,值得尊重。

有人认为这首诗是中国第一位女诗人的作品,但我有不同的看法。这首诗如果是许穆夫人的作品,那应该在许国流传,用许国的曲调。可是这首诗是卫地的风诗,用的是卫国曲调。而且,许穆夫人与她的婆家,亦即许国的臣子们发生冲突了,她是为了在自己的娘家遭难的时候出把力。然后被那些没有远见的许国人拦阻了,这种事情在许国不容易引起共鸣。但是在卫国,尤其在他们遭了难的时候,会想到自己国家的姑奶奶嫁出去以后,没有忘记母邦,这对他们来说是一件温暖人心的事情。所以这首诗应该是卫国人写的,在卫地流传的。

# 《周南·汝坟》：流淌在血液里的家与国

遵彼汝坟，伐其条枚。未见君子，惄如调饥。
遵彼汝坟，伐其条肄。既见君子，不我遐弃。
鲂鱼赪尾，王室如燬。虽则如燬，父母孔迩！

## 有家就有底气

有一首诗大家很熟悉，那就是杜甫的《春望》："国破山河在，城春草木深。感时花溅泪，恨别鸟惊心。烽火连三月，家书抵万金。白头搔更短，浑欲不胜簪。"这首诗历来被视为杜甫沉郁顿挫诗风的代表作，写的是经过战乱，原本繁盛的唐朝被叛军搞得面目全非。但是在那样的情形下，杜甫是怎么想的？国家破了，但是生机还在，自然的生机是春天，深层的生机是"山河在"和抵万金的"家书"。悲伤之后，有家在，我们就有奔头。得了家书，内心就长了底气。

这是古典诗深层的家国意识。

《诗经》中有一首诗可以说最早地表达了这种意识,那就是《周南》里的《汝坟》。这首诗一共三章,不长。

"遵彼汝坟",就是沿着那汝水的河堤。"坟"有高起来的意思,指高土堆。"汝坟"就是汝水的河堤,因为河堤都要高起来。沿着河堤去干什么?"伐其条枚","条枚"是树的细枝,"条"和"枚"都是枝条的意思。这句意为沿着汝水的河堤去伐树。这可能是实指,也可能只是"起兴"。但是它暗示了一个地点——汝水。汝水发源于河南省西南伏牛山北麓,流向东南江淮流域。而周代从早期开始,就不断地向淮水流域扩张势力,迫使那里的人民臣服。

接下来,"未见君子,惄如调饥"。"君子"指自己的丈夫。这个词在周代早期指的是统治者,有权有位的人,也可以指一个家里的"统治者",在古代就是丈夫。这句话是女子的口吻,她在思念自己的丈夫。见不到君子,心情如何?"惄",内心焦灼、忧烦。此处用了比喻,"调"字在这读 zhāo,是假借字,意为早晨,因而"调饥"就是早晨的饥饿。这个比喻比较新颖。早晨的饥饿感人人都有,用它去形容某种独特感受更容易理解。"枚"字和"饥"字,实际上是押韵的。在《诗经》的时代,它们的读音和今天不一样,但韵母相同。

接着看第二章,"遵彼汝坟,伐其条肄"。什么是"肄"?就是枝条砍掉以后再生的枝条。这不是说诗写了两年,头一年伐了条,第二年再伐肄。"条枚"和"条肄",我们不妨理解为一个意思。这样写诗出于古人要重章叠调、讲究字句变化的需要。下一句"既见君子,不我遐弃"。你没有把我抛弃,也就是说你回来了,我还能见到你。再引申,就是你没死在外边,终于回来了。中国古人特别怕出远门。

在宋代，老百姓给政府服徭役，比如把政府的一些货物由甲地运到乙地去，就要出远门，而为了逃避这个，很多人把手臂都断掉。那时交通、通信等条件不发达，山川险恶，可能人文环境也险恶，有"在家千日好，出门一时难"的老话，所以大家不愿意出门，一旦出门家里人就惦记。诗的这几句就是这个意思。更何况，当时周朝要在淮水流域、汉水流域长期驻扎军队，所以诗里的"君子"，可能是到了淮水一线去当兵、驻扎，或者支援军事行动，甚至当民夫。远离家乡，是肯定的。

## 国是放大版的家

第三章开头用了比兴手法。"鲂鱼赪尾"，"鲂鱼"就是鳊鱼，尾部特别红，味道很鲜美。"王室如燬"，王室毁了，就像被火烧了，像鲂鱼尾巴一样通红。然而"虽则如燬，父母孔迩"，虽然王室毁了，但是爹妈离得很近。由这几句可以判断，这是西周王室刚刚崩溃不久之后的诗，"王室如燬"即指骊山乱亡之事，周幽王把国家弄崩溃了，他本人死在骊山一带。而此时，诗中的"君子"正在南方。这些江南驻军怎么办？家里人很着急。此时再回头看"既见君子"，家人终于千辛万苦地回来了，我们能感受到一种振奋。这就与"家书抵万金"意义相近。

一个古老的文化，经常会遭遇很多困苦、困难，甚至有中断的危险。魏晋南北朝时，各边地人群，实际上都是我们的兄弟民族，像潮水一样汹涌地进入中原，中原王朝实际上迁走了。但是学术在

## 魴魚赬尾

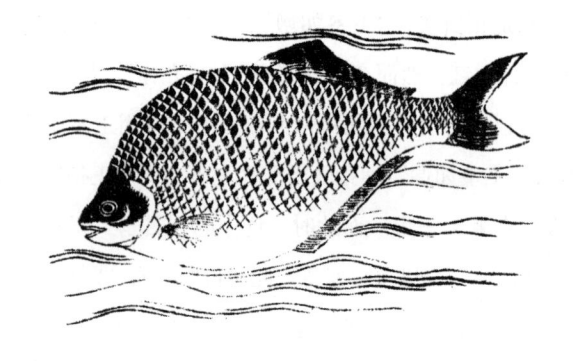

集傳魴身廣而薄少
力細鱗○魴一名鯿
陸疏魴魚廣而薄肥
恬而少力細鱗魚之
美者埤雅細鱗縮項
闊腹其鬐方其厚編
故曰魴亦曰鯿正字
通小頭縮項闊腹穹
脊細鱗色青白腹內
甚腴舊說埋捺葛子

中原和南方还是有传承的。陈寅恪先生说，当时学术不是在政府，是在家族。中国古代老师和学生之间是一种人伦关系，老师传学生是有谱系的。像孔子的弟子颜渊去世了，孔子很心痛，可是当时没有相应的礼，规定学生死了老师应该如何吊唁，以什么身份吊唁。于是，孔子"心丧"，以父亲的身份，但是不穿孝。后来孔子死了，他的学生就像亲儿子为父亲守孝三年那样做，但是也不穿孝服。所以，天地君亲师就变成了一种人伦。而古代的学术，也不是在国家或者学校传，那样的话，遇上南北朝这样的动荡，学术也就散亡了。但学在家族，保证了国家遭受大的变化之后，学术没有断绝，这也是一个生机，一个复原。

所以，在北方也好，南方也好，中国文化是迁移了，虽然整个西晋王朝崩溃，但是文化慢慢会恢复，究其原因，中国古代社会是家国一体化的。家是微缩版的国，国是放大版的家。中国古代治国讲究忠孝仁义，治家、治身也讲究忠孝仁义，这个伦理是彻上彻下的。《汝坟》这首诗最后一章的振奋，就是因为国家、王朝虽然遭受了大的灾难，但幸好丈夫回来了，父母也在身边，只要人在，家在，我们就有希望。

《后汉书》中记载，汝南人周盘，早年为了养老母，不去做官，在家里老老实实待着，是一个安贫守道的人。但是他读到《汝坟》最后一章，慨然而叹，觉得自己总得为国家做点事情，于是就把平时穿的服装脱掉，去应孝廉之举，就是接受国家选拔官员的考察。

这首诗虽然短，但写得很有力度，也很感人，让我们更深切地理解古人的家国意识。这种精神在现代人的观念中还深层地存在着，是四五千年来支撑着这个民族的一点儿骨血。

# 《邶风·燕燕》：中国送别诗之祖

送别是人生中一个很重要的现象。中国的送别诗，从《诗经》时代开始，一直延续到近现代，可谓源远流长。南北朝时期有一位作家叫江淹，成语"江郎才尽"说的就是他。他年轻的时候做了很多文章，到老了以后官越做越大，诗文却做不好了，人们说他江郎才尽了。他有一篇很著名的《别赋》，其中有"黯然销魂者，惟别而已矣"，就讲送别是很让人伤情的。《诗经》中的送别诗，最早的是《大雅》里的《烝民》，仲山甫要到齐国去，诗讲给他送别。但那首诗给大家留下的印象并不是很深刻。真正开辟了中国诗送别传统的，则是《邶风》里一首很深情的送别诗——《燕燕》，后代好多诗篇都是仿照着它来写的。

燕燕于飞，差(cī)池(chí)其羽。之子于归，远送于野。瞻(zhān)望弗(fú)及，泣涕如雨。
燕燕于飞，颉(xié)之颃(háng)之。之子于归，远于将(jiāng)之。

瞻望弗及，伫(zhù)立以泣。

　　燕燕于飞，下上其音。之子于归，远送于南。瞻望弗及，实劳我心。

　　仲氏任(rènzhī)只，其心塞(sāi)渊。终温且惠，淑慎其身。先君之思，以勖(xù)寡人。

## 眼力看不到人走的那么远

　　"燕燕"，"燕"字重复了一遍，就是燕子，燕子于飞，就是燕子飞。"于"是《诗经》里常见的一个介词，常用在动词前边。这个字本来可能就有动词的意思，后来虚化了。"差池其羽"，"差池"是一个固定词，差池其羽就是参差其羽，燕子飞的时候，翅膀上下扑打，参差不齐。燕子又称家燕，现在很常见，南方北方都有。在商代它又被称为玄鸟。商朝人有一个传说，说他们的女老祖和姐妹一起在春天去踏青，正好赶上一只玄鸟过来下了一个蛋，然后女老祖吞了那个蛋，就怀了孕，生了商朝的始祖契。所以，殷商人相信燕子和他们的祖先有关，认为自己是鸟的后代。可见，这句诗也含着很古老的含义。

　　"之子于归，远送于野。""之子"就是这个人，指男指女都可以。他要归，这个归可能就是回家。至于这首诗的主人公是谁，古来说法可就多了。西汉刘向认为是卫定公的妻子定姜在儿子死后送儿媳妇回娘家，这叫大归。毛诗家说是春秋早期卫庄公死后，庄姜送陈国的一个女子、庄公的妾,叫戴妫这个人。宋代学者王质则说是国君送妹妹嫁他国。诗篇本身并没有透露任何这方面的信息,所以在现有的条件下,难以说哪个是定论。这就是"之子于归",然后"远送于野",远远地送到了哪呢?野外。就像今天出了北京城,还要出近郊再走好远,到房山一代才能称野。送得远表明情感深、恋恋不舍,不忍离别。接着,"瞻望弗及,泣涕如雨"。送君千里终有一别,"瞻望"就是远望,"弗"就是不,"弗及"就是看不到了,怎么办?眼泪哗啦哗啦地下来了,这就是"泣涕如雨"。到这里,诗的深情就表现出来了。

宋代文学评论家许顗在《彦周诗话》中说"瞻望弗及,泣涕如雨"这两句诗真可以泣鬼神矣。他还说这是"眼力不如人远"的诗,说我们的眼力看不到人走的那么远,没办法,就去登高远望。这种深情就在这样一个句子里表达得非常清晰、非常有气力了。而且这也体现出中国诗的一个特点,就是含蓄,用很轻的手法表达很重的意思。即使有再深的感情也不会大声嚷叫。钱锺书先生曾将中国诗与西方文学做对比,说莎士比亚的戏剧写女主角送丈夫远行,写道"极目送之,注视不忍视"。说她非常专注地送行,眼睛看着离开的人,片刻都没有离开,即使眼中筋络迸裂都在所不惜。而中国诗人不会这样写。只写到行人越走越小,纤细得跟针尖一样了,微弱得和小飞虫一样了,消失于空蒙的天空中了。这时我的眼睛转回来,马上眼泪下来了。他认为"西洋诗人之笔透纸背,与吾国诗人之含毫渺然,异曲而同工"。

这种写法也引发了后代很多诗人的模拟,也可以说中国送别诗基本上走的都是这个路子。比如李白的《黄鹤楼送孟浩然之广陵》,

就有"孤帆远影碧空尽,唯见长江天际流",他甚至都不说在瞪着眼睛,极目远望去追寻那个离开者的踪迹,只是写他眼中的情景,孤帆变成了远影,消失在碧空中了。眼前是汗漫的长江水,实际上这水就是那思之不尽的情绪。将送别之情表达得很含蓄,是学了《诗经》又推陈出新的。这就是诗的传统,传统有的时候是一种规范、典范,大家都心追手摹。诗人在遵循传统的同时又有创新,这样来表达每一个时代的真情。从中也可以看出诗的影响多么大,《诗经》的影响多么大。

## 离别中的勉励

再看第二章,"燕燕于飞,颉之颃之。之子于归,远于将之。瞻望弗及,伫立以泣"。"颉之颃之"就是上下飞舞,燕子在春天到来时往往有成群的,也有成双的,这句就是指燕子上下飞舞的样子。"远于将之"的"于"是语助词,没有实在的意思。"将"就是送。"伫立以泣","伫立"就是长久地站立,"泣"就是哭。这首诗用"颉之颃之",上下飞舞来写自己的心绪,暗示自己的心绪,是一个新鲜的亮点。

接着第三章,"燕燕于飞,下上其音"。"下上"就是上下,这是殷商特有的用语,不说上下,说下上。因为邶地过去是殷商之地,到了周代采诗观风,采集这些诗篇的时候保存了一些当地语言,这是非常有意思的。"燕燕于飞,下上其音",就是燕子飞的时候,它的叫声一会儿高一会儿低。"之子于归,远送于南",这个"南"应该就指南郊，南郊再往南走就是南野了，这句交代了方位。"瞻望弗及，实劳我心"，"实"是实在，"劳"是忧愁的意思。第三章实际上是重章叠调。

到了第四章开始变了。"仲氏任只，其心塞渊"，"仲氏"就是老二，这个人排行老二。"任"指的是这个人很善良、很真诚，"其心塞渊"形容性格深沉、诚实。诗的前三章开头都是用比兴手法，现在突然改用了赋的方式，有话直说。说"终温且惠，淑慎其身"，"终温且惠"这个"终""且"就相当于"既……又……"的结构，这在《诗经》里较为常见。"淑"是善的意思，"慎"是谨慎，"淑慎其身"就是修身很严谨。这两句讲这个人温和、贤惠而且持身很严。最后两句，"先君之思，以勖寡人"，"先君"就是去世的君主。凡在人的称谓前加"先"字的都是已经死去的，比如先父是指死去的父亲，这个绝对不能乱用。"以勖寡人"这个"勖"就是勉励，"寡人"意为寡德之人，是古代君主的自称。第四章变了调子，写送别之后的沉思。诗人送别这个人，不忍、不舍得让他离去，等到这个人走了以后就开始想这个人的人品，想仲氏这个排行第二的人是很有美德的。接着开始说他的德行"终温且惠，淑慎其身"，实际上是动了离别之情以后，寄之以思绪，还是蛮有余味的。如果离别的两人是兄妹的话，这里实际上还暗示着一种勉励。那就是说妹妹走了，生活中缺了一大块，内心空落落的，所以想起了先君，他是我和妹妹的父亲，想一想心里就踏实多了，我们还有先君，思考他的美德，能够帮助我自己。

这首诗的头一章人见人爱，对后世送别题材诗篇的写作，影响也是很大的。

# 《邶风·柏舟》：人生逆境中仍要有坚挺的姿态

人总有逆境，《邶风·柏舟》告诉我们不论遇到什么困难都要挺住。关于这首诗的题旨有不同的说法。《毛诗》说是"言仁而不遇也"。就是说主人公是个男子，在朝廷中像屈原那样中正，但被怀疑、被毁谤。到了宋代，朱熹《诗集传》认为是在一夫多妻的情况下，女子受到群小的陷害，被丈夫疏远，是受迫害的女性的悲歌。现代人多相信后一种说法。

泛彼柏(bǎi)舟，亦泛其流。耿(gěng)耿不寐(mèi)，如有隐忧。微我无酒，以敖(áo)以游。

我心匪鉴(fēijiàn)，不可以茹。亦有兄弟，不可以据。薄言往愬(sù)，逢彼之怒。

我心匪石，不可转(zhuǎn)也。我心匪席，不可卷也。威仪棣棣(dì)，不可选(suàn)也。

忧心悄悄(qiǎo)，愠(yùn)于群小。觏闵(gòumǐn)既多，受侮(wǔ)不少。

静言思之,寤辟有摽(wù bì biào)。

　　日居月诸(jī zhū),胡迭而微?心之忧矣,如匪澣(huàn)衣。静言思之,不能奋飞。

## 又巧又密的人格比喻

　　"泛彼柏舟","泛"意为漂荡,柏木做的舟在漂荡,"亦泛其流"就是随波摇动,"亦"是语词,不用翻译。"耿耿不寐",与白居易"耿耿星河欲曙天"意思差不多,都是失眠,耿耿是内心中有火、有心事,不寐是睡不着。"如有隐忧"就是有隐忧,隐在先秦时期有痛的意思,这是打比喻,说内心出现了疼痛一样的痛苦。前四句诗起得很稳,但是意象生动,舟拴在暗潮汹涌的河上,在身不由己地摆动,接着写自己糟糕的心情,心里烦躁,睡不着觉,内心忧伤,就像某个部位作痛。"微我无酒,以敖以游。""微我无酒"就是不是我没有酒,"以敖以游","敖"通"遨",遨游之意,也不是我没有机会到外面去走走、疏散心情。言外之意是,喝酒和遨游也无法排解我悲愁的心绪。

　　第二章和第三章是诗篇艺术上的巅峰。"我心匪鉴,不可以茹。""鉴"就是镜子,我心不是镜子。"不可以茹","茹"就是吞吃、接受。意思是我的心是有原则的,不像镜子什么都照,我不是一个随随便便的人。这是主人公在家庭或朝政斗争中失败的原因。这个镜子的比喻很特别,不是常用的取其明亮,不从光亮、莹澈着眼,而从镜子照物不加选择一边立意,很新鲜,出人意表。"亦有兄弟,

## 汎彼柏舟

傳柏木所以宜為舟也 ○ 羣芳譜柏一名椈樹聳直皮薄肌膩三月開細瑣花結實成毬狀如小鈴多瓣九月熟霜後瓣裂中有子大如麥芬香可愛種類非一入藥惟取葉扁而側生者名側柏此方柏亦多種類扁柏為貴園林多植之

不可以据。""兄弟"就是家里边的兄弟,"不可以据"就是不可以凭仗、依仗。说我家里边也有人,但是他们不给我做主。朱熹说这首诗是写女子就是根据"亦有兄弟"。如果写朝政说家里有兄弟,就有点不搭边。"薄言往愬,逢彼之怒。""薄言"是发语词,"愬"就是告状、诉说。"逢"就是遇到。她去找家里的兄弟诉说,反而遇到他们生气发怒。这一段实际上写女子因为有原则、不通融而陷于孤立。

关于"薄言往愬,逢彼之怒",还有一个小故事。《世说新语》中讲汉代经学大师郑玄整天念书,所以他家的仆人都会背诵《诗经》。有一天他家的一个小丫头被处罚,正在地上跪着,有另一个小丫头过来跟她掉书袋,说"胡为乎泥中"(这是《诗经·式微》里的一句),就是你干吗待在泥中,她就回了一句:"薄言往愬,逢彼之怒。"

第三章,"我心匪石,不可转也。我心匪席,不可卷也。威仪棣棣,不可选也"。连续打了两个比喻,讲我心不是石头,不是席子。这首诗打比喻是和常情相反的,《孔雀东南飞》中说"君心如磐石",是用磐石来比喻心意的坚定,但是这首诗反着来,说我的心不是石头一推就转动,也不像个席子可以卷来卷去。实际上还是延续前边的话题,都是在讲她不是随风倒的墙头草。俞平伯先生就说这首诗打比喻,起兴又巧又密,还工整,在朴素的《诗经》里不易多得。

这就涉及博喻的问题,博喻是修辞里的一个现象,指比喻多。有学者认为,博喻是衡量一个作家才华的标志之一。苏东坡有一首诗《百步洪》,形容泗水的一个一百步长的激流,是这样写的:"长洪斗落生跳波,轻舟南下如投梭。水师绝叫凫雁起,乱石一线争磋磨。有如兔走鹰隼落,骏马下注千丈坡。断弦离柱箭脱手,飞电过隙珠翻荷。"连着打了好多比喻。博喻是想象力的标志。而《柏舟》这首诗比喻的特点一是意象新奇、生动，二是掷地有声，很有气力地写自己的人格。离了这些人格比喻，这首诗的艺术性就大打折扣，人格的震撼力也没有了。

## 房倒了架子不塌的人格风范

接下来，"威仪棣棣，不可选也"。"威仪"就是仪态，贵族应该有的做人做事的仪表；"棣棣"是训练有素。《弟子规》一书就规定小孩行、住、坐的规范。《礼记》中的《檀弓》《曲礼》都是讲贵族应有的威仪规范。"不可选"，"选"读作 suàn，就是筹算、算计的意思。这是讲我的威仪是不能够有或然性的，没有第二条选择，一定要保证威仪。这是房倒了架子不塌的人格风范，值得尊重，也显示了贵族文化的特点。

第四章，"忧心悄悄，愠于群小"。"忧心"就是内心忧虑，"悄悄"是忧愁的样子，"愠"是恼怒，"群小"是成群的小人，这儿指众妾。看来诗的女主人公是一个正夫人。因为做事情讲原则，讲正理，而被其他人算计。"觏闵既多，受侮不少。""觏"就是遭遇、遇到，"闵"就是忧愁。"既多"，已经很多，"受侮不少"，受到不少侮辱。"觏闵既多"和"受侮不少"是早期诗歌的对偶现象，说明对偶意识已经出现了。"静言思之"就是静而思之。"辟"是拍打，"寤"字，台湾学者余培林《诗经正诂》认为是连续、持续的意思。"寤辟有摽"就是连续拍打，"摽"是象声词。夜深人静的时候，她痛定思痛，内心的忧伤翻上来，瞪着眼睛睡不着，自己拍打胸膛发出啪啪的声音。后来南宋辛弃疾写自己的孤独:"把吴钩看了,栏杆拍遍,无人会,登临意。"辛弃疾拍栏杆,本诗是拍胸膛。表现一位无助女子身处幽暗无以排解的糟糕情态。第四章交代了她因为"群小"作怪而忧愁,但是对于怎么作怪又没有具体地说,这也是《诗经》的一个特点,它给人以想象的空间。

最后一章,"日居月诸,胡迭而微"。居读 jī,是个语气词,就是"啊"。《诗经》用日月比喻夫妻比较常见,比如《邶风·日月》中"日居月诸,照临下土"。"胡"就是为什么,"迭"就是交迭。日月交迭就是日食月食的现象。日月本应该各行其道,你照你的白天,我照我的晚上,怎么还出现日食月食这样互相掩映的情况呢?这是比喻家庭矛盾。"心之忧矣,如匪澣衣","匪"就是没有,"澣衣"就是洗衣服,"如匪澣衣"是像不洗的衣服。这个解释可以。但是"匪"也可以读成"彼",就是"那个",就像那"澣衣",亦即揉搓衣服一样。这个解释是说我的心忧伤到像被揉揉搓搓的衣服。"静言思之",就是静下来想一想,"不能奋飞",和"泛彼柏舟,亦泛其流","微我无酒,以敖以游"相呼应,就是烦恼无法摆脱,但离家出走在那个时代不是女子的首选,所以女子就想挺着,坚持下去。

所以,整首诗写一个女子在家庭生活中遭受了别人的暗算,失势了、失宠了,因而苦闷。但是之后她并没有夸自己如何好,没有强调自己做得如何对、群小陷害她如何错误。而是展现了面对生活不幸和逆势的一种姿态,也就是挺立、挺着。文学作品里的确是有一些人格力量,面对生活的废墟和逆境,哭、闹、求饶或者变节都不是好选择,有的时候就得人格挺立,生活可以失败,但是人格价值千金。有自己的人格,才能活得体面,有尊严。

# 《邶风·谷风》：不幸的婚姻各有各的不幸福

《诗经》是个万花筒，《国风》里很多作品的一个显著特点就是同情弱者，同情那些经历悲欢离合的或者生活失意的人。弃妇就是生活的弱者，她们往往在德行上没有缺陷但是被男子抛弃了。《邶风·谷风》讲述的就是一位弃妇的故事以及她在遭遇不幸以后的所思、所感。这个女主人公的性格跟《氓》和《柏舟》中的女子有所不同，相对而言，她是比较缠绵的，甚至是比较柔弱的，自有一种姿态。

习习谷风，以阴以雨。黾(mǐn)勉同心，不宜有怒。采葑(fēng)采菲(fēi)，无以下体？德音莫违，及尔同死。
行道(xíngdào)迟迟，中心有违。不远伊迩，薄送我畿(ěr bó jī)。谁谓荼(tú)苦，其甘如荠(jì)。宴尔新昏，如兄如弟。
泾(jīng)以渭浊，湜湜(shí)其沚(zhǐ)。宴尔新昏，不我屑以。毋逝我梁，毋发我笱(gǒu)。我躬不阅，遑恤(huáng xù)我后。

就其深矣，方之舟之。就其浅矣，泳之游之。何
有何亡，黾勉求之。凡民有丧，匍匐救之。
不我能慉，反以我为雠。既阻我德，贾用不售。
昔育恐育鞫，及尔颠覆。既生既育，比予于毒。
我有旨蓄，亦以御冬。宴尔新昏，以我御穷。有
洸有溃，既诒我肄。不念昔者，伊余来塈。

## 冷风冷雨中被丈夫抛弃

"习习谷风"，"习习"是连续不断，就像清风徐徐中的徐徐，就是习习的。"谷风"就是东风、大风。刮着风，"以阴以雨"，阴天风里还带雨。第一句就给全诗营造了一种阴郁的氛围。下面说"黾勉同心，不宜有怒"，"黾勉"就是勤勉、努力，"同心"是指夫妇之间的同心同德，"不宜有怒"，不应该发火，不应该嫌弃对方。接着打了个比喻，"采葑采菲，无以下体"，"采"就是采集，"葑"和"菲"跟萝卜类似，上边长缨子，下边长一个大的圆圆的根块，可以做成腌菜。在生活中比较实用的是下边的根块，这里的"下体"就是指缨子。整句的意思就是：采葑采菲难道不是要采那个根块吗？言外之意娶妻应该取贤，跟你一块过日子的人应该求贤明，这是女性的观点。女性会这样想问题，我对你好我有德行，就像萝卜根块肥大的样子，很实惠。这可能和男性对生活的理解有差异。诗接着说"德音莫违，及尔同死"，"德音"在《诗经》里反复出现，大概就是德

行的意思。这个"音"可以不去翻译。"不违"就是不背理,也可以说如果你不对我不好,"及尔同死",我就跟你过到死。

到这里,女子的人格特征也展现出来了。她很善良,"只要对我好,我铁了心跟你一辈子"的逻辑,表明她是十分明显的依附型人格。这样的性格如果遇人不淑,多半就只有惨惨地被人欺负了。

第二章讲的就是她挨欺负的状况。"行道迟迟",女子在路上走,脚步沉重、迟缓,"迟迟"就是迟缓。为什么呢?因为"中心有违","违"是愇的假借字,是恨的意思。她不愿意离开家。这暗示着她不是自己主动出来了,是身体被轰出来了,而心还不愿意离开。前边展现的女子性格导致了她后边这种结果,就是已经走在路上了,被离弃而不得不离开。接着来了一句"不远伊迩,薄送我畿","不远"就是"迩",近的意思,"伊"是结构词,"伊迩"也就是近,这句话说得重重叠叠的,几个字的意思有点重复,是为了凑足音节,句子造得不是那么好,但这毕竟是两千多年前的诗,可以理解。"薄送我畿"的"薄"是个词头,放在动词前边。"畿"字的本意是门口的石头,古代的门是两扇门,门框要固定在轴上,这轴上下固定住可以旋转,在下边为了旋转方便垫一块硬硬的石头,就是"畿"。所以,这一句的意思就是这一送送到了门口,然后"咣当"把门一关。这是典型的扫地出门。从这里可以看出男子对女子的刻薄。所以,接着马上来了一句"谁谓荼苦,其甘如荠",谁说荼苦,"荼"就是苦菜,诗中人说谁说荼是苦的,它甜得像荠菜一样,这个荠菜就是甜菜。形容自己现在心情的那种糟糕、难过、苦楚。接着最让她伤心的一句是"宴尔新昏,如兄如弟","宴尔"就是欢乐、安详,"新昏"就是抛弃她的这男子又新结婚了。一对新人又亲如兄弟,古代人重血亲，兄弟如手足，《诗经》中常用兄弟关系形容夫妻的感情亲密。这是讲最令女子伤心的事，也交代出了她人生悲剧的一个直接原因，就是男子又有了新欢，并且娶进门了。这种现象在当时应该较为普遍，所以诗里不断地表现这种糟糕的事情。

## 她不是有决断的人

女子被有了新欢的丈夫扫地出门，她该绝望，该清醒了吧？该认识到丈夫喜新厌旧的劣根性了吧？没有。第三章的开头说"泾以渭浊，湜湜其沚"。大意是说泾水本来很清，浑浊的渭水流进来，清澈的泾水就被搅浑了。她错误地把矛头指向了那位新欢。同时还想，泾水虽然浑了，但是一旦水静下来，没有渭水捣乱了，它还是清的。这就是"湜湜其沚"的意思，"湜湜"就是清澈的样子，"沚"是停下来。诗中人这样想，可以从两方面解释：一是还想有一天破镜重圆；一是说早晚男子会想到自己的好处。不论如何，都是藕断丝连，这个女子不是性格决断的人。接着，"宴尔新昏，不我屑以"，"屑"就是"不屑一顾"中"屑"的意思。"以"就是用，"不我屑以"的意思就是不再理我了，不再拿我当回事了。接着"毋逝我梁，毋发我笱。我躬不阅，遑恤我后"，什么意思呢？"毋"就是不要，"逝"就是往，不要到我的梁上去，"梁"就是鱼梁，捕鱼的堤坝。古人为了捞鱼，在河上修一些小石堤坝，留一些缺口，在缺口上下放篓子。下边"毋发我笱"的"笱"是竹篓子，"发"就是打开。你不要到我的梁上去，也不要去打开我的鱼篓子。言外之意，你不要吃现成，这个家是我打的底子。但是说完这句很硬气的话以后，她马上又心绪萧索，心情一转，"我躬不阅，遑恤我后"，"躬"就是身体，"不阅"就是不容纳。我自己都被赶出来了，哪里还有工夫，或者说哪里还有心情管身后的事情呢？这个"恤"就是体谅、照顾，就是管。"后"就是后事。这一段很悲哀，表现弃妇千回百转的心绪，看似不用力，却是力透纸背。

一想到那位鸠占鹊巢的新欢，气就不打一处来。可是，最让女主人公柱凝眉、意难平的，还是自己的妇德无缺。"就其深矣，方之舟之。""就"是针对的意思，是个介词。就像渡河，假如水深我们就"方之"，"方"就是用木筏子渡，"舟"就是拿船渡。"就其浅矣，泳之游之。"假如水浅我们就游泳。这是说自己做事会分情况，准则灵活，不是一个死板的人。"何有何亡"，就是家里有的和没有的，"黾勉求之"，我都努力去追求。"凡民有丧，匍匐救之"，凡是别人有丧亡之事，邻里之间有点着急的事情，我都匍匐着，也就是手足并用、竭尽全力地帮助他们。这说明作为一个家庭主妇，她是会处理邻里关系的，不自私。清代学者陈震在《读诗识小录》中说，这一章写得很直，甚至是伟岸雄直，写自己的妇德表现，写得很挺拔。这也体现了这个女子一直以来的思路，强调自己有妇德，对这个家有很实际的价值，甚至做得比别人还要好。

可是，越是这样写，女子对婚姻失败理解存在的偏差问题就越严重。负心男子抛弃你，是因为你妇道有亏吗？总在妇道方面强调自己的作为，实际是没有找准问题的实质，就陷入无谓的唠叨了。看诗篇，"宴尔新昏，如兄如弟"，女子遭受抛弃是因为年老色衰，男子有了新欢，不是因为她做主妇做得不好。对于男人这点德行，女子没有找到要点。不知道诗篇这样写一位可怜的弃妇,是否有意如此,以此来向大家展示一种人生样态,以引起大家的借鉴。然而生活中,就是如今,一些遭遇了负心汉的可怜之人,喜欢说自己行为的种种不差,不也很常见吗?诗篇或许就是将生活中的常态如实加以表现而已。这是《诗经》艺术现实精神的一个体现。

下边接着讲,"不我能慉,反以我为雠",我妇德这样好,你却不爱护我,"不能我慉"的"慉"是相好、爱护的意思。"反以我为雠","雠"就是对头、仇人。"既阻我德,贾用不售","阻"就是拒绝,你既拒绝了我的德行,"贾"就是做买卖,不售就是卖不出去,这是比喻,我就像一个滞销品。接着就说"昔育恐育鞫,及尔颠覆",这两个"育"字都是结构词,"恐"是恐惧,"鞫"是穷困,"颠覆"就是潦倒困苦。这两句的意思是,当年艰难的时候,我们俩心怀恐惧,怕一同陷入困境,也就是说我们那会儿是同心同德、共患难的。接着"既生既育"就是已经养儿育女了,"比予于毒",你却把我比作有毒物质,认为我是仇人。诗的情绪在这非常剧烈地翻转了。

## 低音不是没有音

最后一章,"我有旨蓄,亦以御冬"。"旨蓄"是美好的积蓄,"亦以御冬"是比喻的说法,抵御艰难的意思。"宴尔新昏,以我御穷","御穷"就是抵抗贫穷,意为你现在有了新人了,把我的积蓄全部用到了新人身上。你当年实际上是拿我当御穷的手段来利用。接着"有洸有溃","洸"的本义是水势凶猛,在这形容态度粗暴、凶恶。"溃"

意为糊涂。合起来就是糊里糊涂地生气、打老婆。原来,自婚变以来,女子在家总是挨打。下面"既诒我肄","诒"就是给予、留下,"肄"就是忧愁、苦痛。也就是说,你现在给我留下的是无穷的苦难。好,"不念昔者,伊余来墍"。你忘记了过去我们一块儿共同创建生活的好,现在只对我暴怒。到最后,诗用一种怨痛之词做结。所以这首诗我们念完了以后,心里很不舒服,很压抑。

实际上,我们当代生活中也有这种现象,有些男性具有中山狼的品质。而如果再深入反思,这首诗和《柏舟》以及《氓》相比,女子那种依附的性格,实际上也是造成婚姻不幸的一个原因。对此我们应该有所戒惕,中国古代往往把夫妻和睦比作琴瑟和谐,琴瑟有高音有低音,但是低音可不是没有音,低音可不是说那个弦就不重要,每一个音都要有自己的主体性。即使在古代夫妻两人一个主内一个主外,各有分工,但是谁都不能失了自我。而这首诗里女子的性格,就有一种失去自我的嫌疑了。这在生活中就容易被人家蔑视、轻视,就该出问题了。

在一般的社会交往中,即使面对位高权重的人,也不要舍弃自我,要坚信自己的价值,坚持自己的立场。这样,主体性确立了,性格才能坚强,才能够有自己的生存之道。

所以,这首诗是一面镜子。它的叙事比较简要,但是里边女子的性格、内心的思想逻辑是非常清晰的,诗塑造了一个人物形象。它写得很动人,里边有很多值得我们今人借鉴的地方。

# 《召南·草虫》《小雅·出车》：总有一些人，我们不该忘记

《召南》里的《草虫》，写的是女子在秋天思念在外的丈夫，诗一共是三章。

喓喓草虫，趯趯阜螽。未见君子，忧心忡忡。亦既见止，亦既觏止，我心则降。

陟彼南山，言采其蕨。未见君子，忧心惙惙。亦既见止，亦既觏止，我心则说。

陟彼南山，言采其薇。未见君子，我心伤悲。亦既见止，亦既觏止，我心则夷。

## 喓喓草蟲

傅草蟲常羊也集傅螝屬奇音青色
○草蟲爾雅草螽
卽是也陸云好在茅草中

《召南·草蟲》《小雅·出車》：總有一些人，我們不該忘記

## 女子在深秋思念丈夫

这首诗也是重章叠调的结构,每一章都有重复的内容。第一章,"喓喓草虫","喓喓"是虫的叫声,能发出叫声的草虫,就是蟋蟀、蝈蝈等昆虫。当"喓喓"叫的草虫出现时,已经到了秋天,所以这里也暗指季节。在中国人的生活节律中,秋天是一个回归的季节,是一年要结束的季节,这时如果家里有人在外边,就容易出现思念的惆怅,思念之情会加剧。从下一句的"未见君子"看,此处写的是女子在深秋时节思念在外边的丈夫。接着是"趯趯阜螽","趯趯"就是跳跃。从善跳跃可以看出,阜螽大概就是蝗虫类。在《豳风·七月》里也有"莎鸡振羽","莎鸡"也是一种蝗虫。蝗虫在草间跳哇、叫哇,很热闹,其实衬托的是诗篇女主人公内心的躁动。所以接着就是对女子内心的描述,"未见君子,忧心忡忡"。今天的"忧心忡忡"这个词就来自这首诗。"忡忡"形容忧心、精神不安的样子,"忧心"就是忧虑之心、思念之心。接着下面一转,"亦既见止,亦既觏止","见"是见到,"觏"就是会面,会合。"我心则降",降就是平复了,也就是放心了。

第二章跟前一章的意思是很像的,只是出现了一个新的意象,就是"陟彼南山,言采其蕨"。"陟"就是登上,"言采其蕨","蕨"是一种野菜,多年生草本植物,它的根茎匍匐在地上,早春时候就开始在根茎上长叶子,因为叶子的形状像老鳖的脚,所以又称鳖菜,嫩的时候可以吃,口感比较滑,味道也还不错。这一句就是说采集山菜,表达一种思念。在《诗经》里面,采集陆生植物,往往跟怀人有关系,但二者之间的联系到底是怎么建立起来的?可能是一种非常古老的民族心理，或者说一种不自觉的习惯。因而，"陟彼南山，言采其蕨"是比兴手法，不是女子真的到南山上去采菜了。"未见君子，忧心惙惙。""忧心"还是忧虑之心，"惙惙"就是连续不断的样子。清代大学者俞樾说"惙惙"实际上就是"缀缀"，这样解释为连续不断就容易理解了。"我心则说"这个"说"就是"悦"的意思，先秦时候还没有"悦"字，就用"说"。"我心则说"和前面"我心则降"意思是一样的。第二章意思变化不大，只是换了字，换了开头。

第三章，"陟彼南山，言采其薇。未见君子，我心伤悲"。没有见到君子，我心很伤悲。"亦既见止，亦既觏止。"马上要见到了，马上就会合了。"我心则夷"这个"夷"，是平复、平定的意思，也引申为高兴。

这首诗读起来很简单，但是它表达了思妇在秋天怀念身处外面没有回家的丈夫，这样一种社会情绪。国风中有这一类作品，关注到了家中思妇的情感，也就是承认了一种社会现实，就是有些人在外边，会引起家人的思念。它的特点是把怀人的惆怅放在秋声之中。一年的秋天，跟一天的黄昏差不多。俗语说："男子悲秋，女子怀春。"男子爱"悲秋"，古典的"悲秋之祖"作品即宋玉的《九辩》，写男子汉悲秋悲得稀里哗啦的，所以悲秋仿佛成了男子汉大丈夫的专职。其实，《草虫》证明，在宋玉之前，秋风落叶的时候，敏感的女子也会悲，而且悲得颇有水准。有意思的是，这个作品的一部分曾经在《小雅·出车》篇里出现过。

## 战争诗的人道精神

《出车》写的是出征将士的心情，从它的第三章可以看出内容。"王命南仲，往城于方。出车彭彭，旂旐央央。天子命我，城彼朔方。赫赫南仲，玁狁于襄。""王命南仲"，周王命令大臣南仲伐玁狁，玁狁是西周晚期最严重的边患。这首诗是命南仲到方这个地方去修建防御的城池。"出车彭彭"，"彭彭"就是指马雄壮的样子。"旂旐央央"，指旗帜随风招展。"天子命我，城彼朔方。"天子命我们在南仲的率领下到边地朔方去镇守。结尾说显赫的南仲终于把玁狁给"襄"，也就是攘除、消除了，这里的"襄"字通"攘"，就是赶出去、消除的意思。

这是这首诗创作的缘起。到了第四章，"昔我往矣，黍稷方华。今我来思，雨雪载途。王事多难，不遑启居。岂不怀归？畏此简书"。"昔我往矣，黍稷方华……"和《小雅·采薇》最后一章的"昔我往矣，杨柳依依……"语言结构类似，表达的意味也是很像的，这是它们同时代的一个标志。"昔我往矣，黍稷方华"，当初我出征的时候，黍子和稷两种粮食正在开花，长得茂盛，是春夏之交。"今我来思，雨雪载途"，我回来时却是漫天大雪，道路泥泞。接着说，"王事多难，不遑启居"，因为我们的王朝处于多事之秋，所以我们这些人不遑启居。"启居"这个词也在《小雅》里反复出现，是一个固定词，大致就是讲和平生活，在家里边过平常的、安定的生活。接着说，"岂不怀归？畏此简书"，难道我们不想回家吗？但是我们敬畏王的命令，要捍卫国家。"简书"就是写在简册上的王命。所以，第四章很明显是男人、将士的口吻。

接下去，就是和《草虫》篇完全一致的几句："喓喓草虫，趯趯阜螽。未见君子，忧心忡忡。既见君子，我心则降。"后面是"赫赫南仲，薄伐西戎。"显赫的南仲去伐西戎，"薄伐"的"薄"字，是一个词头，没有实义。这说明，几句女子的歌唱，被镶嵌在了写王朝派南仲北伐狎狁这样一首大的典礼乐章里了。实际上这就是《小雅》作品中的对唱。这就给我们读诗提供了一种新思路，诗有两个声部，在国家典礼慰劳将士的时候会出现男女对唱，男的唱"昔我往矣，黍稷方华。今我来思，雨雪载途……"接着有女声唱"喓喓草虫，趯趯阜螽……"，共同来表达家和国的情感。

从这里我们接触到中国文化的一些深层逻辑。战争、典礼让男声表达思乡之情，让女子表达对丈夫、对参与战争的那些男士的关心。它表明战争不单是男人的事情。一打仗会牵扯到千家万户的所有人，当然包括将士的妻子，那会使她们揪心。战场上一个男人去世了，那么社会就有好多方面在流血，有人失去了丈夫，有人失去了父亲，有人失去了兄弟，有人失去了儿子。实际上女人对战争也做出了贡献，也做出了牺牲。她们起码忍受了孤独之苦。让女子出声，表明这个典礼注意到了战争也损害了女子的幸福生活。所以，这场典礼的目的就是向这些人表达崇高的敬意，抚平他们内心的创伤。这就是礼乐的精神。这种创作手法又影响了后代诗歌。唐代著名边塞诗人高适的《燕歌行》，以主要的篇幅写完战场、边地的困境和苦难之后，插入一句"……玉箸应啼别离后。少妇城南欲断肠，征人蓟北空回首"写家中女子的痛断肝肠来深化主题。

《诗经》和当时的社会生活连得很紧。任何社会都有家和国的矛盾，这个主题不断地在《诗经》中出现。面对这个矛盾，人们应该能够通过适当的途径发出声音，社会要对他们这种牺牲表示尊重和敬意，否则这个社会就太冷漠了，人们也不会愿意去为这个社会做出牺牲。所以这些诗篇有高度的社会功能，表示中国在三千多年前创建文化的时候，就具有人道精神。

《草虫》这首诗可能是一个房中乐，专门演奏给女子们听的。让她们通过听这种歌唱，排遣长期忍受的丈夫不在家的苦痛。它的感人之处，在于把一种情绪放到秋天特有的光景中去写，诗的味道就浓了，但是它更深层的含意，是表达敬意。

# 《周南·兔罝》：风调雄浑，赞美军士之歌

风诗反映社会生活是非常广泛的，除了婚恋、家庭方面的题材之外，还有其他广阔的内容。《兔罝》就与战争和军人有关。这首诗见于《周南》。

肃肃兔罝(jū)，椓(zhuó)之丁丁(zhēng)。赳赳(jiū)武夫，公侯干(gān)城。
肃肃兔罝，施于中逵(kuí)。赳赳武夫，公侯好仇(qiú)。
肃肃兔罝，施于中林。赳赳武夫，公侯腹心。

## 风调肃整，气格森森

这首诗听起来，风调是很干练的，很爽直，有一种英武之气。对这首诗题旨的认识，过去好长时间以来是比较模糊的，历来说法也比较多。《毛诗序》说是"后妃之化"使"贤人众多"。《毛诗》家认为《关雎》讲的是周文王娶了一位贤德的后妃，他们家过得好，

给天下人树立榜样,家庭好是因为有好妻子。所以,他们认为《兔罝》讲的是后妃导致好家庭,导致好的社会风化,于是人人好德行,这样的话贤人也就多了。那么这种说法跟《兔罝》沾不沾边呢?也沾一点儿边,比如"赳赳武夫,公侯干城""赳赳武夫,公侯好仇"。赳赳武夫,好像是有很多勇敢的人,这就是贤人众多的表现。但是,诗歌创作不是这样的,当诗人写一首诗,就像排队一样,先从家里写起,然后再写社会上的所有人,好像诗歌创作是写小说,第一章、第二章、第三章、第四章,写教科书一样,从前提出发,到中间部分再到结论,不是这么写的。所以,近现代以来,人们就开始怀疑这种说法,实际上它也的确有可疑的地方。那么,这首诗到底写什么?有人说这是猎人之歌,可是,称猎人为武夫也不合适。

要解释这首诗,首先看它的内容,然后再结合一些新出土的金文材料。

首先"肃肃兔罝","肃肃"形容网绳整齐严密的样子,"兔罝"的"罝"字就是网,这没有问题,那么这个"兔"字是什么呢?过去就认为是野地里跑的兔子。但闻一多先生在《诗经新义》中说"兔"应该是老虎,因为《左传》中记载,楚国人把虎叫成於菟,这个解释就和"肃肃兔罝"联上了。因为"肃肃兔罝"下边还有一句"椓之丁丁",就是打桩子。"椓"就是击打的意思,"之"代表什么?木桩。丁丁读成 zhēng zhēng,指击打木桩子的声音。如果是逮兔子,就没有必要打木桩了。可是要绊老虎、套老虎,用网子去逮捕,就和"椓之丁丁"相应。所以兔指的是於菟,也就是老虎,罝是捕老虎的网。要安这个网需要木桩,所以下边有"椓之丁丁",肃肃、丁丁,就和老虎统一起来了。

这是比兴之辞，自由联想开去，古代的战争跟狩猎有很多相似的地方，另外挖陷阱、设网子，实际上也是国家整个防御体系的一部分。西周时，为了捍卫邦国，国家要修一个土城防御外敌，然后在城外的郊区，还要挖陷阱、设夹子，一方面防猛兽，另一方面也防敌人。《尚书》就记载了鲁国大敌当前，君主下令把套猛兽的夹子和陷阱都撤掉，因为要打仗了，鲁国人在郊区要设防，别把自己人陷进去或者夹住。所以，"肃肃兔罝，椓之丁丁"这个比兴让我们联想到这些。开头写了一个狩猎的事情，引带出下边"赳赳武夫，公侯干城"，"赳赳"就是雄壮的样子，"武夫"就是战士，"公侯"就是诸侯，"干城"的"干"是盾牌，"城"是城墙，都是防护用的，这句话就是说武夫都是守护公侯的。我们现在也在用这个词，比如"国家干城"就是指国家栋梁。

下一章，"中逵"就是陆地、原野。"肃肃兔罝，施于中逵"，就是施于原野，"施"是布置的意思。"赳赳武夫，公侯好仇"，这个"好仇"我们并不陌生，在《关雎》里边有"窈窕淑女，君子好逑"，这里的"仇"和"逑"意思一样，就是伙伴、配偶，那么"赳赳武夫，公侯好仇"的意思就是你们是公侯的好帮手。

接着"肃肃兔罝，施于中林。赳赳武夫，公侯腹心"，中林就是林中，这跟野外是相关的。"赳赳武夫，公侯腹心"，这个"腹心"就是公侯可以信赖的心腹。诗在写作上是一层深于一层的——先说是干城，国家的捍卫者；接着说是好帮手，暗含着跟诸侯的关系很亲密；到了第三章，就变成了是公侯最信赖的人。一首诗的不同章节换几个字，但是意思一层层加深，这也是《诗经》重章叠调所具有的特点。

## 周王检阅诸侯军队的乐歌

这首诗的主旨到底是什么？我们可以结合一些金文来解释。在周代，很多贵族参加战争或者为王朝办其他事情受了赏赐之后，会制作青铜器等，在上面刻上他受赏的缘由和经过。这些材料可以与诗相互印证，是非常直接的。

我们在西周大量的金文里经常看到，周王朝打仗时，经常会调动诸侯的军队来替王朝帮忙。而且王要调诸侯的军队，不能直接去调，必须调动诸侯，让诸侯去调自己的部队。赏赐的时候，周王也只能先赏赐诸侯，然后诸侯再赏赐出征的将士。西方中世纪流行一句话："封臣的封臣，不是我的封臣。"西周封建制也是如此。它是一个贵族分权制，王的权力管到哪儿是有限的。比如，从西周后期禹鼎的长篇铭文里就可以看出，当时的王朝直属部队西六师和殷八师作战懦弱，于是周王就命令一个叫武公的人，让他的军队直接投入战斗。而西周晚期的晋侯苏钟上的铭文写道，晋侯苏领着自己的军队去参加王朝向东、向东南去征服的一次战役，详细地写了王检阅晋侯苏军队的场面，说周王大老远地来到了前线，检查军队。到了之后，王下了车站在那儿，脸朝南方，向晋侯苏下命令。

这些细节告诉我们，王是会和诸侯的军队见面的，而且还要对他们讲话。由此我们联想到《兔罝》，就恍然大悟。"肃肃兔罝，椓之丁丁。赳赳武夫，公侯干城。"符合周王的口吻。实际上这个音乐是演奏给来自诸侯的军队的，他们要参加王朝的军事活动。所以王在夸赞他们的时候，不能说你们是我的臣，而是说你们是公侯的干城、公侯的好仇、公侯的腹心。

这首诗是一首军歌,是唱给来自诸侯的那些参战军队的,与"后妃之化"风马牛不相及。诗的年代我们不好一口咬定,但是根据常理推测,它可能产生在西周中后期,王朝调动了诸侯的军队参战,要给他们献歌,鼓舞士气。这应该是中国历史上比较早的军歌了。

# 《周南·汉广》：汉有游女，不能求也

《周南·汉广》这首诗和《兔罝》一样是军歌，都与王朝的军事活动有关，但它不是鼓励士气的，而是告诫军人注意自己的纪律。过去它被认为是一首爱情诗，那是不对的。

南有乔木，不可休思。汉有游女，不可求思。汉之广矣，不可泳思。江之永矣，不可方思。

翘(qiáo)翘错薪，言刈(yì)其楚。之子于归，言秣(mò)其马。汉之广矣，不可泳思。江之永矣，不可方思。

翘翘错薪，言刈其蒌(lóu)。之子于归，言秣其驹。汉之广矣，不可泳思。江之永矣，不可方思。

## 告诫军人不要做错事

这首诗虽然有三章，但它每一章的最后四句都是一样的，"汉之广矣，不可泳思。江之永矣，不可方思"。"南有乔木"，"南"就是南方，是相对而言的，因为周人发源于陕北，然后渐次向南发展。"乔木"就是高大的树木，"不可休思"，是不可停留的、不可休息的。"思"是个语词，有点儿像屈原作品里的"兮"。这句告诫大家在南方的乔木底下不能休息，实际上带有对南方的一种偏见或者恐惧。现代南方的文化水准非常高，但是在遥远的三千年前，那是一片荒蛮之地。所以北方人初到那儿，有不少的恐惧、新奇，还带有偏见。所以又说"汉有游女，不可求思"，说汉水两岸，甚至包括水面上、船只上，有些游女是不可求的，这个"不可"意为不可能、禁止。"游女"指到外边游游逛逛的。我们知道《关雎》中讲淑女是好词，但"游女"可就不一定了。《诗经》里其他地方提到的游女，也往往不是好女人。下边接着说"汉之广矣，不可泳思"。说汉水好宽阔，是不可以游泳渡过的，"江之永矣，不可方思"，"江"就是长江，"永"是长，实际上也是宽大的意思，"方"是什么呢？就是渡长江的小木筏子。这四句讲的是害处，你要是裸身去泅渡汉水，或者随便找个小木筏子去渡长江，可能有灭顶之灾，这跟前边"南有乔木，不可休思。汉有游女，不可求思"就连上了，实际上都是劝诫。

解释《诗经》的著作《韩诗内传》里讲了一个郑交甫的故事。说他到南方去做买卖，结束之后在汉水旁边遇到了两位女子，他看她们长得很漂亮，就送她们东西，然后这两个女子还赠给他一颗珠子。郑交甫觉得挺好，跟她们搭讪还得到了礼物，结果走了没几步，

《周南·汉广》：汉有游女，不能求也　　183

## 言刈其楚

箋楚雜薪之中尤翹翹者集傳荊屬〇孔疏薪雖皆高楚尤翹翹而高也李時珍云牡荊其生成叢而疎爽故又謂之楚享保中來漢種今多有之其葉頗似參故俗呼參樹形狀如時珍所說

回头一摸珠子没了,再一回头看两个女子也没了。所以,这就是遇到鬼或者遇到仙了。《韩诗内传》用这个故事解诗,实际上也是一种劝诫,说到了南方以后,不要看人家姑娘漂亮,就跟人搭讪,没准你遇到的不是人类,到时候把你的东西也拿走了。这个有趣的故事,就包含了三千年前的周人对南方的偏见。

"翘翘错薪,言刈其楚"是个比喻句,"翘翘"就是高耸的样子,"错薪"就是杂乱的柴草。"言刈其楚"的"言"是个语词,没有实义,"刈"就是割取,"楚"就是荆楚,这里指那些"错薪"里边的高大者,我们今天还在说某某是哪方面的翘楚,这个词就来自《诗经》。这两句说你要割柴、打柴,要专门挑那些高大的。下边一句,"之子于归,言秣其马"。你要娶媳妇儿,先把迎亲的马秣好,"秣"就是用饲料喂好,这是讲做事有前提才有结果,要讲究手续。比喻合法的婚姻要有父母之命、媒妁之言,不能自己胡乱去做。诗读到这儿,后面暗含的意思就清楚了,这是从北方来的周家军队有人不守纪律跑到外边去欺负人家南方的女孩。据文献记载,周家在经营南方的时候是有营盘的,有营盘就有驻军,这些驻军不守纪律、不遵规矩,也会出于寂寞或者别的原因出去追逐人家的女孩,可能有人吃了亏,所以这首诗说"之子于归,言秣其马"。接着下边又说,"汉之广矣,不可泳思。江之永矣,不可方思",很含蓄,但是强调你要是不守法、不管不顾,可会有灭顶之灾。

下一章的意思大致相同。"翘翘错薪,言刈其蒌。之子于归,言秣其驹。""言刈其蒌"的"蒌"指高大的蒿子。"言秣其驹"的"驹"是小马驹,在这就是马的意思。你要是割柴就割好的;你要娶媳妇,就先把迎亲的马喂好。

## 诗可以观

《汉广》这首诗的意思不是一些人想象的那样,说想追求南方的女子却追求不到,于是隔着汉水在那望洋兴叹,失恋了。它的意思完全相反,它的本事和社会现实联系得非常紧密。针对周家在南方驻扎军队,有些军人仗着自己手里有武器、身高力壮出去欺负人家女孩的情况,诗人进行告诫,说如果你欺负人就有人算计你。所以诗反复说"汉之广矣,不可泳思。江之永矣,不可方思"。要小心,水深得很,是这样的语态。诗的大意是关乎军纪的,体现了礼乐的教育意义。

所以,读诗也是读社会生活,孔子说诗可以兴、观、群、怨,其中的观就是了解社会生活。很多文献里面都不会写周家军队在南方的作风问题、军纪问题,但是这首诗含蓄地告诉我们,出了这个问题了。说到诗的含蓄,这首诗实际上是有偏向的,它对南方有偏见,虽然不明说,但他对周家的军队不是斥责的口吻,而是教诲的口吻,警告他们不要吃亏、不要做错事、不要犯糊涂,这是一种偏爱,体现了诗人是站在周人的立场上写的。

这首诗的价值在于它反映了当时的生活,通过它,我们发现《诗经》里常有一些意想不到的东西让我们惊奇,它是一个万花筒。而且这首诗也很有特点,"南有乔木,不可休思。汉有游女,不可求思""汉之广矣,不可泳思。江之永矣,不可方思"反复咏唱,实际上是真真切切的反复告诫。

《汉广》这首诗涉及南方的女子,水上的女子,后来人们把她误解成一种神或者一种仙,于是由这个现象开始构造自己的文学作品,如曹植的《洛神赋》,这是文学衍生当中一个很有趣的现象。

# 《邶风·击鼓》：我独南行，断肠人在天涯

击鼓其镗(táng)，踊跃(yǒng yuè)用兵。土国城漕(cáo)，我独南行。
从孙子仲，平陈与宋。不我以归，忧心有忡(chōng)。
爰(yuán)居爰处(chǔ)，爰丧其马。于以求之？于林之下。
死生契阔(qì kuò)，与子成说(shuō)。执子之手，与子偕(xié)老。
于嗟(xū)阔兮，不我活兮。于嗟洵(xún)兮，不我信兮。

## 一去战场永不回

《击鼓》这首诗中有广为流传的名句"执子之手，与子偕老"，表达的是乱世中的夫妻真情。

第一章，"击鼓其镗"，"镗"形容鼓声，嗵嗵嗵响个不断。古代击鼓是召集大众的，一敲鼓大众聚集。"踊跃用兵"中的"踊跃"本义是"积极的"，这里则是暗指国君穷兵黩武的疯狂模样，一个国

家喜欢打仗，整天没事也要加强国防。所以下两句就是"土国城漕，我独南行"。"土"，以土筑城，"国"就是城郭。"城漕"，"城"也是筑城的意思，"漕"就是城墙外的护城河。古代建城市就地取土，用土来筑城，挖出的沟正好当护城河。中国古代护城河的历史也很久远了。"土国城漕"就是为了加强国防，大家都忙着修筑城市。但是，又派出了一些人去远征，就是"我独南行"，这句话把不高兴的意味带出来了。大家都留在国内，为什么我偏偏要远行？所以第一章头两句用嘟嘟不断的鼓声，写出一派兵荒马乱的景象，国家处于一种备战状态，人心惶惶。就在这样的情形下，"我"被征调了，离开了故国。

第二章接着就说，"我"去做什么呢？"从孙子仲，平陈与宋。""从"就是跟从，孙子仲这个人，《毛传》中说是公孙文仲，也就是这一次出征的主将。下边一句"平陈与宋"，"平"就是调停，调停陈国与宋国的关系。也就是两国打仗，第三方站出来调停一下，大家各让一步，或者交换一些条件，重归和平。诗一开始，写了打仗、加强战备，还要派出将军带着军队去调停别的国家。把君主好事好战的状况写出来了。"从孙子仲，平陈与宋"，带着军队去，这也是诸侯的一个惯态，带着军队，不服就征伐你、纠正你。所以中国古代把出征叫"征"，征从正字来，就是纠正。这就是列国关系。

要了解《诗经》需要先了解这个时期的战争观念。在《国语》中有"大刑用甲兵"，甲兵就是铠甲、兵器，大的刑法实际上就是对一些诸侯国的错误进行纠正，这叫大刑，那么这种纠正错误就是一种征讨，向你讨说法，从道义上来谴责你。这是春秋时代的一些特征，到了战国这种理念就没有了，打仗就变成为了消灭你，掠夺你的土地和人口。春秋时期的国家都由周王朝封建而来，国与国之间都是兄弟关系，所以战争不能打得太残酷，要讲究一些规矩。列国之间发生冲突以后，其他国家有调停的义务。所以"从孙子仲，平陈与宋"讲的就是这样一件事情。如果国君是和平主义者，去调停也没有什么不好，可是他的国内也不太平，邦国的环境也不好，可以说这是一个好惹是生非的人，在这乱世当中又无事生非地到陈和宋去调停。接着下一句，"不我以归，忧心有忡"。"不我以归"就是不让我归，这个"以"字有携带、允许的意思。因为是去平陈与宋，可能将部队长期驻扎在某个地方了，所以我回不去，想家，忧心忡忡。这就很有意思了，如果这个国君做的是一个正义的事业，他的国民也不至于这么说话。所以从"我独南行"到"不我以归，忧心有忡"，都表现了人民的不情愿。

第三章，"爰居爰处，爰丧其马"。"爰"是在这里、在此的意思，我们在这儿居，我们在这儿处，我们在这儿"丧其马"。丧马就是丢失战马，是一个含蓄的说法。打仗的时候战车需要用马拉，马丢了意味着人和车就跑不动了，实际上就是丧命了。这句话和前面的"我独南行""不我以归"互相照应，前面的意思就是"我"总是在这待着，早晚把性命丢了。"于以求之"中的"于以"就是在何处。我死了以后，到哪儿去找我的尸骨？"于林之下"，到山路的树林之下。这个解释，是看《左传》得出来的一个推测。《左传》中记载，一次楚庄王跟晋国打起来了，这场战争在春秋时期很著名，叫"邲之战"。晋国渡过黄河去跟楚国人打，结果惨败。楚庄王是一代贤王，很有作为。晋国则是心也不齐，力也不齐。晋国打败了以后渡黄河逃跑，其中有一个逢大夫，他在战车上带着两个儿子逃。两个儿子年轻，在车后边坐着。晋国有个将军叫赵穿,赵穿丢了马和车,正在那儿东张西望,看到逢大夫来了。逢大夫也看到了赵穿,就跟儿子们讲,别往那边看,言外之意就是咱们假装没看到赵穿,就过去了。结果他越不让儿子往旁边看儿子越往旁边看,有个儿子还喊了一句:哎,是不是赵大夫?这个逢大夫一听心想,这两个不懂事的东西,不让你们做什么,你们偏做什么。没办法,因为他看到赵穿了,只能先救赵穿,于是把两个儿子轰下去了。逢大夫指着儿子说:"你们俩要死,死在某棵树底下,我好找你们。"然后拉着赵穿跑了。这两个儿子后来被楚国人杀掉了,之后逢大夫在树底下找到了他们的尸骨。古代战争结束了以后要收尸,这在列国之间也是允许的。可见春秋的战争很文明,其中的很多原则我们现代的国际红十字会都遵循着。"于以求之?于林之下。"是什么意思呢?是说他的尸骨在林子底下。

## 不能相守的无限酸楚

前面说到一去战场永不回,接着笔锋一转,开始怀念妻子了。让他最放心不下的就是妻子。所以说"死生契阔,与子成说。执子之手,与子偕老"。这首诗就像是一封写给妻子的信。"死生契阔","契"是密切的;"阔"是远离、阔别的意思。"契阔"是个偏义词,虽然用到了契字,但不取它的意思,只取阔的意思。"死生契阔"就是"死生永隔",我这次出来以后可能就跟你永远离别了。于是"与子成说",我曾经跟你有过约定,我们永远手拉着手,要一起过到老,就是"执子之手,与子偕老"。把家庭、把最眷恋的人拿出来了,是在反衬战争的残酷无情,反衬战争本身的非人道,是非常有力度的。中国古诗写战争,总会把家属拉进来。战争不只是男人的事业,它也是一个社会行为,会伤害社会。这里是这首诗的一段高潮。接着就说"于嗟阔兮,不我活兮"。"于嗟"就是感慨,哎呀哎呀。"阔兮"就是阔别。"不我活兮",不让我活下去了。"于嗟洵兮,不我信兮","洵"是远离。这个"洵"字,汉代流传的另外一本解释《诗经》的书——《韩诗》中就解作"迥远"。可见,"阔兮"跟"洵兮"是一个意思,也可以理解成时间长。"不我信",指自己有悖当年的盟约,曾跟爱人说"执子之手,与子偕老",可是现在自己回不去了,失信了。后边连用了四个"兮"字来感慨,连用了两个"于嗟"来抒情。清代陈继揆在《读风臆补》中点评此诗说,连用两个"于嗟",鼓荡的声音是非常高亮的,表达的是人生的无限酸楚。

# 《邶风·雄雉》：远方的君子呀，你可知生活即在当下

雄雉于飞，泄(yì)泄其羽。我之怀矣，自诒(yí)伊阻。

雄雉于飞，下上其音。展矣君子，实劳我心。

瞻彼日月，悠悠我思。道之云远，曷(hé)云能来？

百尔君子，不知德行。不忮(zhì)不求，何用不臧(zāng)。

## 远行的丈夫像炫耀羽毛的雄雉

《雄雉》见于《邶风》。雄雉就是雄性的野鸡，有着非常美丽的羽毛。这首诗讲的是什么情感呢？先说一首唐诗，王昌龄的《闺怨》："闺中少妇不知愁，春日凝妆上翠楼。忽见陌头杨柳色，悔教夫婿觅封侯。"诗写得一看就懂，在家中等待的少妇，本来心情平静，春天来了，打扮好了，登上自己家的楼远望，忽然发现远方春色一

片，在大好时光中，突然一股悔恨之情涌上心头。她后悔当初劝告自己的丈夫外出建功立业，因而虚度了大好时光。这首诗讲的是真情，在情和事业之间，诗人更珍惜这种真情，因为这才是真正的人生，而一切的功名利禄都是虚的。这种情感的表达，不是从唐诗开始的。《诗经·雄雉》这首诗，可谓王昌龄诗的源头。

第一章，"雄雉于飞，泄泄其羽"。"雄雉"，一种山鸡，又叫翚，在《小雅·斯干》里有"如翚斯飞"，就是指野鸡。"泄泄"，翅膀扇动的样子。这里的"雄雉"暗指自己的丈夫，就是下文说的君子。"泄泄其羽"就是雄雉飞起来，羽毛闪耀，比喻男人好虚荣，整天在外寻找机会建立功名，经常忘了家。所以下面有"我之怀矣"，"我"是指诗中的女子，"怀"就是想念，我现在怀念那只整天在外边飞的雄鸟，也就是自己的丈夫。"自诒伊阻"，我是给自己找麻烦，这个"阻"本来是艰难的意思，在这引申为烦恼。抱怨之情，在头一章后两句已经展露无遗了。这个女子和王昌龄笔下的人不一样，不像中国古代的很多贤妻那样，整天撺掇着自己的丈夫去完成事业。相反，她对自己的丈夫远离在外烦透了，这里不能理解成这个女子没有志气，她实实在在是因为男人不在家糟透了心。从中也可以窥测出，春秋时期男子经常出于各种各样的理由，自愿或不自愿地被征调走，离开家乡。

接着，"雄雉于飞，下上其音。展矣君子，实劳我心"。"下上其音"，雄雉在飞的时候，发出来的叫声也在上下飘动。按照殷商的语言习惯，将"上下"说成"下上"，《诗经》里保存着一些殷商古语，很值得重视。下边"展矣君子"，"展"就是指实在、真实，"君子"就是丈夫，在《诗经》时代，可以称自己的丈夫为君子，有的时候

雄雉于飛

集傳雉野雞
雄者有冠長
尾身有文采
善鬭

君子也指国君或周王，总之是称呼尊者。"展矣君子"就是真的君子。"实劳我心"，"劳"是忧伤、操心的意思。这句话是直接对君子发话：君子呀君子呀，你不在让我糟透了心。开始的"自诒伊阻"是气话，此处"展矣""实劳"两句，则是真情呈现。心直口快，非常直切，离别的煎熬太真切了，伤得她太深了。这是第二章，其中的女子非常有性格。

接着，"瞻彼日月"，看那日月，这句诗话里暗含着离别的时间太久了，成年累月。"悠悠我思"，"我"的思绪也随着时间的延续而延续。"道之云远，曷云能来？"又是讲丈夫离别的空间很远，什么时候才能回来呢？这里的情感很有深度了，前边是埋怨，可是不能一直埋怨，到了这儿，是用一种平稳的或者正面的语态来写自己的思念，交代了丈夫离开的时间、地点，时间跟空间成正比，时间越长，离得越远，你什么时候才能回来呢？

## 看破名利的脱俗女子

最后一章的调子又不同了，"百尔君子"，"百尔"指所有的你们这些君子，你们不知"德行"。你们整天在外边奔走、建功立业，反而不知德行。这个"德行"应该打着引号，特指守护家庭，在平凡的生活当中完成自己的职责。而整天为了虚头名利，忘了自己是谁，不顾生活，则是"不知德行"。"不忮不求，何用不臧"，"忮"是贪心，"求"在这里指过分地追求名利。这几句的意思是：你们这些男人如果不过分地追求名利，不过于贪心，还有什么不好的呢？归于对男性追求的名利的看破。

　　这是一首极有性格的诗。《红楼梦》里贾宝玉厌恶那些成为"国贼禄蠹"的男人，其实，"水做的女儿"在《诗经》里就已经有了，男人那点子名利心，在这首诗里，也早就被女主人公戳破了。她说他们不过是为了虚头名利在忙，忘记了家庭，也忘记了生活的真意。真正的德行是守本分，在平凡中过得充实，过得有价值，这其实是对人生的一种警告。我们经常为了一些大家都推崇的东西，跟着世俗走，而忘记了生活的真意，这是一种媚俗、不能脱俗的表现。在《论语》中，孔子表扬过子路，说子路这个人，穿着破棉袄，跟穿着名贵狐貉皮衣的人站在一起，也不觉得惭愧。这就是脱俗，就是"不忮不求"。

　　这首诗的最后四句是非常富于趣味的，诗中的女子并不是"悔教夫婿觅封侯"，不是悔，而是对夫婿这个觅封侯行为的一种甄别，这是一个很脱俗的形象。这就是《诗经》可爱的地方，它表现人物不俗气、很灵动，虽然诗歌形态古老，但它里边的人物却非常鲜活。而且把男人比喻成整天展现漂亮羽毛的雄雉，不断地在那儿飞呀飞呀，忘了自己是谁，却成为一种被猎取的对象，体现出一种智慧，说明追求虚名的人也将被世俗所俘虏。

# 《卫风·伯兮》：忘忧草也难排遣的思念

《卫风》里有一首诗叫《伯兮》，女主人公的性格很像王昌龄《闺怨》诗中那位"悔教夫婿觅封侯"的女子，但这首诗写得比王昌龄诗更有厚度。写思念这种很抽象的情绪，王昌龄让一个女子打扮后上楼看远方的春色，勾起无限的悲伤和后悔，唐诗这种表达方式很轻灵也很形象生动。它实际上秉持着一种古老的文学基因，这种基因我们在《伯兮》中可以看到。

伯兮朅兮，邦之桀兮。伯也执殳，为王前驱。
自伯之东，首如飞蓬。岂无膏沐？谁适为容！
其雨其雨，杲杲出日。愿言思伯，甘心首疾。
焉得谖草？言树之背。愿言思伯，使我心痗。

## 一个深情又可爱的女子

　　这首诗的开头豪情万丈。"伯"就是大哥,实际上是指自己的丈夫,这个称呼和称君子有所不同,"哥哥"是很亲密的称呼。"朅兮","兮"相当于"啊","朅"就是英武、勇武,这个字在《硕人》里出现过,写庄姜的卫士们。"邦之桀兮"意为邦国里边杰出的人物,"桀"就是杰出。这未必是真实的情况,可能是情人眼里出西施,反正在女子的眼中自己的丈夫是邦国里边的杰出人物。"伯也执殳,为王前驱。""伯也"跟"伯兮"的"伯"是同一个人,"执殳"的"殳"是古代的一种兵器。这种兵器在考古中发现过,比如湖北省随县有个擂鼓墩墓葬,曾经出土过战国时期的一件殳,长一丈二尺,由柄和金属的殳头两部分组成。金属殳头是个三棱形的矛头,矛头上有铜箍,铜箍上还有一些像铜刺的东西,便于砸、伤害敌人;柄就是长柄。远看就是一支可以击打、可以刺杀的长枪。"伯也执殳,为王前驱",说得多么豪迈,王在这儿是指诸侯,伯在王的军队里做前驱,执着长枪,走在队伍前边,这是一副非常自豪的口吻。汉代有执金吾这个官员,就是在皇帝出行的时候在前边打着旗子、拿着长枪做守卫,属于古代公卿级官员,九卿之一。据说光武帝刘秀年轻的时候到京城里去观光,看到执金吾走在前边,好威武雄壮,心中就开始羡慕,想这辈子能做个执金吾该多好哇。对他来说这个志向低了点儿,他后来当了皇帝。可见,在王的队伍前面做前驱是荣耀的,所以诗篇一上来就给我们展现了这个场景,写了妻子眼中的丈夫。这种自豪是一种世俗之情。如果仅写这个,这个女子就是乐羊子妻之类的人物了,就是整天给丈夫上发条、敦促丈夫求取功名的那种人了。

第二章诗篇马上一转,说:"自伯之东,首如飞蓬。岂无膏沐?谁适为容!"丈夫走了,人间的荣耀也过去了,下边就写无休无止的离别的煎熬。"自伯之东,首如飞蓬。"有一句俗语,叫"士为知己者死,女为悦己者容。"但是诗人不这么说,而说自从我亲爱的大哥到东方去了,我就整天不梳不洗,头乱得像秋蓬。李商隐有"走马兰台类转蓬"的诗句,秋蓬是一种植物,到了秋天就干了,根断了,之后随着风飘,"首如飞蓬"是很形象的诗句。接着说"岂无膏沐?"难道我家里穷到连洗头膏都没有吗?连沐浴露都没有吗?洗头要用一种脱掉油腻的东西,另外要加膏脂润泽一下,古代也知道这样做,也有这些东西。接着,"谁适为容!","适"在这儿读 dí,就是当着、对着,意思是我对着谁打扮呢。容指梳妆打扮,古代讲礼容,包括打扮、走路的姿态、跟人说话的状态等。这句说我最心爱的人走了,我打扮给谁看呢?把人的真情写出来了。从第一章看这女子虽然有一点儿俗气,但诗里展现的更多的是真情,这就写出了一个真实的、性格丰满的人。

## 用反常的行为展现内心的动人

第三章开始用比喻写思念。诗含蓄地说"其雨其雨,杲杲出日"。"杲杲"就是太阳冉冉升起的样子。说每天我都盼着下雨呀下雨呀,结果每天杲杲然太阳从东边就出来了,每天都事与愿违。我每天都眼睁睁地盼着丈夫回来,这个愿望却无法实现。接着说"愿言思伯,甘心首疾"，"愿言"就是宁愿，"首疾"和我们今天常用的"痛心疾首"的"疾首"是一个意思——头疼。有人愿意整天处在思念的煎熬之中吗？没有，但是这儿她就说自己愿意。甘心首疾，就是说我思念伯思念得头疼，但仍忍不住还要思念，把思念的折磨非常巧妙地表现出来了。"愿言""甘心"这两个词用得非常痴情，写得力透纸背。

为了拯救自己的沉陷，她还想了很多办法，其中之一就是"焉得谖草？言树之背"。"谖草"就是忘忧草，有人将其理解为黄花菜，这不一定对，因为现在已经无法确知古人把什么草当成忘忧草。她当然知道忘忧草不能忘忧，只是为了消除内心的苦痛，总得找点儿事情做。种在哪儿呢？"言树之背"，"背"就是北堂、背阴，种在隐蔽的地方。太想丈夫了，被人发现、被耻笑可不好。这样做的结果是，"愿言思伯，使我心痗"，"痗"是心病，思念之苦还是无药可救。

总之，后两章的事都是些无厘头的动作，又和老天爷闹别扭，又无事忙地种谖草，然而这正是文学在表现真情。越是无厘头，表现真情就越有力。诗篇正是以一种颇为出奇的手段，把一个活泼泼的、可爱的、真诚而且痴情的女性形象展现给读者。《诗经》写女性的风格，篇篇不同。《雄雉》是一个聪明女子把男人那点儿虚头巴脑的事业心看破了。《伯兮》则不表现为睿智，而是着重表现思念的深度，以颠三倒四的行为把人物的性格描写得非常生动。这种审美不来自女子的外表，而是来自一种反常情的表现中，人物内心的优美和动人。联系《草虫》等作品也可以看出，《诗经》是千姿百态的。一个思念丈夫的主题，就变换出不同的样式。而且，每一种样式，

焉得諼草

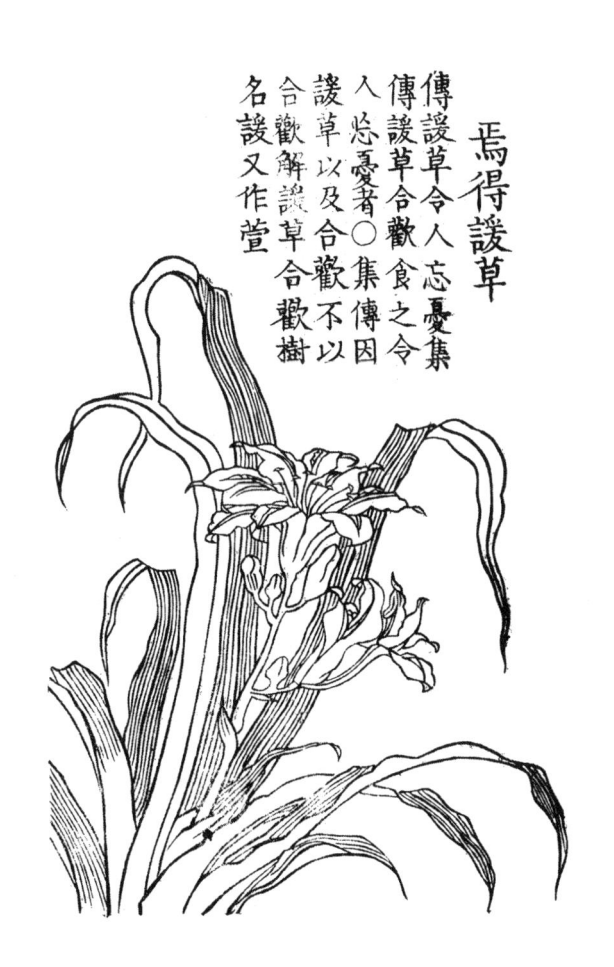

傳諼草令人忘憂集
傳諼草合歡食之令
人忘憂者○集傳因
諼草以及合歡不以
合歡解諼草合歡樹
名諼又作萱

《卫风·伯兮》：忘忧草也难排遣的思念

在表现上都称得上力透纸背；人物的心境，也都是那样活灵活现。

　　这首诗内容丰厚，人物性格是一个多元整体。一些语言障碍阻碍了我们对《诗经》的欣赏，但当我们把语言障碍解决以后，会发现这是一个生动活泼、沁人心脾的世界。这就是《诗经》的魅力，是中国文学在两千五百年以前就获得的成就。

# 《卫风·河广》《王风·采葛》：出奇的夸张，隽永而妙达心曲

夸张是文学艺术里必不可少的手段，比如"白发三千丈"，形容愁绪像三千丈的白发一样，说人的白发有三千丈，就夸张得出奇了。夸张的手法由来已久，《庄子》中有"（大鹏）其翼若垂天之云""展翅九万里"，都属于夸张的说法。当然，中国的夸张还是有数的，印度人则一夸张就是"十万八千劫"，就是"恒河沙数"，像恒河里的沙子那样多，没边没沿，无穷大。《卫风》中的《河广》就运用了夸张的手法。

谁谓河广？一苇杭之。谁谓宋远？跂予望之。
谁谓河广？曾不容刀。谁谓宋远？曾不崇朝。

## 踩一条苇子渡黄河

"谁谓"就是谁说,"河广"的"河"就是黄河,"广"是宽阔。"一苇杭之",拿个苇子就可以渡过去。谁说黄河宽,我们踩一个苇子就可以航过去,这个"杭"实际上就是"航"。这句说话的口气多大!夸张的气氛和意味就出来了。说黄河的宽不在话下。这个"一苇杭之"后来还衍生了另外一个故事。中国古代佛教有禅宗,当年的禅宗老祖达摩来到中国以后,先到了南朝,见到梁武帝,但两人怎么也谈不拢。于是达摩就渡江,南方人不给他船,他就弄了一根苇子,"嗖嗖嗖"踩着苇子就过去了,也是"一苇杭之",当然是渡长江。

"谁谓河广?一苇杭之",接下来就说一句"谁谓宋远",谁说宋国远。宋国在今天的商丘,卫国在黄河的左岸,也就是今天的河南省新乡一带,两国之间有一段距离,在古代的交通条件下得走几天,所以宋国本来很远。但是诗说"谁说宋远","跂予望之","跂"就是踮起脚,这句说踮起脚望。可是人的肉眼怎么望也就是几公里的路程,不可能望到宋国。当然这个宋国不是指靠近卫国边境的地方,而是指都城。所以,"跂予望之"又是夸张,强调"近",近到踮起脚来就可以看到。接下来"谁谓河广?曾不容刀","曾不容刀"是一个强调的否定句,"曾"就是强调一点也不。"容刀"的"刀"可以照字面解释,一把小刀。黄河水就这么宽,在我眼里边它就像一把长条刀一样宽,也是说不在话下。还有一种解释说"刀"就是刀条形的小船,一种小舢板。也就是说,比苇子稍微宽点儿的船。"谁谓宋远?曾不崇朝","崇朝"就是终朝、一个早晨,也就是强调我一个早晨就可以过去。

关于这首诗要表达的感情，有人说是宋襄公的母亲思念宋国，有人说是侨居卫国的宋国人想家，还有人说是卫国的移民感激宋国相救。但是诗篇本身显示的内容太少，到底哪一种说法正确很难确证。实际上，它真正有意思的、能感动人的地方，在于那种夸张和爽朗。它的语言很单纯，快言快语的调子，大的、夸张的豪迈气概。诗写得很简洁也很活泼，句子非常秀丽、隽永、耐人寻味，其中运用的夸张的艺术手法，让人印象深刻。

## 写相思之情力透纸背

《王风》中的《采葛》，也很典型地展现了夸张的艺术力量。

彼采葛(gé)兮，一日不见，如三月兮！
彼采萧兮，一日不见，如三秋兮！
彼采艾(ài)兮，一日不见，如三岁兮！

这里边出现"葛""萧""艾"三种植物，都是有味道的草，在今天生活中用得比较少了。在《葛覃》中曾讲到抽取葛的纤维制成葛布。"萧"就是香蒿，又叫牛尾蒿，晒干了以后燃烧有香气。古代祭祀时经常用牛尾蒿和动物的油脂放在一起献给神灵。"艾"就是艾草，中医用来治病。诗讲采这三种植物，实际上都是诗篇开始的方式。

彼采蕭兮

集傳蕭荻也白葉莖麤科生有香氣○埤雅今俗謂之牛尾蒿

诗的夸张表现在下面说的"一日不见，如三月兮""一日不见，如三秋兮""一日不见，如三岁兮"。三岁跟三秋意思差不多。三章九句，反复强调一日不见，感觉时间长得跟三个月、三秋、三年一样，不断地重复这层意思。

对此诗的解释历来也不外两种，一种是爱情关系，一日不见如三月、如三秋、如三岁，是情人最容易产生的情感。形容恋爱中人的如胶似漆。还有一种解释是忧谗畏讥，说君主和大臣之间一日不见就像三月、三秋、三岁，因为君臣之间如果见面的时间隔得长了，就会有人挑拨离间。这种解释说君臣之间要互相沟通，是一种患得患失的情绪，也是可以通的。这首诗和《河广》一样，语言单纯，透露的本事方面的信息太少，一味求其本事就是徒劳。

所以，回到诗本身，它在艺术上的长处，就是那种言简义丰的、高度的夸张，写人情、相思之情力透纸背。

# 《郑风·缁衣》：对两代诸侯受重用的自豪之情

《国风》里的诗篇以民间故事、民间情感，特别是爱情、婚恋内容居多，不过也不是完全没有和政治有关的内容。《郑风》的《缁衣》就涉及郑国的大人物——两代郑国君主郑武公和郑庄公。郑这个国家的来历我们在讲《褰裳》篇时详细讲过。郑武公就是郑国始封君郑桓公的儿子，郑庄公是郑武公的儿子。周平王东迁的时候，主要仰仗的是黄河北岸的晋和郑州附近的郑。

缁(zī)衣之宜兮，敝(bì)，予又改为(wéi)兮。适(shì)子之馆兮，还(xuán)，予授子之粲(càn)兮。

缁衣之好(hǎo)兮，敝，予又改造兮。适子之馆兮，还，予授子之粲兮。

缁衣之蓆(xí)兮，敝，予又改作兮。适子之馆兮，还，予授子之粲兮。

## 用新衣服比喻受重用

三章的后三句是一样的,这是《诗经》中典型的重章叠调。这首诗的特别之处在于不是四言,"缁衣之宜兮"是五个字,"敝"是一个字。有人说这叫杂言诗,魏晋南北朝以后这种诗体有很多,用长短不齐的句子,最短一个字,实际上这种现象从《诗经》就开始出现了。

"缁衣之宜兮","宜"就是穿着合适,"缁衣"就是黑色的丝绸制品,或者黑色的衣服。这在周代,是周王和诸侯级别穿的衣服,和后世皇帝穿黄袍不同。按照古代的记载,一件衣服的丝麻染成黑色,要经过"七染",染料应该包括茜草和一些矿料等,工艺比较原始,所以衣服一开始染发绿,慢慢发黄,发红,深红,然后变成黑色,经过七染才成缁衣,这是很贵重的。

研究《诗经》,要将名物搞清楚,比如有些人说这首诗是爱情诗,因为诗中说衣服很合适,破了,我给你改做,很像爱情中献殷勤的口吻。而事实上,缁衣已经限定了诗的内容。了解到缁衣是诸侯的衣服,就知道说它是爱情诗是错误的。诗的头一句说缁衣很合适,穿破了,我给你再做一件,不单再做,还要"适子之馆兮",到你的馆舍里边,迅速地把旧的拿回来,"予授子之粲兮",再给你一件光闪闪的新衣服,粲就是鲜亮,这个"予"就是我,实际上指代周王。这里有一个隐喻,缁衣代表卿士。周王请一些诸侯来帮他打理国政,这些人叫卿士。《左传》记载,郑武公为平王卿士。这首诗涉及的两个诸侯,就是郑武公和他的儿子。这个"缁衣"之"宜",之"敝",合适的缁衣破了实际上比喻的是郑武公死了,死了以后我(周王)是不是还用你们郑国的诸侯做卿士呢?还用,所以诗中说"改为",就是我再给你新做一件。郑武公死了,郑庄公接着继续做王的卿士。所以这首诗是郑国人的口吻,用衣服来打比喻,叙述自己国家的君主受平王重用,武公去世了,又用新的君主郑庄公,周王不仅给了一件灿烂的新衣服,而且是亲自送过来的。这首诗讲周王对郑武公、郑庄公非常宠爱,表达一种自豪之情。

## 曲折缠绵的折腰句

下面两章的意思基本相同,只有字句略有改变,"缁衣之好兮"的"好"跟"宜"是一个意思。第三章,"缁衣之蓆兮"。"蓆"是宽大的意思。"敝,予又改作兮。""改作",跟"改为""改造"也一样。所以,重重叠叠地就唱一个意思。陈继揆说"敝"字一句,"还"字一句,是诗家折腰句之祖。折腰句就是一个长句子跟着一个字的句子,在这首诗中出现了两次,在中间折一下,顿挫一下。清代的牛运震说这首诗非常巧妙地用转,曲曲折折的转折,重重叠叠的,却并不使人感到厌烦。

三章都提到了"馆",馆就是馆舍,用后来的语词解释就是官邸。因为当时都城在洛阳,郑国在郑州附近,实际上还挺远的,到洛阳去要穿山越岭,不可能每天在两地之间往返上下班,所以要修官邸,好多诸侯国在都城都有官邸,到了洛阳以后住下,朝拜周王,有自己的住处,这就是"馆"。

这首诗写政治，又不明说，而是用做衣服来打比喻，又用杂言体，五字句、一字句，交错进行，写得曲折缠绵、委婉含蓄，代表了《郑风》的基本特点。

# 《郑风·清人》：河上演兵是一种暗讽

《郑风》中的《清人》，可以帮助我们了解一些古代战车和作战的情况。

在商代，中国出现了车，有考古文物为证，当时是两匹马来拉，车比较小。到了周代，战车大发展，流行的是四匹马拉一辆战车。在洛阳的一个博物馆，有四个大字是它的标志，就是"天子驾六"，意为周天子的车用六匹马拉。所以，周人的战车是后出转精的。在周武王灭商的时候，《诗经》写道"牧野洋洋，檀车煌煌，驷𫘨彭彭"，车是用檀木做的，檀木很硬，冲杀搏击，明晃晃的。这是一般的战车知识，下面来看《清人》。

> 清人在彭，驷介旁旁。二矛重(chóng)英，河上乎翱(áo)翔(xiáng)。
> 清人在消，驷介镳(biāo)镳。二矛重乔，河上乎逍遥。
> 清人在轴，驷介陶陶。左旋右抽，中军作好(hǎo)。

## 友军在奋战，我军在摆 pose

一共三章，"清人"是清邑的人，"清"是地名，是一个城邑，相当于后来的城镇，所以"清人"的意思是这些军队的成员主要是清邑的人，它的主帅是谁呢？主帅叫高克。《左传》中有记载，在闵公二年，"郑人恶高克，使帅师次于河上，久而弗召，师溃而归，高克奔陈。郑人为之赋《清人》"。闵公二年发生了一件大事情，黄河北岸的卫国遭遇了北狄入侵，齐桓公、宋桓公这些诸侯奉行了"诸夏亲昵，夷狄豺狼"的民族大义，说我们诸夏是一家人，夷是豺狼，所以要尊王攘夷，救卫国。齐桓公的霸业就因为这一事件如日中天，因为大家明白了，真正能救天下的是齐桓公，他能够号令诸侯使华夏团结起来抗击外敌，周王反而不行了，这就是霸主。

就在这件事情发生的同时，郑国的君主在干什么？他对这次齐桓公、宋桓公主导的诸侯团结行动，基本上就是冷眼旁观，这多少有点儿不仗义。北狄人在汹涌澎湃地进攻卫国，形势很严峻，郑国人不能不防，可是他们又觉得自己在黄河南岸，问题不大，怎么办呢？就让清邑人高克率领一些军队在黄河南岸巡弋、防守，因为厌恶高克，就让他带军队在那待着，既不给军饷，也不召回，最后军队就散了，高克一看君主是有意陷他于不义、坑他，就自己跑到陈国去了。郑国民众认为君主这件事情做得不对，所以就有了《清人》这首诗。

这首诗对郑国君主的做法有针砭之意，在华夏的兄弟之邦遭受外敌入侵的时候，一些诸侯国已经伸出援手，而郑国却做出这种离谱的事情，但这种表达是非常含蓄的。借助《左传》的记载，我们分析诗里边的一些字句，是可以读出这层意思的。

第一章，"清人"就是清邑的军队，"彭"是地名，应该是靠近跟卫国接壤的黄河南岸，在郑国的北郊一带。"驷介旁旁"，"驷介"就是披着甲的马，"介"就是铠甲，因为打仗，马在前边冲锋陷阵就披着铠甲，"旁旁"就是盛壮貌，这在《诗经》里边反复出现，有的时候写作"彭彭"。"二矛重英"，"二矛"就是战车上的矛，古代战车上通常要装备各种长短兵器，二矛按照古代注释，一种叫酋矛，一种叫夷矛，酋矛短，夷矛长。这是作战的需要，长兵器适于远处，短兵器适于近距离，实际上还有其他的武器，比如弓箭等。"重英"就是两层羽毛做的装饰。"二矛重英，河上乎翱翔"，"翱翔"就是飞翔，在这里意为来回转悠，所以这个词多少有点贬义。军队"二矛重英"，老远就看见这两个枪杆子在那招招摇摇，本来"英"是修饰矛的，很显眼很威风，但是在这儿加了"翱翔"两个字，就是徘徊、进退不定，在那瞎逛荡的意思。

接着"清人在消"，"消"也是地名，应该离"彭"不远。"驷介镳镳"，装备很精良的马匹、战车，很威武。"二矛重乔"，"乔"就是羽毛，跟"英"同义。"河上乎逍遥"，假如我们是郑国人，北方正在尊王攘夷，友邦在遭难，我们的军队却在国境线逍遥，这样放回当时的情境，诗的贬义就出来了。

## 周代车战总是向左转

第三章，"清人在轴，驷介陶陶。左旋右抽，中军作好"。"轴"

是地名，跟彭和消离得也不太远。"陶陶"，就是轻飘飘地在那儿奔驰。"左旋右抽"，是战车的作战方式。周代的战车上一般有两个人或三个人，假如车上有两个人，就是驾车的在左边，甲士也就是负责作战的兵士在右边。假如是三个人，中间的人是驾车的，左边负责射箭，右边也是甲士。而右边的甲士往往手执戈矛，叫作车右，车右通常都是大力士，这是古代战车的安排。所以，如果车上坐的是君子，那么他一定在左边。

《左传》里讲过一场战争很有趣，晋国和齐国打了一仗，叫鞌之战，就在今天济南北部的一个小山头华不注附近。战争的头一天晚上晋国主将的爸爸给他托梦，说明天作战你千万别在左边待着，那样必死。他是主将本应该在左边，听了爸爸的话他就跟中间驾车的人换了位置。果不其然，战争一打响，射手就把左边右边的人全射死了，他在中间就没事。这告诉我们假如战车上有指挥官，他一定在左边。

接着说"左旋右抽"，古代打仗讲究的是两军摆好了阵势以后两边的战车相向而行，那总要有一个交错，不可能四匹马撞到一起，所以一定要闪，而这个闪一定是左转，这就是左旋的意思。就是向左拐，因为这样一左拐，就把右边的大力士亮出来了，大力士拿着长矛或者短矛，可以近距离攻击敌人。右抽指的是在战车左旋的时候一定要把弓箭和戈抽出来，做刺击动作。但这首诗说的是好像在左旋右抽地练兵，其实只是在做一些动作。"中军作好"，"作好"就是摆各种pose，弄花拳绣腿，这也是贬义，是讥讽之义。

所以，这首诗如果仅从字面判断，从"作好""逍遥"等可以看出一些意思，但是如果没有《左传》做参照，就很难肯定它是一种讽刺。可见，有时一些历史文献对我们解释诗歌帮助很大。《清人》是一首很含蓄的批评诗，实际上就在说风凉话，别的国家正在跟北狄浴血奋战，我们的君主却派了高克领着一帮人在黄河南岸逍遥，无聊地摆各种 pose，用了皮里阳秋的手法。

## 《郑风·子衿》：青青子衿，悠悠我心

《郑风·子衿》中有个好句子，由于后世一个人的帮忙而更加广为人知。这个人就是曹操曹孟德。曹孟德有一首诗叫《短歌行》，其中就有"青青子衿，悠悠我心。但为君故，沉吟至今"。抒发了他思贤才的心情，借用了《子衿》里的"青青子衿，悠悠我心"。这两个句子造得也实在是好，所以到今天仍然流传甚广。那么这首诗是什么样的呢？也是三章，很短。

青青子衿(jīn)，悠悠我心。纵我不往，子宁(nìng)不嗣(sì)音？

青青子佩，悠悠我思。纵我不往，子宁不来？

挑(tāo)兮达(tà)兮，在城阙(què)兮。一日不见，如三月兮。

## 爱恋之心的曲曲折折

第一章"青青子衿","青"就是黑色,比如戏剧里的青衣,就是黑衣。但是有的时候青也指绿,这就体现出中国的一些词语比较灵活,像青可以说是黑,反正绿到底大概就是黑了。还有一些颜色很难说,比如说碧绿的"碧",它是什么颜色呢?有的时候指绿色,但在碧血一词中,就是形容颜色很纯正,不能够坐实了理解。此处"青青子衿"就是黑黑的子衿,"子"就是你,"衿"是什么?过去有一种解释是衣领,所以后来人们一说青衿就理解为黑色的衣服。那么什么样的人穿黑色衣服呢?当然这里是指黑麻布,料子不会太高级,不像《缁衣》里所讲的那样。根据《礼记·深衣》,父母双全的人穿这种纯黑色深衣。所以,过去一种解释说这首诗是讲学子,说春秋时期学生都穿这种纯黑的衣服,看起来是有偏颇的,因为爹妈健在的人都可以穿这种衣服,不一定是学子。但这里透露出一个信息,诗描述的是父母都健在的年轻人。联想到《郑风》多男女思念的篇章,就有一种可能,像朱熹说的这是一首"奔淫者之诗"。"奔淫者"在古代指没有经过爹妈同意,男女私自结合,这个词用得难听,但是他说这首诗是表达男女爱情的作品,这是可取的。它摆脱了《毛诗序》把主旨归为"郑国衰乱,不修学校"的说法,看诗的眼光还是有的,只是心态不好,把男女自由恋爱视为不正经,这是古人的一种偏颇、老封建了,我们今天倒也不必过分苛责。

也有学者讲,衿是指佩玉的带子,依据的是《尔雅·释器》,说"佩衿为之襟"。"佩衿"就是指佩戴的衿,它叫作"襟",襟就是佩玉带子的上段。所以这些学者认为"衿"跟下边的"青青子佩"是连着的。

"青青子衿，悠悠我心"，"悠悠"就是指思念很长，为这个事翻过来调过去地想了好长时间，伤心了好久。清代牛运震在《诗志》里点评悠悠二字"有无限属望"。"属望"就是殷切地期望对方、盼着对方。这就是《郑风》，它表现人的心情，"青青子衿，悠悠我心"，我见了你一颗心就怦怦怦跳，心旌摇动。接着马上责怪对方，"纵我不往，子宁不嗣音"，我不去找你，难道你就不给我个信吗？"嗣"就是诒，诒就是给，"嗣音"就是向我传信、递消息，就是指主动来跟我沟通感情。这是非常精细的，精彩地刻画了恋爱中人的心理。男女青年恋爱时常常看到对方就马上失重，马上无限地向往，但又很矜持，于是就指责对方不主动，越是指责对方，就代表把对方看得越重，这两句诗把心里这般的曲曲折折，非常简明扼要地表现出来了。这就是恋爱中人的心情，总是想对方能够主动点儿。所以我们说《诗经》擅表人情，话不多但是能抓住要点，这是诗的妙处。

第二章，"青青子佩，悠悠我思"。"我思"跟"我心"是一样的。"子佩"就是指那个佩戴物，这里不是写他的衣服，而是写衣服上的配件，这就有意思了，这跟"悠悠"是连着的，就是说你身上所有的部分，只要它一动就牵着我的心思。"纵我不往，子宁不来？"上一章是责备对方不向自己传递消息，这里说难道我不去找你你就不来找我吗？这是恋爱中人，实际上她是很自信的，也挺矜持。爱情嘛，往往是这样，不合逻辑，不讲道理。能把这些表现出来，正是诗的好处。"子佩"指的是佩戴的玉石，《礼记·玉藻》里边就讲男人、女人佩戴的一些物品，其中有一句话就说，凡是带子上都要拴个玉，这是一般贵族打扮。"子宁不来？""宁"也是难道。

接着第三章，"挑兮达兮"，这个"挑"是叜的假借字，轻滑不可靠的意思，就是太活络、蹦蹦跶跶，所以他们总是行不相遇，老是错过。实际上"挑达"讲的是在城阙往来。城阙是什么呢？"城阙辅三秦，风烟望五津。"这是王勃的诗。古代城门左右两侧有高台子，那是可以上去的，可以上去看一看风景，也可以挂出一些政令，当然后代这样做的比较少了，在周代是有的。这两句话，女子就想你也不来找我，也不给我送信，却满城墙在那儿跑，是她埋怨对方的话。所以，这个情感还颇有点不明朗，可能女孩子看上了对方，而且觉着对方对自己也有意思，所以就等着，矜持着，想让男方来主动向她这座空城发起进攻，可是对方呢，可能有点儿傻乎乎地没感觉，对这个女孩子冷着，撂着，反正不理睬，还在玩，在城墙上"挑兮达兮"。女孩子已经深深地陷入了单相思，说"一日不见，如三月兮"。这个诗很活泼。

## 曹孟德的点化

"青青子衿，悠悠我心。"曹孟德把它改了，当然曹孟德读这个诗没准就把它理解成《毛诗序》中所说的那样，是指学校。《毛诗序》说私校废了，废了以后老师看到这些年轻人不好好读书，整天在城墙上晃荡，在那儿发愁，说"悠悠我思"。但是，古代讲师道尊严，如果学生不念书老师肯定不这么客气，而且"纵我不往，子宁不来？""纵我不往，子宁不嗣音？"这些也和老师不搭调。但是曹孟德可能是这样理解的，然后把学校的意思顺便一转，变成思贤才，还加了两句"但为君故，沉吟至今"，就是只为你的缘故，"沉吟至今"，"沉吟"实际上就是"悠悠我思"的意思，我在那儿默默地思念。

曹操这个人作诗很有特点，他善于从古诗里边找一些句子，加以改造。比如他的《观沧海》里有"日月之行，若出其中。星汉灿烂，若出其里"这样的句子，是借自司马相如。司马相如是汉大赋的作家，他写上林苑，说太阳、月亮从园子的东边出来，从它的西边落下去，写得很夸张，夸张到有点儿不太相称。毕竟一个皇家园林再怎么大，用"日月出入"去形容总让人感觉是在吹牛，但是曹孟德用"日月之行""星汉灿烂""若出其中""若出其里"来形容大海，那可就妙了，这就是曹操的一个手法，点石成金了。

过去南京有位老先生叫沈祖棻，是个女词人，一代才女，写过《宋词赏析》。她说曹操借用了司马相如的句子就像"卓文君再嫁"，你看这个说法多妙。卓文君是守了寡以后遇上司马相如，目挑心招嫁给了司马相如，成为司马相如的夫人她就名垂青史了。"青青子衿，悠悠我心"这个句子也是如此，经曹操这么一点化也就不朽了，流传千古了。这里可以看出沈先生谈诗的妙处，这个比喻打得很漂亮。好的语言，入心，想忘都忘不掉。《诗经》里边这样的好语言就特别多。

## 《郑风·风雨》：黑暗与光明交织，天地间的一种精神

风雨凄凄，鸡鸣喈喈(jiē)。既见君子，云胡不夷！
风雨潇潇，鸡鸣胶胶。既见君子，云胡不瘳(chōu)！
风雨如晦(huì)，鸡鸣不已。既见君子，云胡不喜！

### 风雨如晦，鸡鸣不已

这首诗是写风雨怀人、风雨归人的。诗写人见了君子，在什么情形下见的呢？这正是诗的妙处，在"风雨凄凄，鸡鸣喈喈"的时候。而黎明前天色的特点是黑暗，黑暗的天气又加上风雨，这个开头浓云密布，给人的感受有点儿像鲁迅先生所讲的"风雨如磐暗故园"。

那么，一种什么样的力量可以冲破它？这就是诗的张力，它在开头让人感觉到压抑，但是"鸡鸣喈喈"，鸡鸣代表天要亮了，这之

间就有一个冲突、一个矛盾,一个压抑和反压抑。"既见君子"就是已经见到了君子,但是没见之前的情况他没有写,见之前怎么伤感,怎么怀念,怎么忧心忡忡,都不去说,这是《诗经》中常见的手法。已经见到君子,前边的黑暗就不在话下了,也就是说这首诗虽然写黑暗和风雨,但并没有拿它们太当回事,已经闪过了它们,实际上是一种豪迈,一种志气上的超越。这就是诗的硬气,很有启发性。

那么,这个"君子"指什么?在先秦时期,"君子"的含义在《论语》这儿曾经发生过变化。《论语》里的"君子"有两个含义:一个是指身份,一个是指品德。比如,"君子之德风,小人之德草",这个君子指的是身份,意思是在位者是风,不在位者小民则像草一样,要受风的影响。而"人不知而不愠,不亦君子乎"的"君子"指的是品德,人家不了解你,你对人不恼怒,这是君子做派。在比《论语》早的时候,君子则往往指身份,而所指的身份有不同,一般来说贵族都可以称君子,另外家里的丈夫也可以称为君子。这首诗中君子的含义,历来就有两种说法:一种说法出自《毛诗序》,说这首诗讲的是君子在忧患之世、逆境之下不改变原则;另一种认为是丈夫历经千难万险回来了。根据诗中天亮之前见到君子的内容,倒很像是家里的君子回来了。

诗写到这里,让人想起唐代"大历十才子"之一刘长卿的一首诗:"日暮苍山远,天寒白屋贫。柴门闻犬吠,风雪夜归人。"这诗是非常有韵味的。单纯从文学表现上说,刘长卿这首《逢雪宿芙蓉山主人》写得比《诗经·风雨》还要动人。想一想,一个半山区,远远有苍山,冬天的山,在残阳斜照下山显得很远,这个光景有多漂亮。然后家家的寒屋为了防冷都闭起来,准备进入到寂静的夜,这个时候突然狗叫，这就像《风雨》里突然鸡叫一样。这就是遗传基因，我们有《诗经》的伟大才有后边唐诗的非凡。

君子回来了，我们可以想见这个人走了多远的路，他赶在黎明前到家，一定是盼家盼得非常厉害的，甭管怎么样早点到家。在黑漆漆的黎明前很压抑，但鸡在叫，接续地在叫，这个时候见了君子，对于长期分离的人，就有爆发性，所以这首诗的爆发力是《诗经》里比较强悍的。"云胡"就是怎么会，"不夷"这个"夷"本来是平的意思，在这儿它有一个新含义就是喜悦，是引申义。"云胡不夷"，怎么会不高兴呢？

第二章，"风雨潇潇，鸡鸣胶胶"，前面是"凄凄"，这里是"潇潇"，"凄凄"形容的是那种风、雨的冷飕飕的感觉，"潇潇"形容它的声音，哗啦啦，而"鸡鸣胶胶"用"胶胶"二字，鸡鸣声更高亢。前面讲"喈喈"还有点时断时续，这里就响成一片了，风声雨声大、鸡鸣声也大。"既见君子，云胡不瘳"，病愈叫"瘳"，在这实际上讲心情好了，跟"夷"是一个意思。第二章的意思跟第一章有递进关系，这个递进主要表现在光景，从"风雨凄凄，鸡鸣喈喈"，进而到"风雨潇潇，鸡鸣胶胶"，响成一片，黑暗与光明、沉闷与希望在搏斗。

接下来"风雨如晦，鸡鸣不已"，"晦"就是黑暗，它具有高度的概括力，鸡鸣不已，把"胶胶"跟"潇潇"全部去除，天要亮了。前边的"鸡鸣喈喈""鸡鸣胶胶"是借实景描写声音，它具有形象的价值，但是当把这两个关于形象的东西撤去，就是强调黑暗和光明在交错。所以这个句子是最动人的，具有了哲理性。"风雨如晦，鸡鸣不已"八个字把黑暗、晦暗与光明、希望的交织，用非常凝练的句子充分地表达出来了，好像在写一种天地间的精神。

## 君子不改其度

第三章是诗的一个高潮,"风雨如晦,鸡鸣不已"这个句子一直流传到今天。它告诉我们,任何困境、任何艰辛都是短暂的,人类会走向光明,这是人类的本能追求,也是一种希望。诗的这种象征表达出的精神力量,超越了它那个久别之人在特殊光景下团圆、聚首的故事本身。所以,这首诗到底是爱情诗还是其他主题,实际上已经变得非常不重要了。它的要点在于用高度概括的语言无意间写了一种天地间的情感,一种大情怀。

史书中记载了一些有趣的故事,体现了这首诗曾经产生过的影响。《毛诗序》曾说这首诗是表现"君子不改其度"。《南史·袁湛传》记载袁湛的儿子袁粲,特别讲究举止行为、君子风度。宋废帝就想你不是讲究风度嘛,那么脱了你的衣服,你是不是就只能捂着这儿、捂着那儿,丢盔弃甲地跑呢?就迫使他一丝不挂,想逼迫他跑,结果袁粲雅步如常,看见其他人就说"风雨如晦,鸡鸣不已"。说我虽然遇到这种黑暗,但是《诗经》告诉我们君子不改其度。可见,《诗经》这部著作之所以是经典,就在于它对很多人的性格起到了塑造作用,告诉我们在风雨如晦的时刻应该怎么做。《风雨》在历史的风雨中穿行,产生过积极作用。

# 《齐风·猗嗟》：射礼上的风流俊赏之主

《齐风》里的《猗嗟》写了一个很著名的人物——鲁庄公的射箭表现。鲁庄公在《左传》名篇《曹刿论战》中出现过，"十年春，齐师伐我，公将战"中的"公"，就是鲁庄公。一首诗和一个人物能完全对应上，这在《诗经》里面是比较少见的。这首诗一共三章。

猗嗟昌兮，颀而长兮。抑若扬兮，美目扬兮。巧趋跄兮，射则臧兮。

猗嗟名兮，美目清兮。仪既成兮。终日射侯，不出正兮。展我甥兮！

猗嗟娈兮，清扬婉兮。舞则选兮，射则贯兮。四矢反兮，以御乱兮。

## 好风度映现内心修养

　　诗篇中有很多"兮"字，几乎每句都有这个用于末尾的感叹词。这首诗到底讲什么？我们先从第一章看。"猗嗟"就是感叹词，嗟叹，就相当于"啊"，我们现在很少用了。"昌"是盛壮的样子，也有人说是姣好的样子。实际上二者也差不多，一个男子很强壮，本身就是一种美丽。接着，是"颀而长兮"。"颀"我们今天还在用，说某人身材颀长。"颀而长"，就是身材高挑。这就是鲁庄公，这个长相是可以印证的。在史书里边，还真有人说到鲁庄公的武艺和长相。

　　《公羊传》写到，鲁庄公在即位后11年的时候，曾经打过一仗，叫"乘丘之役"。在乘丘之役中，鲁庄公拿了一支叫金仆姑的好箭，将宋国一个很生猛的大力士南宫长万一箭射伤，然后抓了南宫长万，养在宫廷里边。因为那时，鲁国跟宋国有婚姻关系，也都是西周的国家，所以如果将来哪一天外交关系恢复了，俘虏是要放回去的，而且南宫长万也是一个有身份的宋国贵族。所以，南宫长万在鲁国宫廷里待了一段时间就回去了，回去以后当着自己国家君主的面就夸鲁庄公长得好，说："甚矣，鲁侯之淑，鲁侯之美也！""甚"就是很美啊！"淑"就是善。还说："天下诸侯宜为君者，唯鲁侯尔！"就是说看长相，天下其他诸侯都是獐头鼠目的，只有鲁庄公长得最好。他说这个话有个缘由，实际上因为他和君主宋公下棋，两人争棋，闹翻了以后，他就当着宋国君主的面夸鲁国君主好。这是发泄情绪，见了矮人说短话。

　　诗与文献相印证，可见鲁庄公的确是长得不错。接着下边，"抑若扬兮，美目扬兮"，"抑"在这儿是美好的意思，实际上它有可能就是"懿"的借字,"懿"就有好的意思。"抑若扬",就是抑然上扬。"若"就是"然",是个语尾的词,我们今天还在用,比如茫茫然。"抑若扬"是说既美好,又朝气蓬勃。这是写鲁庄公的身段。"美目扬兮"就是眼睛明亮。我们都知道一个人长得漂亮,身材要好,但是真正动人的地方,还在于眼睛。由他总体身材的漂亮进而写他的眼睛、眉目之间。接着,"巧趋跄兮,射则臧兮"。"巧"就是步子巧妙、轻盈。"趋"是古代的一种步伐,行礼的时候要走趋步。《猗嗟》所写的这个礼是射箭礼,为了表示对在场的诸侯和其他老年人的尊敬,有时候走趋步。这个趋步在《周礼》等相关文献里描述过,就是小步趋近,有点儿像麻雀走路,把两手张开,让袍子下垂,身子略躬,显出恭敬的样子快步向前。"跄"也是步伐。实际上这一句写的就是他射箭的时候,脚底下的步伐特别漂亮又合乎礼法,轻盈、准确。说"射则臧兮",射箭礼总得射箭,"臧"就是好,箭法好、姿态好、准确度高,都属于"臧"的范畴。

第一章写的就是鲁庄公在射箭礼仪方面的总体表现。清代学者惠周惕在解释这首诗的时候,重点分析了这一章写作的顺序。诗先给我们浮现出一个美男子,在射箭场合下有高挑身材,眉目漂亮,然后他走起步来、动起来,身上怎么样,动作怎么样,最后总说他"射则臧"。这对我们写作有一个启发,有时不会写作实际上往往是不知道从哪儿下笔。知道说话从哪儿开始说起,不至于滚着说,东说说,西说说,前说说,后说说,跳着说,倒着说。有了一个次序以后,写文章就顺畅了。

第二章,"猗嗟"还是感叹词,"美目"就是美丽的眼睛。"猗嗟名兮",这个"名"其实是"明",指额头和眉眼之间,从额头到鼻子上部和颧骨这部分，宽宽阔阔的，很明亮、很舒展。这也跟我们今天的审美离得不远。说"仪既成兮"，"仪"是射箭仪式。古代贵族最基本的功夫就是会射箭，不但要求拉弓射箭准确，还要讲仪度、讲风采。比赛射箭的时候，两个人一伍，要先跟人行礼，上台走到位置去，然后弯弓，还有音乐伴奏！这种礼仪所讲究的，就是在音乐伴奏下，步伐、姿态要优雅，拉弓射箭时，在众目睽睽之下、压力很大的时候，内心保持平静，瞄准靶子。《礼记》里边就说，射箭礼可以考验人的素质，你是不是个仁者？仁者要把自己控制好，这和老子说的"自胜者强"是一个意思。"终日射侯，不出正兮"，说他连续射一天，箭射出去都不出"正"，什么叫"正"？就是靶心。这里当然略有夸张。"射侯"的"侯"就是靶子。从射礼可以看出，古代贵族文化在很大程度上也是一种审美文化。后来贵族阶层衰落了，孔子用"六艺"来教他的学生，培养好的外在表现、好的风度。实际上，映现的是内心世界的一种素养。

第二章的最后一句是"展我甥兮"，齐国人在这流露出情感深层的东西。"这是我们的外甥"，说到了鲁庄公的身份，他的母亲来自齐国，是齐国的文姜。大家一看英俊的外甥，有一种赞叹。

## 齐国外甥的国事访问

接着第三章，"猗嗟娈兮"，"娈"也是美好，一般是形容女子。"清扬婉兮"，"清扬"就是眼睛有神，"婉"是眉清目秀。"舞则选兮"，"舞"是说跳舞，古代射箭礼有一个环节，是拿着弓箭伴随着

《齐风·猗嗟》：射礼上的风流俊赏之主　　229

音乐舞蹈,"选"就是齐齐整整、合拍,跳舞的步伐和音乐节奏合拍。还是形容他姿态优雅,长得好是先天的,姿态好是修养出来的,古代贵族特别强调这两者。"射则贯兮","贯"就是正中靶心。"四矢反兮","四矢"就是四支箭,"反"就是反复射,嗖嗖嗖嗖四箭。"以御乱兮",就是国家有了外敌可以御乱,有内乱也可以消除,赞美他治国安邦有办法。从哪儿看出来的?从他四支箭都射到靶心上。

　　以上就是三章的内容。齐国人做这首诗的创作机缘在《左传》里有记载,是鲁庄公二十二年,鲁庄公亲自到齐国去纳币,什么叫纳币?实际上就是纳征,是古代婚姻六礼的一步,指向女方送订婚物。原来鲁庄公到齐国是为了娶媳妇,他娶的就是哀姜。鲁庄公前往齐国缔结婚姻,两国之间又有老亲戚关系。新外甥来了,不仅长得很漂亮、帅气,而且又是齐国姑奶奶生的,所以整个诗就写得非常高兴,调子非常昂扬,这是诗中用了那么多"兮"字的原因,它显示了一种独特的人情。

　　这首诗从艺术上讲,写得很灵动,每一句用"兮"字表现情感,但并不让人感觉重复沉闷,这是因为诗调造得抑扬顿挫。整体来看,诗从外在的长相到内在的修养,描摹了一个很英武的形象,把鲁庄公写得风流俊雅,是它的成功之处。

# 《卫风·木瓜》：人情，生活的一种真实

中国台湾有个女作家叫琼瑶，写了很多言情小说，曾经风靡一时。"琼瑶"这两个字就出自《木瓜》。这首诗唱的实际上是一种人情，直到我们今天的社会交往中也难免的一种人情。

投我以木瓜，报之以琼琚（qióng jū）。匪（fēi）报也，永以为好（hǎo）也。
投我以木桃，报之以琼瑶（yáo）。匪报也，永以为好也。
投我以木李，报之以琼玖（jiǔ）。匪报也，永以为好也。

## 你小小地投，我重重地报

写人情的深刻细腻正是中国文学的一个特点。中国诗从《诗经》开始，很少看到完完整整的、有枝有叶的、很详细地讲述的一个故事。比如《木兰诗》，木兰替父从军十年，但这十年她是怎么过的，诗里

没有说，如果是真正的叙事诗，这样写肯定是不行的。可是中国的读者对此习以为常，有些故事不讲，不讲也罢了，只要诗里讲出来的部分写得动人，就可以了。它不是以叙事见长的。像《木瓜》这首诗，写的实际上是一种很世俗的情感。

第一章，"投我以木瓜"，"投"就是扔，这个木瓜到底指什么呢？大体有两种说法：一种说就是一种水果，又叫楑楂，木本植物，果实是椭圆形的。就有点儿像我们夏天常吃的小甜瓜。有一端还有一个鼻状的突起，用水煮了以后可以吃。北方有这种水果。还有一种说法，木瓜就是木头做的瓜，跟下文的木李、木桃都不是真正的果实。我们现代生活中，有的高原地区办事摆酒席时，如果没有鱼，就刻一个木头鱼，往上浇上汁。这种说法认为，木瓜的做法类似于这种木头鱼。这两种说法到底哪个正确？因为史料不足，现在很难判断。不过这个问题并不重要，因为这首诗的要点不在瓜、李、桃是真的假的，而在于"投"和"报"。这就是下句"报之以琼琚"要讲的。"琼琚"是指美玉，比木瓜可贵重多了。这句话的意思就是你送给我小的、轻的东西，我回报你大的、重的东西。这就是人情。你哪怕有一点儿小意思，我也会重重地回报你，"受人滴水之恩，必以涌泉相报"。接着就来了一句：我不是为了报答，这不是物质交换，是什么呢？是为了加深我们持久的情感，即"匪报也，永以为好也"。

下面两章的句式、意思和前一章是重复的。"投我以木桃，报之以琼瑶"，确实有一种树木叫"木桃"，可以做观赏植物，枝上有刺，果实比木瓜要小一点。此处理解成果实或木头做的桃子都可以，"琼瑶"也是美玉。今天叫榅桲（yùnbó）的一种树，也称为木李，是落叶灌木，枝叶比较细，长果子，味道酸，但也挺香。据说形状和木

232　　　　　　　　　　　　　　　　　　　讲给大家的《诗经》

瓜很像，只是没有那个鼻子状的突起。"琼玖"是美玉。这是三章的大意，讲得都是为了加深情感、持续情感，你小来我大往，你小小地投，我重重地报。

## 送礼物是人情免不了的

关于这首诗的题旨历来说法比较多。《毛诗序》认为是赞美齐桓公，这就涉及《左传》里的一个小故事。在今天河南省北部，当时的西周封国叫卫国，有一年卫国被北狄侵略战败，差一点儿就亡了国。而当时齐国的君主桓公在管仲的辅佐下，帮助卫国远离北狄侵害，把国都迁到了黄河南岸，建立新城，还送给他们很多器材。所以卫国人为了感激齐桓公，做了这首诗，意为桓公投卫国以"木桃"了，卫国人将来要重重地报答桓公。这种说法对吗？毕竟诗中没有齐桓公的字样。虽然"投我以木桃，报之以琼瑶"这个说法和要想报答齐桓公这个意思大致相同，但是细琢磨起来，就不对了。把齐桓公救卫国这样的大事说成是投以木桃、木瓜、木李，就太轻了。当然了，你也可以灵活理解成这个诗的重点不在投我什么，而在我们要还美玉，还宝贝。所以，假如当时卫国人唱过这个词来报答齐桓公的话，也是借用。但对诗义的这种解释有点牵强，还是把它理解为一般的人情的表达比较好。这样说我们也有根据。

出土文献上海博物馆藏战国楚竹书（以下简称上博简）中有《孔子诗论》，里面记载了两句孔子对《木瓜》的评论。其中一句的意思是：我们看《木瓜》就知道，币和帛，也就是金钱、丝绸等财物作为礼品，是人情交往中离不开的。这是人性的本来要求，是人们内心中藏着的一种情感。确实，一个人对另一个人好，总得有个表达手段，光是嘴皮上说不行。另一句是说，《木瓜》中是含有怨气的，是在埋怨对方不给自己送礼物。所以才说假如你给我送点礼的话，我的回报会更多，言外之意是你怎么那么不懂事呢！

实际上，孔子是不是这么说过，也就是上博简的记载是否可靠，我们也不敢一口咬定，但儒家是这么理解的。《孔子诗论》里对《木瓜》的这两种说法，都不离于人情大道理。人毕竟是物质动物，情感上说得再怎么天花乱坠，如果不落实到物质层面就不真实。这种人情是恒定的，一直到今天都是如此。朋友见面送一点小礼物，表示一种尊重。当然，如果有些人做得过分了，就不是在传达人情了，而变成了一种收买或者贿赂，收买和贿赂的用心都很险恶。因为被收买和接受贿赂的人，为了一些钱，丧失了人格的自尊和独立性，变成了别人的奴才。

另外，古代还有一种风俗，那就是没有市场，人们的日用是靠互相投报实现的。到了一定时候，缺什么，少什么，大家交换。所以礼物在人类社会生活当中是不可缺少的。它在凝结社会、传达社会情感方面，是永远不可或缺的。这首诗就把基本的人情写出来了。所以无论《孔子诗论》是否真是孔子说的，都代表了一种睿智，他对这首诗所传达的人情是认可的。

对这首诗，还有另一种解释，说它是爱情诗。男女在一定的时节见面，大家互相投东西，投桃报李以加深情感，缔结两性关系。今天西南的一些兄弟民族还保留着类似的风俗。但如果把它理解成爱情诗的话，"投我以木瓜，报之以琼琚"，把美玉扔给对方，就有点儿严重了。所以，就不如回到传统儒家所说的，这是一种人情，可以正面理解，就是我对你好，我什么都敢给你。爱情也可以包含在里边。

总而言之，这是一首在刻画人情方面非常有特点的诗，而且文从字顺，非常平易。它说的道理粗看起来有点世俗，但实际上是人情所难免的，是一个常道。所以我们不必轻视它，轻视了它，你在社会生活中可能就不这么顺畅。诗就提示我们通点儿世故。

# 《唐风·蟋蟀》：过年的歌儿，唱出中国人的生活之道

《唐风》部分的《蟋蟀》篇，是一首过年的歌曲，体现了中国人生活的中庸之道，这首诗一共是三章。

蟋蟀在堂，岁聿其莫。今我不乐，日月其除。无已大康，职思其居，好乐无荒，良士瞿瞿。

蟋蟀在堂，岁聿其逝。今我不乐，日月其迈。无已大康，职思其外。好乐无荒，良士蹶蹶。

蟋蟀在堂，役车其休。今我不乐，日月其慆。无已大康，职思其忧。好乐无荒，良士休休。

蟋蟀在堂

傳蟋蟀蛬也集傳蟲名似蝗而小正黑有光澤如漆有角翅或謂之促織○陸疏楚人謂之王孫幽州人謂之趣織里語曰趣織鳴嬾婦驚是也此方古名吉里吉里斯故與蚟蜥易混與

## 生命追求的当然不是艰苦

"蟋蟀",就是蛐蛐,"在堂"就是在屋子里。《豳风·七月》里写蟋蟀到了九月、十月就开始到堂下来鸣叫了,今天生活在城里的人感受不多。在乡村生活的人,北方深秋、初冬季节以及冬天,蟋蟀总是窸窸窣窣地在那儿叫。因为古代女子在农闲的时候,就该纺线织布了,总有蟋蟀在那儿叫,就好像在催促着织布一样,所以蟋蟀又叫促织。"岁聿其莫","岁"就是一年,"聿"是语词,"莫"字就是"末"的本字,这句话讲岁末了,一年到头了。"今我不乐,日月其除",今天到了岁末了,我们再不欢乐一下,日子就没了。"除",就像我们今天在"除夕"一词所用的,这是去了、除去的意思。我们知道农耕生活是很苦的,一年四季都守着一种非常清苦的生活,现在一年都快过去了,我们应该消费消费,享乐享乐,所以这首诗首先就提倡享乐,但马上接着来一句"无已大康",这个"大康"就是指太过分的享乐。"职思其居",职是语词,这句的大意是还要想一想平时,"居"就有平时的意思。过年了,如果大吃大喝,把储蓄全耗光了,未来的日子怎么过呢?所以最终归于中道——"好乐无荒"。既要快乐,又不过分。这个"荒"字不是荒凉的意思,而是荒废。"良士瞿瞿","良士"就是好的人,有思想的人、有尺度的人,"瞿瞿"就是戒惕、警惕。

第二章的意思和第一章差不多,"蟋蟀在堂,岁聿其逝","逝"跟"除"意思相同,日子要过去了,"今我不乐,日月其迈",前进叫"迈",就是日月不再等待我们。下面接着说,"无已大康"就是不要太过分,"职思其外",这个"外"有意外的意思,我们还要想一想，出了意外情况怎么办，也就是说如果现在不知道有节制地消费，一旦出了状况就不好对付。"好乐无荒，良士蹶蹶"，这个"蹶蹶"跟"瞿瞿"意思相同，就是警惕、戒惕。

## 既要快乐，又不过分

第三章"蟋蟀在堂，役车其休"。"役"就是行役、劳作，出远门驾的车休了，就是所有的事情都停止了，要休息，这就是文武之道，一张一弛。"今我不乐，日月其慆"，这里的"慆"和《豳风·东山》"我徂东山，慆慆不归"中的"慆"字意思相同，"慆慆"就是遥遥，日子远去了，就是慆。"无已大康，职思其忧"，就是不要过分，还要想想一旦出了忧患怎么办。"好乐无荒，良士休休。""休休"就是快乐、美好。所以，这首诗一方面强调过年了，应该欢乐应该享受，不能过分吝啬，毕竟追求幸福生活是人的基本愿望。农民364天过的都是干枯的生活，过度劳作会导致人生命的枯竭，也不符合生命的意义，生命追求的当然不是艰苦。另一方面马上又说不要过分，还要想想平时、意外和忧患，在传达一种中道观念。

《荀子》中说过人与动物的不同就在于能够长虑顾后，能从未来的角度想一想。这是中国农耕文明造就的特有的生活智慧，要在消费享乐和节俭储蓄之间达成一种平衡。储蓄、节俭的观念在中国文化当中，是非常持久、非常深入人心的。汉代晁错著《论贵粟疏》、贾谊著《论积贮疏》，特别强调国家层面要注意储蓄，实际上这不但是国家观念，也在日常生活中被奉行，它源于中国的农耕。汉语里的"青黄不接""三年耕则有一年储",讲的都是中国的农耕储蓄力比较低。中华文明诞生在黄河流域的黄土地上,要艰苦地劳作,才能丰衣足食,也才能留点儿积蓄,但是如果有一年不行,就会出现短缺、饥荒,甚至挨饿受冻、丧命。我们这个古老的民族生存非常不容易,自然环境在漫长的时间里造就了民性,使人产生第二天性,重视储蓄。

这首诗的观念非常古老,但是从诗篇的形式看它的创作不会太早。应该是周王朝采诗观风的下层官员,在山西听到了这样一个旋律和基本题材,他们采集到的诗可能比较俭朴,经过加工,又经过他们上级音乐官员的加工,就形成了这首诗,它真正的文献写定应该是比较晚的。这就是中国最古老的过年的歌唱。

# 《魏风·园有桃》：有思想者的困境

魏风的魏和邶、鄘、卫那个卫不是一回事，是"王郑齐魏唐"的魏。魏风所在地也不在今天河南省，而在山西省西南部。魏这个国家是怎么来的？有记载说，周初，周文王有个儿子叫毕公，跟周公同辈，他的儿子辈封建在了今天的运城地区，是为魏。但是关于魏在西周的情况文献很少记载，到了春秋初期说魏国的君主被他的母亲给驱逐了，因为他没出息，只有这么一句，见于《左传》，然后这个国家就亡了。

诗一定是产生于魏亡国之前，据此，有学者认为《园有桃》产生于西周后期，从西周崩溃到东周初期这段时间。那么《园有桃》讲的是什么呢？忧患者的苦闷和悲哀。

园有桃，其实之肴（yáo）。心之忧矣，我歌且谣。不我知者，谓我士也骄。彼人是哉，子曰何其（jī）？心之忧矣，其谁知之！其谁知之！盖（hé）亦勿思！

园有棘，其实之食。心之忧矣，聊以行(xíng)国。不我知者，谓我士也罔(wǎng)极。彼人是哉，子曰何其？心之忧矣，其谁知之！其谁知之！盖亦勿思(sī)！

## 长歌当哭

"园"就是园林、园囿，园子中有桃树，桃树的果实就是我们说的桃，是可以吃的，所以"其实之肴"这个"之"字有点判断词的意思，就是桃树能产生可以吃的佳肴，就是桃的果子。那么讲"园有桃"是什么意思呢？它没有实义，就是兴，起个头。就像"一二三四五，上山打老虎"一样，一二三四五，"五"跟"虎"押韵，这可以说是意思上最简单的兴这个手法的应用了。

接着下边才是正文，"心之忧矣，我歌且谣"。"心之忧矣"就是我内心充满了忧虑、忧患甚至忧伤，于是我要歌，我要谣。歌和谣，今天常常连用，如果仔细区分起来，歌是有伴奏的、合乐的，而谣是不合乐的，就是干唱。内心有忧，我要把它发泄出来、宣示出来，所以要通过歌和谣的形式。不论用什么方式表达，重点在于我内心中有忧虑，至于忧虑是什么诗人没有说，这是诗的一个特点。其实，有些时候我们处在同一个社会，面临着同一个问题、大家都感觉到的问题，那么不说也是说。这种情况每个时代都有。

过去有些学者联系魏国灭亡的史实，认为这是因为君主不思进取、魏国要被别的国家吞并，所以有识之士开始忧虑，这从道理上讲是可能的，但是并不十分确定，因为一个社会突出的矛盾可以多种多样。所以，诗人的内心实在是有悲伤，他要表达。但是接下来却是"不我知者，谓我士也骄"。"不我知者"是指不同意我的人，当任何社会面临问题的时候，有些人包括有权力的人、已经得到某些好处的人都不愿意揭露这种问题，也不愿意别人提，因为他们的利益是通过不合理的规则实现的，如果某些不合理被更正，他们就会遭受损失。这种人就和"心之忧矣"这个忧虑者站在对立面，所以"不我知者"实际上就是反对者，诗中的矛盾、张力就出现了。这是一个忧患之士和一些社会的反动、腐朽或者保守分子之间的对立。

"不我知者"怎么样？他们"谓我士也骄"，给"我"扣个"士也骄"的帽子。士在《诗经》里出现了好多次。比如《卫风·氓》说"士也罔极，二三其德"，士就是指男子。在这里，实际上就是指这个人，当然也可以理解成这个有知识的人，但不如理解为这个人更稳妥。"士也骄"，"也"字是没有实际意思的，"骄"就是骄傲。不听话、不安分，就是骄。所以，从诗里我们看到，一个有思想、对社会问题有反思的人，被扣了个帽子，被说太骄傲。这种情形在中国古代经常出现，这首诗算是比较早的、有文献记载的源头。这就是思想者的苦闷，他们不是不被理解，而是被扣了帽子，被打成了社会的不和谐分子，那下一步是什么也可想而知了。

所以"彼人是哉，子曰何其？"，"其"是表疑问的。"彼人是哉"字面的意思是"那些人是对的"，但这个"对"不一定是道理上的对，而是"我"惹不起他们，打不倒他们，所以他们才是"对的"。这里面包含了深深的无奈。"子曰何其"，意为"你又干什么？""你又能怎么样？"。这两句实际上是内心的另外一个声音，就是"我"也在内心中劝自己：不要再这么想了，反正也打不败他们，你这样想有什么用呢？你要干什么呢？

在《离骚》里就有"女媭之婵媛兮，申申其詈予"。屈原说自己要追求美政理想，遭到了奸邪之人的诬蔑和王的疏远。这时就有另外一个人女媭，据推测可能是他姐姐、妹妹，或者仆人，就骂他：你不要那么讲，你不要那么想，这个社会举世浑浊，你干吗要这么明白呢？和这首诗的意思是一样的。

因为这些人反对"我"，可是社会大众往往跟着他们走，受他们的愚弄，"心之忧矣，其谁知之"，"我"内心的忧伤又有谁真正了解呢？"其谁知之！盖亦勿思"，既然忧思不被社会接受，那就不如不思。"盖"就是何不，你为什么不能不思呢？为什么不装糊涂呢？这也是自己劝自己，实际上表示那种愤懑、压抑到了无以复加的地步。所以，这首诗是中国历史上比较早的表达一种不被理解、不被同情、不被接受的苦闷的作品。在《魏风》里出现这种作品是比较特别的，也可以说这是它的价值。

而这种问题实际上任何社会都有。除了中国古代的王权专制社会，在西方的民主社会也会出这种问题。比如大哲学家苏格拉底本是古希腊社会最有智慧的人，但他经常找那些自以为有知识的人，问对方是否真的有知识，什么是知识。三问两问，最终把人问得理屈词穷，所以很多人就讨厌他。他后来被民主社会判了死刑，十个人的陪审团，以六比四的比例宣判。这种不被人知的社会境况是很普遍的，所以说这首诗也有它的普遍意义。

## 举世皆浊我独清的苦闷

第二章,"园有棘","棘"就是酸枣棵子,"其实之食"就是它的果实也可以吃。"心之忧矣,聊以行国。""聊"就是姑且,"行国"就是周游国中、漫游,诗人不被承认也没有放弃,到处去游走。说到出游,《诗经》里有这样的现象,比如在《小雅》里讲西周崩溃的时候,有些明鉴之士、压抑之士就想驾车出游,但是"蹙蹙靡所骋",没有地方可以驰骋,这是最早的出游主题。后来屈原遭到了很大的压抑时,精神漫游,所以这在中国文学里也是一个话题。诗中的"我"实际上是被排斥了,然后就成为小小邦国之内的异己,所以他无所归属,就去"行国"。当然,这个"行国"也是他争取被人理解、被人接受的一种努力,隐含着这种意思,但不是很清晰。"心之忧矣,聊以行国"就是在国内行走、漫游,作为一个孤独者。

"不我知者,谓我士也罔极。"那些不知我的人,就是前面说的打击我、要清除我的人。这些人掌握着引导民众的权力。他们说"我""士也罔极","罔极"就是没准则。"极端"的"极",本来是屋子上的大梁、最高的梁,因为它最高所以有标准的意思,所以"罔极"就是没有准则。"彼人是哉,子曰何其?"他们是"对的",他们既然这样想了,"我"又能干什么?"心之忧矣,其谁知之!其谁知之!盖亦勿思!"这样忧来忧去,谁又能搭理你、了解你,就不如不思、装糊涂,难得糊涂也是无奈之举。

这首诗的普遍意义在于,那种对未来有忧患、对现实有思考有不满的人,可能不被社会所接受。而"不我知者,谓我士也骄"和"不我知者,谓我士也罔极"这两句话告诉我们,他们不被社会所接受不单是因为社会愚昧，或者思想不被理解，还因为被扣了帽子，不仅有人不愿意知道你，还有人不愿意你被人所知，所以社会大众认为"我"是坏人，是个罔极者、骄傲者。诗写了这样一种苦闷，在某种程度上可以说是屈原《离骚》的先驱，它是一首长歌当哭的作品，很忧伤、忧愤，也很有力度。

　　诗在形式上属于杂言，"园有桃"是三言，"其实之肴。心之忧矣，我歌且谣"是四言，接着"谓我士也骄""谓我士也罔极"是五言、六言，句式长短不齐，虽然四言居多，但也可以归到杂言类。古代的杂言诗从先秦一直延续到近代，一直有人写，因为它的表现比较自由。

# 《唐风·无衣》《唐风·杕杜》：君不君臣不臣

《诗经》中除了我们熟悉的"岂曰无衣"那个《秦风·无衣》，还有一首与政治、与一段比较大的历史变故有关的诗，也叫《无衣》。《诗经》里有些诗会有重名现象，比如《扬之水》等。

在古代，与儒家思想对比的是法家思想，法家思想不相信人情。韩非子就说，为了夺权，儿子杀父亲，父亲杀儿子，兄弟不相亲，夫妻之间也存在各自的心术。如果我们稍加观察，就会发现法家来自韩、赵、魏三晋地区，这里有商鞅、吴起等法家人物。那么，为什么三晋盛产这种思想？它的文化渊源可以追溯到《诗经》时代。

《唐风·无衣》就与此有关，这首诗并不长。

岂曰无衣七兮？不如子之衣，安且吉兮。
岂曰无衣六兮？不如子之衣，安且燠(yù)兮。

## 政治流氓的嘴脸

"岂曰"的"岂"就是岂敢的"岂","岂曰"就是怎么可以说、难道说。无衣这个"衣"指的是章服、礼服,或者叫法服。贵族穿衣服讲究等级,主要体现在纹饰上。地位越高,服装等级就越高。这个"无衣七"叫七命之服,是诸侯的命服,一共有七种花纹。所以,"岂曰无衣七兮",可以译为:难道说我就不能够找到七命的衣服吗?我可以获得,但"不如子之衣","子"指周王,春秋时期周王的地位虽然下降了,但他还是合法的,他赐的衣服是名门正出,所以"安且吉兮"。自己可以获得的衣服,不如你周王赐我的七命之服穿上"安"——安乐、舒适,"吉"——美、善。

第二章大意和第一章差不多。注释上有难度的是"六命"之服。毛传解释说天子的公卿是"六命"。清代陈奂《诗毛氏传疏》说周天子的公卿在朝廷穿六命之服,可是当他被封建出去做侯伯,就给他加一等变成七命之服了。还有一种说法,说"六命"有退一步讲的意思,就是给我个六命之服也好,这个也可以通。"不如子之衣,安且燠兮",这个火字边的"燠"就是暖和。

哪里是我没有七衣呢?但是不如你给我的,穿上安乐、吉祥。我哪里找不到六衣呢?也不如你给我的好、温暖。这是在跟天子要命服,要七衣、六衣——侯伯的命服,命服当然不是随便穿的,要命服实际上等于要地位、要权力,这就麻烦了。所以,这首诗的字面意思说起来很简单,可是它所涉及的背景可就不简单了。

这个背景首先要追溯到晋国封建立国。晋这个国家最初是周武王的儿子受封。当时还有一个传说叫桐叶封晋,说周成王,也就是周武王的儿子有个弟弟叔虞。叔虞有一天玩，拿着个桐叶削，削成了像玉圭的形状。而那时玉圭是诸侯的一个执照，拜周天子的时候要拿着。那时候成王还小，就对弟弟说要封他，把像圭的桐叶赏给了弟弟，这本来是两个小孩过家家。后来有个大臣就说天子无戏言，于是就请周王真的封了叔虞。对这个传说，唐代柳宗元曾写文章辨析过，他说这是一个段子、一个八卦，为什么呢？有文献记载，叔虞曾在一个叫图林的森林里射了一头兕，就是犀牛，然后做了一副大甲，就是铠甲，用犀牛皮做甲。他是因为射术高得封晋侯。有一个出土文献也说到了叔虞善射箭，也可以作为证明。但桐叶封弟的故事流传甚广。

　　这就是晋，所以晋国早就被封建为诸侯国了，那么，怎么还要七命之服、六命之服呢？这不太合理，这就涉及一层曲折——旁门夺嫡。晋侯叔虞的这一支，一直往下传，传到西周晚期的时候，出了一件事情，《史记》和《左传》都有记载。那就是周宣王时，是西周后半段了，晋国有一个穆侯有两个儿子，一个叫仇，一个叫成师，穆侯要立仇为太子。但是，成师的名字源于一回胜仗，这个名字起出来以后，有些盲乐师，也就是古代有学问的乐官，就说太子叫仇，仇就是对等的意思，而穆侯的另一个儿子叫成师，成是成就，师可以解释成军队，也可以解释为大众，那样的话成师就是能得大众，这名字起得不好。晋穆侯也没有在意这个话。后来晋穆侯死了，他弟弟篡权，后来太子仇就把他叔叔赶跑了，成为晋文侯。这个晋文侯曾辅佐周平王，所以地位很高。晋文侯死后他的儿子昭侯即位。昭侯上台后第一年，就把他的叔叔成师封建到了曲沃，就是今天的山西省闻喜县。成师被称为曲沃桓叔，他很有本事，曲沃慢慢发展，

《唐风·无衣》《唐风·杕杜》：君不君臣不臣

后来就变成了尾大不掉的局面。

当时晋国的都城在翼。公元前739年,就有大臣开始杀昭侯,迎立曲沃桓叔,可是晋国人不同意,认为他们旁门夺嫡没有资格当政,于是发起反击,把桓叔打跑了。这个事件就开始了,晋国立了孝侯,曲沃桓叔把孝侯杀了,之后晋国继立鄂侯,曲沃这一支又把鄂侯杀掉,之后晋国又立哀侯,曲沃一支又杀哀侯。

再立小子侯,小子侯也被曲沃武公,也就是曲沃桓叔的后一辈所杀,他年轻,死后连个谥号都没有。在这个过程中,周桓王联合郑国、邢国干涉,伐曲沃武公。曲沃武公没办法,又立了哀侯的弟弟缗为晋侯,这就是晋侯缗,结果到了晋侯缗上台二十八年以后,曲沃武公终于又把缗灭了。那时的周王是周釐王。《史记》中说,公元前679年,距晋国第一次旁门杀正支,已经有六十周年,武公彻底把晋侯灭了,晋国都城的老百姓没有反抗。

然后,曲沃武公拿着一些晋国的美玉、贵金属、皮革等,各种宝贝应有尽有,贿赂周釐王。当时的周王室已经不像西周时期,东迁以后物质财富短缺,而且也不能够给天下人做主。所以不能像他的上一辈那样坚持正义,而是做了顺水人情,搞权钱交易,让旁门夺嫡这一支当上了君主。于是曲沃武公就顺理成章地、合理合法地变成了晋侯,把晋国的土地都囊括为自己的辖地。

这首诗产生的情境有两种可能。一种是,晋国的使者见到周天子,周天子问晋国的情况,晋武公就让自己的使者抬着金银珠宝来到周天子的使者面前,虽然是对使者说实际上是在向周王请命,说"我哪里是没有七命之服,六命之服,我自己可以做,我不是没有这个手艺呀",或者,"我可以到齐桓公那去找哇,让他向你去要,你敢不给吗?"。当时齐桓公已经称霸。总而言之,六命之服、七命之服实际上包含一种要挟,就是你要知道,今天真正当家的不是你,我也可以越过你。但终究你是正头香主,你给我盖个章,那我的当政就合理合法了。如果真是这样,就等于曲沃武公在向周天子要流氓。

还有一种可能,就是诗人们对上述史事进行模拟。无论哪种可能,写的都是奸雄嘴脸。感慨世道变了,对于弱小的周王就这么欺负,先把周王朝的基本秩序打乱,再拿着钱财想要挟周王,问他要不要,所以周王实在可怜,成了穷酸,缺东西缺钱,就拿原则换财宝。

## 为什么晋国盛产法家思想?

所以,为什么说周王朝"君不君,臣不臣",这个世道为什么倾斜呢?读这首诗可以深切地感受到,那是活灵活现的。读诗有好多方法,有些学者说,不管什么历史本事,自己读着好就行!有些人说读者有权利按照自己的理解去读诗。

可是遇到这首诗,如果你不了解历史本事,不把诗跟那段历史联系起来,这个诗就是一朵死花、干枯的花。把二者联系以后,就像灯泡通了电,马上亮成一片,这就有意思了。诗把晋国人当时曲沃夺嫡的那种嘴脸,勾勒得太清楚了,同时也看到,周天子受诸侯要挟,做事已经不能像个天子了。周天子应该维持天下秩序,一支旁门夺了嫡,上一辈还能派去军队,派一些人去征伐。这种征伐才是王者的做法。征服二字,"征"的双立人是行动,正是纠正,春秋时期列国之间打仗是纠正对方的错误,所以敲着锣、打着鼓,约好时间地点将其打败;服,指到了你的国家我不欺负你的人民,不掠夺你的财富。这是王者之师。但现在的周王,旁门夺嫡了不但不管,反而去接受人家贿赂。这件事情发生在春秋早期,证明春秋是一个正在倒塌的世界,倒塌着倒塌着到了战国,就变成谁有力气、谁家伙硬,谁就掌权,实际上这种政治一定是强迫性的,是专制,耍流氓是一种常态。

这首诗虽然很短,看起来文采也不高,但是它对政治流氓嘴脸的勾画,是入骨的、入木三分的。

再往深处说,回到开头的问题,这首诗跟法家有关,三晋是法家的生产地,这是为什么呢?

曲沃桓叔夺的是亲侄子的位子,韩非子不是说过这种话吗?在政治权力面前可不要相信德行,有时候德行管不住权力欲,就是亲情也不管用。法家不相信亲情,像这种思想跟三晋文化不是有直接关系吗?六十周年,亲人之间互相争夺、残杀,对世道人心的震动,对人们对生活的看法的影响,要好好估量。

曲沃武公上台以后,就开始防范自己的亲人,他死后晋献公,也就是晋文公重耳的爸爸即位。在武公和献公之间,这些公子就开始被怀疑,献公上台以后,曾经采取计策,"尽杀群公子",把曲沃那一支的很多人除掉。而且从晋献公开始,形成了一个习惯,诸侯有多个儿子,如果选定了一个人上台做君主,其他公子就不能再在国内待,都要到国外去。为什么呢?怕他们有样学样,学老祖宗旁门夺嫡。

## 排斥亲人，是舍本逐末

《诗经》里有一首诗就是专门针对这种现象的，那就是《唐风·杕杜》。

有杕(dì)之杜，其叶湑湑(xǔ)。独行踽踽(jǔ)，岂无他人？不如我同父！嗟行之人，胡不比焉？人无兄弟，胡不佽(cì)焉？

有杕之杜，其叶菁菁(jīng)。独行睘睘(xíngqióng)，岂无他人？不如我同姓！嗟行之人，胡不比焉？人无兄弟，胡不佽焉？

杕杜就是一种树，又叫杜梨，结小果子。这种树往往是一棵一棵地长，没有人成群地栽杕杜、种果园，因为又酸又涩，卖也没人要，所以它孤独。然后诗就说到路上的行人，"独行踽踽，岂无他人"，像杕杜树一样孤孤单单的，难道没有伙伴吗？"不如我同父"，但是他们不是我的同父，也就是跟我没有亲戚关系。

"嗟行之人，胡不比焉？人无兄弟，胡不佽焉？"感慨那些行人，怎么不去结个伴呢？要是没有兄弟，怎么不去找个外人当兄弟呢？实际上反衬亲情关系是重要的。可是人们宁愿忍受路上的孤独，也不去主动跟谁认个好朋友，因为他们不是亲人。

这首诗也是皮里阳秋，用春秋笔法来讽刺当时的晋国曲沃，从桓叔、庄伯到献公以来，不相信亲人。他举例子，马路上那么多人孤孤单单地走，都不去跟人搭伴儿，为什么？他们不是亲人。那么反过来，你这么干，把自己的亲人都排斥在外，是舍本逐末，是忘本。

所以后来晋国就变成了"六卿专政"，他们把自己的亲兄弟杀掉，或者放到外面去，但总得有人帮忙执政，于是就任用一些关系远的或没有血缘关系的大臣，形成了异姓大臣执政的状况，最后韩、赵、魏三家分晋。这种历史的掌故、传统、传说对后人的影响就是不相信亲情。所以法家出在三晋，起码这是一个重要原因。

# 《唐风·葛生》：冬夜夏日，生死两依

悼亡是中国文学史上一个悠久的题材，悼亡诗就是写诗悼念自己的亲人、朋友、诗友等。西晋有一个潘岳，就是我们常说的"貌比潘安"那个潘安，很漂亮，据说他一出门大家都给他投鲜花。他写过悼亡诗，很出名。苏轼写过悼亡词，就是《江城子·十年生死两茫茫》，怀念他去世十年的妻子。但他们都不是起头的，悼亡诗源于《诗经》，《唐风·葛生》就是其中艺术水准很高的一篇。

葛生蒙楚，蔹(liǎnmàn)蔓于野。予美亡此，谁与(yú)独处(yǔ)。

葛生蒙棘，蔹蔓于域。予美亡此，谁与独息。

角枕粲(jiǎo càn)兮，锦衾(qīn)烂兮。予美亡此，谁与独旦。

夏之日，冬之夜。百岁之后，归于其居！

冬之夜，夏之日。百岁之后，归于其室！

## 同林鸟的幽冥生死

　　这个诗比较沉痛，语调凝重。第一章，"葛生蒙楚"，"葛"就是葛藤。远古有一种很古老的风俗，人死了以后就用葛藤一裹，扔到沟壑里。诗用"葛生蒙楚"开头，或许与这种风俗有关。但此处写的"葛"不是那个裹尸体的葛，也许有关系，但它又活了，这种葛开始在坟上长，所以"葛生蒙楚"，就是葛的枝叶蔓延在荆棘上。"蒙"的用法就像我们今天说"蒙头巾"的"蒙"一样，那个"楚"就是荆棘。"蔹蔓于野"，"蔹"也是一种草本植物，又名乌蔹莓，喜欢生长在田野、岩石的边上，"蔓"就是指藤蔓，它枝枝节节的，在荒野上蔓延。也就是这个坟已经有年头了，上面长满了葛，长满了蔹。

　　接着，"予美亡此，谁与独处"。"予美"就是我那个美人，"予"就是指我，"美"就是美好的人，我的爱人。"亡此"就是埋藏在此，这个"谁与独处"的大意就是他在独处。"谁与"有两种解释：一种说"谁"就是"唯"，就像《硕鼠》里的"谁之永号"有人就说是"唯与永号"，"唯与"就是语词了，读作 wéi yǐ，就是只有的意思，所以"谁与独处"也就是他一个人独处。另一种解释，就是把"谁与"读成问句，"谁与？独处！"他跟谁在一起？只有独处。但是后边的解释跟《诗经》的一般句法不是太合，所以取前一种意思。第一章诗人营造了比较悲哀的气氛，写蔓延的植物葛和蔹。人死了物化了，然后消失得无影无踪，坟上长满了绿色的植被，但是活着的人却念念不忘，认为死去的人独处在此很孤单，但其实，死去的人感觉不到孤单，这是活人的一种苦楚，这是常情，我们到今天还这么说。

　　接着，"葛生蒙棘，蔹蔓于域"，"棘"就是荆棘，和"楚"是一个意思,"蔹蔓于域"的"域"就是地域,在这儿指坟茔地。过去有一部书叫《兆域志》,在河北省也出土了中山王的兆域图,兆域指的就是坟茔地,这个词很古老,在《诗经》里就见了。此处说在坟茔地里边这些植被在蔓延。"予美亡此,谁与独息。"

接着第三章有了些新内容,"角枕粲兮,锦衾烂兮。予美亡此,谁与独旦"。"角枕"就是方形枕头,有八个角,《周礼》说"大丧共角枕",所以这是在回想当年下葬的情形,下葬的那个角枕光灿灿的。锦衾就是织锦做的被子,唐诗有"狐裘不暖锦衾薄"这样的句子。"烂兮"也是光灿灿的样子。死亡也可以写得比较明灿,这种明灿灿的东西反而反衬悲哀的凄凉。"角枕粲兮,锦衾烂兮"还有一种解释,说当年他死的时候我们那个枕头还是新的,我们那个锦衾也还是光灿灿的。他们是新婚别。这个解释也不错,就是想起当初了。可是如果接着下面的"予美亡此",此是指坟茔地,第一种理解就更稳妥一些,就是指当年下葬的时候我们给他装裹,用的枕头和被子都是最贵重的。从中也可以看出诗人对他所怀念的这个人是多么在意。"谁与独旦",独旦就是一个人到天亮,这一句还是讲这个人的孤独。

## 悼亡题材的开创

最后两章就开始变调歌唱。在这里,"室"就是墓葬,"居"就是墓地。"夏之日,冬之夜。百岁之后,归于其居!冬之夜,夏之日。百岁之后,归于其室!"句法和前三章是完全不同的,我们可以推测音乐变调,情绪经过重叠反复,到这时达到高潮了。姚际恒在《诗

蔹蔓于野

集傳蔹草名似栝蔞葉盛而細○陸疏其子正黑如燕薁不可食也毛晉云本草蔹有赤白黑三種疑此是黑蔹也即烏蔹苺

经通论》中对这两章有一个评论："冬之夜，夏之日。此句特妙，见时光流转。"说夏之日，冬之夜，反正就是人过日子，一夏一冬，一冬一夏，人生再长也就是百年，我死了以后要归于其居，也去找他。第四章也是如此，这两章反复，反复是为了强调，为了加重。

诗篇到了最后两章，音乐形式变了，句法也变了。这是因为《诗经》产生之初是有音乐伴奏的，甚至有些诗篇还有舞蹈。这也是我们读《诗经》时头脑中应该经常有的一根弦。

关于这首诗的背景，《毛诗序》这个东汉以来流行很广的对《诗经》的解释文献说，这首诗讽刺晋献公，就是晋文公重耳的父亲，说他"好攻占则国人多丧矣"，指晋献公早期开边拓土，灭同姓之国，灭异姓之国，在今天的汾河两岸扩张，把国土扩展得很大，但这是要死人的。

《毛诗序》解释《诗经》好从政治角度入手，但是诗篇反映社会生活是多方面的。这首诗本身没有显示晋献公，没有出现这三个字，但是可能发生在战争多、人死丧比较多的时代。按照这种说法，它可能是女子怀念男子，也可能是男子怀念女子。战争消耗了社会的能量，百姓的抵抗力弱，死亡率也就高。当然不这么想也可以，和平时期也会死人，要点不在这儿，要点在这首诗那种真挚的情感，以及营造的一种情境，就是前面的"葛生蒙楚""葛生蒙棘"，笼罩在一片哀伤的气氛之中。

这首诗的艺术水平还是蛮高的，而且它开了一个传统，就是古代的悼亡这个题材。生死是人生常态，人与动物的不同，就在于我们对逝去的人有持久的怀念，这种特有的情感显示了人性的某种高贵。

《唐风·葛生》：冬夜夏日，生死两依　　259

# 《秦风·蒹葭》：所追求的东西好像总是躲着我们

如果问《诗经》中哪首诗在比兴手法、诗歌境界方面最突出，能够代表国风的水平，那一定是《蒹葭》。这首诗见于《秦风》，《秦风》多慷慨悲歌，有不少像《无衣》那样激昂豪迈的作品，但是这首诗却非常柔婉。

蒹葭（jiān jiā）苍苍，白露为霜（wéi）。所谓伊人，在水一方。溯（sù）洄（huí）从之，道阻且长（cháng）。溯游从之，宛在水中央。
蒹葭凄凄（qī），白露未晞（xī）。所谓伊人，在水之湄（méi）。溯洄从之，道阻且跻（jī）。溯游从之，宛在水中坻（chí）。
蒹葭采采，白露未已。所谓伊人，在水之涘（sì）。溯洄从之，道阻且右。溯游从之，宛在水中沚（zhǐ）。

## 秋水伊人,秋光满目

"蒹葭"就是芦苇。"苍苍"是什么色呢?人上了岁数,就说"两鬓苍苍","苍苍"不是彻底的白颜色吗?也不是,而是在白与黑之间,即灰白色。老人的头发是灰白色,"蒹葭苍苍"的"苍苍"却不能这样死板地理解。"蒹葭"盛壮的时候是绿色的,刚刚长出来时是锥状的;再长,长到夏历五月,要过端午节了,人们该包粽子了,这时苇叶肥大,正好劈下来一些,包粽子,包出的粽子味道清香得很;再长,就秀出芦花,九十月份以后,绿色减退,变成了淡绿发黄,芦花就成了大片的灰白,这样的形貌就是"苍苍"然了。大片的芦苇,一片苍苍,是何等景象!而"苍苍"这个叠音词,读起来的感觉,又是那样既响亮又有气派。无形中,句子的韵味变厚了很多。还有,"蒹葭苍苍"一面是形容苇子长势,一面也道出了时节。什么时节?"白露为霜"的秋冬之际,空气中有水,气温高,天暖和,落在苇叶子上就是露珠,即"白露"。随着天气变冷,露珠就开始结成霜了,晶莹剔透的圆形小颗粒。不经霜,苇丛也不会"苍苍"然;因经历寒霜,所以"苍苍"才愈见味浓。

"所谓伊人,在水一方",从整体诗篇境界来说,读到第四句即"在水一方"时,画面差不多就要活起来了:一大片芦苇,还有一大片的秋水,组成的光景中,莽苍的是苇,碧阴阴的是水,有光有影,有明有暗;特别是秋水,自有色泽。春天的水泛绿,夏天的水发黄,而秋天的水,一切都沉静了,清澈得见底,全是透明的。春日,水欲清而草动;夏时,水欲止而鱼跃;也只有秋天的水面,可以水波无痕,静如明鉴,映现苇丛的倒影,格外明朗、空灵、纯净,真可以过滤人的心绪！这实际上就是我们的古典诗歌特有的境界的大致了。生活中，我们为什么要读诗歌？这就如同春光秋景中我们为什么要去田野、山林的问题一样。因为那里有无限的美好。中国古典的诗歌，可以毫不惭愧地说，在世界范围内，也是很早就懂得用简短的语词，抓住大自然宜人光景的某一片段，构成一幅风景，成为"永恒的瞬间"的。《蒹葭》头几句所营造的境界就是证明。古代的诗人已经找到了营造诗篇美境的秘诀，从而为古典诗歌铸就了艺术的魂灵。从先秦的《诗经》一直到很晚的近代，古体诗词不正是以其融情入景的艺术迷倒众生吗？《秦风·蒹葭》，就是这一伟大诗歌艺术传统的开山作之一。

当然，只有秋水、芦苇，构成的画面虽然清灵，终是嫌空。然而，不是还有"秋水"中的"伊人"吗？"伊人"就是"那个人"，第三人称形式。第三人称在《诗经》中并不罕见，但经常用的是"彼""彼其"。可是，"彼"的第三人称，就把"他"或"她"推得太远了。"伊"则不同。"伊"所指的"他"或"她"，可能实际空间距离"我"也远，但是，却是"我"关切的人，远而不远，心理距离很密切。那么，"伊人"何在？"在水一方"，"一方"就是"那一边"，也就是可望而不可即的"彼岸"那"一方"。

正是这个"一方"，辖着下面的意思。所以，诗篇继而说："溯洄从之，道阻且长。溯游从之，宛在水中央。""溯洄从之"，"溯洄"就是逆流而上，"溯"本来有溯源的意思，"洄"是指逆流。溯洄从之，逆着水流去找她，"道阻且长"，道路上有艰难险阻，不好走，而且漫长。长到什么程度？长到你走不尽，没法到达。"溯游从之"，"溯"本来是逆着走，但是在这儿不取这个意思，用"溯"是为了凑足音节,这句话取"游"的意思,顺流而下。顺流而下去找这个人,伊人"宛在水中央",好像又在水中央,被水隔着。顺流、逆流都无法找到,暗含着伊人和我之间,有什么难以逾越的间隔。

　　诗人没有先把"伊人"的方位交代给我们,就是说,先表逆流、顺流寻求的不遇,是有意遮掩伊人就在"水中央"的事实;而且"溯洄从之""溯游从之"的寻找还煞有介事,这样做,实有其目的,那就是想造成一种出人意表的效果,为"宛在"的忽然出现开路。也正因此,诗篇才虚幻缥缈,如海市蜃楼,如仙风,似竹影。诗要的就是这个境界,这正是诗人的匠心所在。同时,也正由于"宛在水中央"出人意表地出现,明澈的"秋水蒹葭"之境,才算最终完成。试着闭目想象吧,碧透的秋水,周围是苍苍的蒹葭,忽然间,一个"宛在"句子的飘然而降,真仿佛静水面上的蜻蜓一点,波纹涣涣,这又是何等的光景。秋水蒹葭,是灵;"宛在"一出,全篇则灵而妙!而且,还带有了某种猜不透的神秘。那位"所谓伊人"旁边有什么?忽而远,忽而近,可望又不可即,这不是神秘得叫人猜不透吗?

　　《蒹葭》最富境界的是第一章;若在唐宋诗人,有这第一章就足够了。但是,出于歌唱的需要,要重章叠调,这样也好,可以使文义丰富。

　　"蒹葭凄凄,白露未晞","凄凄"实际上就是萋萋,形容茂盛的样子,"晞"就是干。"所谓伊人,在水之湄","湄"是水边。"溯洄从之,道阻且跻","跻"就是升,不断地升高,高到人上不去,还是说寻找的艰难,而伊人却仍然"宛在水中坻",在水中的高地。这一章的意思和前一章一样,在意境上反而不如前一章,但延伸了主题。乐章不断地反复,也是诗在当时歌唱的需要。

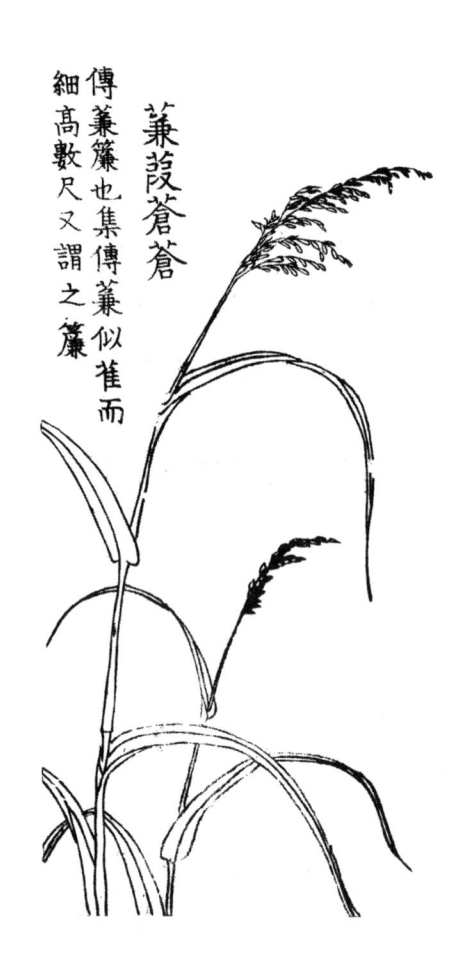

> 蒹葭蒼蒼
>
> 傳蒹薕也集傳蒹似萑而
> 細高數尺又謂之薕

"蒹葭采采",芦苇茂盛。"白露未已",还有白露。"所谓伊人,在水之涘","涘"和"湄"一样,伊人在水的那一边。"溯洄从之,道阻且右",这个"右",在这里不是"左右"的"右",是迂回的意思,就是不断地在转。"溯游从之,宛在水中沚","水中沚"就是水中的小洲。

## 你踏遍青山,她又宛在水中央

这首诗的好处首先在于营造了一种秋水伊人的境界,后来这个词就变得有点儿像成语了。秋天本来就是令人惆怅的季节,所以中国的很多诗篇都悲秋,尤其是宋玉的"悲哉!秋之为气也"。在这样一个季节找一个深深眷恋的人,却被水隔绝着,永远也找不到,诗的情绪很深挚,感动着我们。古代解释这首诗,往往跟政治相联系,说贤人可望而不可即,或者君主不重视贤人等,实际上那样反而粘滞。那么,诗篇除了意境的美之外,还有什么其他意味吗?有的,前人曾用"企慕之境"来表述诗篇特有的意味。至于诗篇"企慕之境"的深邃内涵,可用英国哲学家罗素一篇文章中的几句话来表达:"有三种激情支撑了我的一生:对知识的渴望、对爱的追求、对苦难的同情。每当我激情之中那个理想的境界升起的时候,我就会感到在我脚下,在我与那理想之间,马上会出现万丈深渊。"讲了这样一个精神境况,那就是,理想之境升起之时,现实和理想之间的深渊也随之出现。谁都有理想,可是,只要是理想,就有其难以企及的一面,就有追求不到的缺憾,就有"我"与目标之间的难以遇合的隔绝,这就是罗素所说的"深渊"

之感吧。因而,理想之境出现,人激情澎湃地热望时,也会深深感到自我的无力和无奈,也就是强烈的失重感。

人生中常常出现无形的障碍,这是一种常态性的困境。当人有了理想,比如想当一个书法家,最初明明感到,拿起毛笔来大家都会写字,临帖也能写得有模有样,好像我们具备一般条件就可能成功,但是当理想升起、你真正开始行动时,又会感觉到有一种无形的力量在隔绝着,感觉到自己的力量不够。真正成为一个书法家这个理想,有的人一辈子也实现不了,它永远在"水的那一边"。

"蒹葭苍苍,白露为霜。所谓伊人,在水一方。"诗篇的"水"在完成画面营造时,也代表着另外的东西:无可逾越的隔绝。"河汉清且浅,相去复几许",水是没有多少,却可以隔绝有情人之间的来往。也大体从《蒹葭》开始吧,"水"就成了无可逾越的礼法限制的象征。魏晋时期曹植的《洛神赋》,在"我"与"翩若惊鸿,宛若游龙""凌波微步,罗袜生尘"的女神之间,不就是一水之隔吗?可就是这一水之隔,使得双方永远不得交往。这在后世的小说里也有。你看《西游记》,唐僧师徒要过通天河,是多么困难。他孙悟空一个筋斗十万八千里,到西天,把师父背起来,半个筋斗差不多就到了。可是,不行!肉身比泰山还重,谁都背不动。这也是一种限定。说这种限定离谱吗?不离谱,人类是有限的,正因为其有限,才知道追求理想。这就要有无尽的劳累和艰辛了。追求美好时的困难重重、无穷劳苦,就是有理想人生的基本境遇。所以,所谓的"企慕之境",就是人的"现实与理想"之间的真实情况。不想追求"在水一方"的对象,就没有诗篇的奔走焦虑。但是,人不正是因为这无限的追慕和怅惘,而深感生活的庄严和美丽吗?正因如此,只要有人类存在,这首诗就永远会打动人心。

# 《唐风·采苓》：针砭耳根子软的人

成语"兼听则明，偏信则暗"，是警示耳根子软的人。人容易听进别人的传言，这不仅指普通老百姓，有些官员甚至德行很好的人也容易产生这样一种偏差，这是一种较为普通的缺点。为什么？因为谗言或谣言往往好听，《小雅》里就有"盗言孔甘"的句子，意思就是盗言很甜，盗言就是谣言。《唐风·采苓》这首诗就是对那些耳根子软的人进行针砭。

采苓(líng)采苓，首阳之巅。人之为言，苟亦无信(wěi)。舍旃(zhān)舍旃，苟亦无然。人之为言，胡得焉？

采苦采苦，首阳之下。人之为言，苟亦无与。舍旃舍旃，苟亦无然。人之为言，胡得焉？

采葑(fēng)采葑，首阳之东。人之为言，苟亦无从。舍旃舍旃，苟亦无然。人之为言，胡得焉？

## 谗言或谣言往往好听

"采"当然是采集了,"苓"是什么?就是甘草,又名大苦,就是现代常用的甘草片那种甘草,在中医里用得很普遍,苓喜欢生长在干爽之地,嫩芽也是可以吃的。另外,也有人说这个苓不是甘草,是指莲。总之,可以肯定的是一种植物。"首阳"这个山名,很容易让人联想到伯夷、叔齐,因为他们两个反对周武王伐商纣,周朝得了天下之后,就在首阳山上采薇,坚决不吃周朝的粮食,后来饿死了。可是这个首阳山未必就是伯夷、叔齐饿死的地方,因为在古典文献里,有五六处地点都叫首阳,甘肃省那一带也有。这首诗中的首阳山,学者一般都说是雷首山,在今天的山西省永济一代,这就跟"唐"接近了。

"人之为言"的"为"字,就是恶,为言就是谗言、谣言,说瞎话,这是一个通假字。我们看到在战国竹简里边有很多这样的现象,比如"勉励"的"勉"就写作"免除"的"免"。"苟亦无信"的"苟"就是姑且,实际上它还包含着最好的意思,表示一种企望、劝告,说人的瞎话、谣言最好还是别信,如果不信有多好,有这样的意思。下边接着就叮咛"舍旃舍旃","舍"就是舍弃、丢开,"旃"就是"之焉","之焉"两个字读快了就是旃(zhān),类似的现象在《诗经》里边出现了不止一次。我们现代汉语中常说的"甭",比如"甭客气"中的"甭",其实就是"不用"的合音,两个字读快了就是甭(béng)。"舍旃舍旃,苟亦无然","无然"就是不要以为然、不要信,实际上是对"人之为言,苟亦无信"的一种补充,强调、叮咛,加重了语气。"人之为言,胡得焉?"是说如果你耳朵根子硬点儿,人的那种瞎话、"为言"怎么会得逞呢！这儿实际上是从反面又说。

对于开头的"采苓采苓，首阳之巅"，也有学者说到首阳山采苓在古代本来就是一句瞎话，首阳山上并没有苓，就有点儿像大海里种田的意思。现在我们已经无法从字面上看出这一点了，但也许在古老的年代，采苓指瞎话这种说法传了很多年，到春秋时代，就有采诗官把它采集下来，也是可能的。总而言之，"采苓采苓，首阳之巅"有两种解释，下面接着的就是人的瞎话最好不要信，如果不信该多好哇，舍弃它不要信它，那么人的瞎话怎么会得逞呢！

第二章，"采苦采苦"这个"苦"可能就是苓，因为苓如果解释成甘草的话，又叫大苦，但是苦也可以解释成苦菜，像过去曲曲菜就是苦的，但是不妨碍它味道很好。"首阳之下"跟首阳之巅差不多，反正都离首阳山不远，"之下"就是山下，这个"下"字跟"苦"字在古代应该是押韵的。"苟亦无与"的"无与"也是不信，就是不要赞成，"与"是动词，后面"苟亦无然"的"然"、"苟亦无从"的"从"也是动词，就是说不要偏信他，不要顺从他，不要被他欺瞒。"舍旃舍旃，苟亦无然。人之为言，胡得焉？"后边的意思跟前面是一样的，用的是一种重章叠调的音乐形式，和我们今天唱歌的第一段、第二段一样，这在《诗经》里边已经非常常见了。

所以，过去的一位学者顾颉刚就说，这种重章叠调反而证明诗是加工过的，因为民间那种小调、歌谣一般就那么几句，采诗官把它制成音乐的时候如果只演一遍，那就不能满足乐章的需要，所以要敷衍敷衍。这个可以说是一个证据，我们现在看到的《诗经》是经过了专业音乐人员加工的。

"采葑"，"葑"在《邶风·谷风》里出现过，又叫芜菁、蔓菁，是一种根块硕大的植物，上边长叶子，根可以腌制咸菜。在首阳之东采葑，"东"也是讲方位。"人之为言，苟亦无从。舍旃舍旃，苟亦无然。人之为言，胡得焉？"意思和前面的章节都一样。

## 读书做人，不要被人牵着鼻子走

明朝戴君恩说这首诗各章上四句就像一池春水一样，有点烟笼雾绕，映着月光，很有姿态。接着下四句就像突然起了风浪，龙也被惊动了，鸟也被波澜震动了，发生了不可预测的突然变化。他体验这首诗的语气、句法变化等，感觉还是比较准的。这首诗实际上是一种警醒，针砭那些听信谗言的人。

关于这首诗，古代提出了一些有意思的说法，比如有人就说这诗针对的是晋献公，他听信骊姬的谣言害了自己的儿子。说到骊姬这个女人，她的人生就像一部阴谋教科书。因为她是晋献公的小妾，自己生了儿子以后，就要夺太子申生的地位，于是就用了各种各样卑鄙的手段，造了各种各样的谣言。她鼓动晋献公派太子申生带兵打仗，没想到太子申生打了胜仗立了功，而晋献公的心态又发生了微妙的变化，然后在骊姬的陷害下，针对申生的谗言愈加兴起、猖獗。最终申生被骊姬害死，晋献公的另外两个儿子夷吾和重耳出逃，整个晋国到处都是谣言。这首诗有可能作于那个时候，针砭晋国这种现实，它作为这样一首讽喻之诗是可能的，当然，因为诗篇本身没有显示这样的意思，所以这仍然是一个猜测，但它有可取之处。

总而言之，这首诗揭露了人性的一个弱点，人类的认知有局限，我们对事物往往听说的比实际看到的多，所以在听的时候就难免被人蒙骗，这实际上包括了读古书和平时做人。它告诉我们要始终保持一种头脑清明的状态，始终有点儿智慧，对一些言论，听了以后不要暴跳如雷，不要马上相信，而要三思而行、三听而行。这在现代还没有失去价值，听了这个劝告，你不容易被人家牵着鼻子走。

# 《陈风·月出》：清幽的月色动人情思

中国人喜欢月亮，喜欢月圆，不喜欢月缺。李白、杜甫、苏东坡都写过关于月亮的脍炙人口的作品。《诗经》之前，甲骨文中有对月亮的记载，但并非诗，是古代根据月亮的圆缺判断时令。《邶风·柏舟》有"日居月诸，胡迭而微？"。《邶风·日月》有"日居月诸，照临下土"。像这样的描写是打比喻，不是在写月亮和月光，而是用日月两个天体比喻夫妻关系。《诗经》中正面描写月亮、月光的，就是《陈风·月出》。

月出皎(jiǎo)兮，佼(jiǎo)人僚(liáo)兮。舒窈纠(yǎojiǎo)兮，劳心悄(qiāo)兮。
月出皓兮，佼人懰(liǔ)兮。舒忧受(yǒu)兮，劳心慅(cǎo)兮。
月出照兮，佼人燎(liáo)兮。舒夭绍(yāoshào)兮，劳心惨(cǎo)兮。

## 曲曲折折的三声字

　　第一章,"月出皎兮,佼人僚兮"。"皎"就是皎洁,"月出皎兮"就是月亮出来非常皎洁。"佼人僚兮","佼"通"姣",就是漂亮的人。"僚"通"嫽",是娇美的意思。"舒窈纠兮","舒"是发语词,"窈纠"意思是窈窕,仪态优美。"劳心"就是愁心,"悄兮"是忧愁的意思。看到别人美好发什么愁呢?这是因为爱上她了,是很符合恋爱心理的。情人眼里出西施,对所爱之人怎么看都觉得好,她的一举一动都弹在自己心弦上。这里的忧伤,就是单相思的惆怅。

　　陈国风俗很奇特,男女在晚上活动并不是偶然现象,《陈风》中还有一首诗《东门之杨》:"东门之杨,其叶牂牂。昏以为期,明星煌煌。东门之杨,其叶肺肺。昏以为期,明星晢晢。"说黄昏是我们约好见面的时间,现在已经明星煌煌然了,半天等不到人,表达了一种埋怨的情绪。这首诗写得也很漂亮,用"明星煌煌""明星晢晢"等将焦急、惆怅、失望的心情,表现得情景交融。陈国就在今天的河南省淮阳市,被认为是伏羲和女娲的故乡。在古老的宗教习俗里,伏羲女娲是讲男女之间结合的故事。有学者考察,今天在那里还可以找到男女结合的宗教习俗痕迹。孔夫子是在尼丘山生的,宛丘也保存着这样的风俗。文献记载子路和巫马期俩人在宛丘砍柴,发现很多富贵人家在那里奏乐,吃吃喝喝。实际上那是祭祀生育之神、祈求繁殖的宗教风俗,在春秋时期还保存着。那么男女晚间约会也是可以理解的,是那种风俗的延续。古代"采诗观风",在某种程度上是一种文化的抢救与保存,假如没有《诗经》记录这些风俗,我们就难以拿这样丰富的文献去和现在的一些遗俗相对比、印证。

第二章"月出皓兮，佼人懰兮。舒忧受兮，劳心慅兮"。"皓"就是白色，表示明亮、明媚，"佼人"就是漂亮的人，"懰"当妩媚讲。"舒忧受兮"，"舒"跟第一章的舒一样，是发语词。"忧受"的意思也是窈窕，和"窈纠"一样。"劳心慅兮"，"慅"就是内心躁动。

## 用月光给情感设色

第三章"月出照兮，佼人燎兮。舒夭绍兮，劳心惨兮"。"燎"当光彩照人讲。情人眼中月光下的美人，是光彩照人的，她和月亮的光彩相映、交融成一片。"夭绍"跟窈窕同义。"劳心惨兮"，"惨"在这读 cǎo，通"懆"，是内心痛苦的意思。古代经文在传写过程中会出现用一些字替代另一些字的现象，我们都视为通假。

这首诗说起来很简单，就是明媚的月光之下，出现了一个美人，她的一举一动让一个暗恋者忧伤。诗篇很漂亮，用了很多连着的第三声字，读起来比较绕口、不痛快，有曲曲折折的感觉，而这样的音调和那种忧伤的情绪又正好是相配合的。

另外，这首诗有很多对月光的描写，例如月出皎、月出皓、月出照，这不是深夜，而是傍晚月亮刚刚出来的时候。它的音调曲曲折折，用月光给情感设色，把爱恋的心情放到如水的月光下描写，开辟了中国描写月亮的先河，后世文人望月怀人、见月思人的传统即来源于此。

# 《秦风·无衣》：慷慨豪迈，吞六国之气

《秦风》中的《无衣》是一首慷慨激昂的战歌，或者说鼓励士气的军歌。它和《唐风》里边的《无衣》写政治流氓嘴脸完全不同，格调不同。这首诗太朗朗上口了，念一遍就入心。

岂曰无衣？与子同袍。王于兴师，修我戈矛，与子同仇！

岂曰无衣？与子同泽。王于兴师，修我矛戟（jǐ），与子偕（xié）作！

岂曰无衣？与子同裳（cháng）。王于兴师，修我甲兵，与子偕行（xíng）！

## 对一切懦弱之气的反问

"岂曰无衣","岂曰"就是哪里说,这是在问:怎么可以说你没有衣服?实际上这是对一切懦弱之气的反问,放在诗的开头,就像从天上掉下来一句话:不要说你没有衣服。这个"衣"是指统一的军服,古代军人有统一的服装,秦始皇时期的兵马俑服装是统一的,春秋早期应该就有。接着"与子同袍"出来了,"袍"就是战袍。"王于兴师"这个"于"字可以理解为介词,但是它比较特殊,在《诗经》里出现了好多回,往往用在动词前边。近代福建学者林义光说这个"于"也可以读成"呼吁"的"吁",就是呼的意思。因为在金文里边出现了"王呼"某某,王经常发号令叫王呼,"王于兴师"就是王命令我们兴师。"修我戈矛","矛"有点像后来的扎枪,像张飞的丈八蛇矛就是枪。戈是什么?戈是一种武器,横刃有弧,可以刺可以打也可以勾,特别适于战车作战。如果把矛和戈统一起来,就是戟。像《三国演义》中吕布就使方天画戟,实际上是在戈上再加一个扎枪似的尖。"修我戈矛"的"修"就是打造、磨,磨刀磨枪。"与子同仇","同仇"就是伙伴、帮手。我们今天说的袍泽兄弟,是从这儿来的,因为下一章有"与子同泽",跟兄弟一样,因为一起经历过生死。

所以,"岂曰无衣?"这个反问具有千钧之力,怎么说你没有军服呢?你是谁?我是谁?我们是同袍兄弟,你的就是我的,我的就是你的,因为我们共命运。这就把平时生活中的一点私心、小心眼全部扫荡,上过战场的人,互相之间那种情感是非常崇高的。我们不喜欢战争,但是战争中有些情绪,比如看到战友去世或者受伤以后的痛苦，显示了人的崇高性。平时往往是，你的是你的，我的是我的，甚至有人也动"你的也是我的"这种心思，但战歌的动人之处在于，表达了一种很崇高的情绪，一件衣服不分你我。接着"王于兴师"，实际上就是指诸侯兴师了，修我戈矛，把我们的武器装备好，不要考虑那点财富问题，要想一想怎么去打仗。最后来了一句解释，与子同仇，我跟你是好伙伴，显得很沉重，这是第一章。

陈继揆在《读风臆补》中说这首诗"开口便有吞吐六国之气"，这就是秦风的风格。《诗经》里的篇章对战争的态度是很不一样的，《小雅·采薇》表现了周人对战争的评价，从那几句很著名的"昔我往矣，杨柳依依。今我来思，雨雪霏霏。行道迟迟，载渴载饥。我心伤悲，莫知我哀"可以看出来，它的情调是感伤的。我离家时春光明媚，柳树摇摆，好像依依不舍，过了若干年我回到魂牵梦绕的家，景象物是人非、大雪飘零，这种对比展现了无限的惆怅与悲哀。这种感情代表了对战争的评价，即战争是无谓的、没意思的，回家过和平生活才是我的愿望，这是《周礼》礼乐文明提倡的战争观念。战争是生活强加于我们的，我们为了保卫和平才去打仗，所以回到和平生活之后，就觉得有那么一段时间是虚耗的，感伤情绪就出现了。

但是《秦风》不一样，《秦风》高扬战争中舍生忘死的精神。战场上那种勇敢，调动的是人性崇高的一面。一个人如果在战争中害怕，这种悲伤的情绪反而让死亡来得更快。如果我们再站到大的角度来看，这就是秦国人，慷慨得很。

所以这首诗的"开口便有吞吐六国之气"，也可以说是开口便体现了来自西北黄天厚土的秦国人对战争的热衷。这就是他们最后吞并六国的很深厚的一个基础。比如郑风里多有很柔婉、漂亮的诗："子惠思我，褰裳涉溱。子不我思，岂无他人？"人们在那搞爱情，就很难看到气吞山河的东西。这两个人群比较，谁更能打仗是不问可知的。

所以，这首诗在某种程度上也可以解释秦国统一天下的文化原因、民风民俗上的原因。

## 慷慨悲歌的秦风

第二章，"岂曰无衣？与子同泽"。"泽"就是贴身内衣，实际上是"襗"这个字。这句和无衣的意思是一样的，只是延伸了一步，我的内衣也可以借给你穿。"王于兴师，修我矛戟。"这个戟就是把戈和矛合并了。"与子偕作！""偕"就是一起，我们一起振作。

第三章，"岂曰无衣？与子同裳"，"裳"就是下衣。"王于兴师，修我甲兵"，"甲"指铠甲，"兵"就是武器，"兵"的词义有过变化，最早是指武器，后来变成士卒。"与子偕行"意思跟前边也都差不多。《汉书》里说："山西天水、陇西、安定、北地处势迫近羌胡，民俗修习战备，高上勇力鞍马骑射。故秦诗曰：'王于兴师，修我甲兵，与子偕行。'其风声气俗自古而然。"可见，慷慨悲凉、激昂雄壮，这就是《秦风》。

《秦风》里这种风格的调子，在其他诗里也能见到，比如《车邻》，里面有两章：

阪有漆,隰(xí)有栗。既见君子,并坐鼓瑟。今者不乐,逝者其耋(dié)。

阪有桑,隰有杨。既见君子,并坐鼓簧。今者不乐,逝者其亡。

"耋"是消逝的意思,"逝者"就是时间过去了,我们老了。前边的"阪"就是山坡,"漆"是一种树,漆树。"隰"是下湿之地,有栗子,就是栗树,就是兴。然后见了君子我们在一起,"鼓瑟",鼓瑟唱什么?如果我们今天不乐,日子马上就过去了,实际上唱的是人生短暂,要及时行乐,容易唱着唱着就泣涕如雨。下一章也是林中唱歌。"鼓簧"和"鼓瑟"同义,簧是一种吹奏乐。我们现在不乐,逝者其亡。这种调子跟唐风里的《山有枢》和《蟋蟀》有某种相似的地方。秦的老祖宗有一支在山西待过,也许就把这种悲凉的风调带过去了,或者是因为他们在地域上相近,诗歌都有慷慨激昂的特点。

《秦风》里还有一首诗《黄鸟》,写秦穆公死了,有兄弟三人("三良")给他陪葬。秦穆公能够让三良从葬是因为约定,他们四人曾在一块喝酒,酒酣耳热之际唱歌,唱到悲凉慷慨处,就说咱们活着一起乐,死时一起死,结果后来三良就履行了这个诺言。这个地方又多少值得玩味,人往往越是珍惜生命,有的时候对生命越不在意,感到人生苦短的时候,就会生死相依。这是《秦风》的特征,一直到李斯写《谏逐客书》时都说"而歌呼呜呜,快耳目者,真秦之声也",秦人弹着筝,拍着大腿唱歌,呜呜然。

《秦风·无衣》:慷慨豪迈,吞六国之气

秦声这种尚悲色彩延续到汉代。汉代音乐上的尚悲风尚，在歌唱领域流行。《风俗通》中说，汉代人尤其是东汉人，日常饮酒喜欢做傀儡戏唱歌，唱到热泪盈眶或者泣涕沾襟才算过瘾。这跟《秦风》有关，尚悲的来历可以在《诗经》里找到。所以《无衣》也是一曲慷慨悲歌，越是惜命越好像拿命不当回事，是因为他要追求不朽，追求高尚，崇尚英雄主义。这类貌似矛盾的东西可以统一起来。

# 《桧风·隰有苌楚》：或叹人世苦痛，或歌邂逅相乐

有一个成语叫"自郐以下"，意思是郐后边实际上都不值得说，这个典故来自《左传》，郐就是桧风的桧。鲁襄公时期，从吴国来了一位贤人季札，到鲁国来访问。鲁国就把当时乐工保存的诗还有一些舞乐演唱给他听。这个吴公子实际上是第一次听，然后就对每一首风、雅、颂都做了评论。据说他是个天才，很懂诗，歌《周南》《召南》，他就说"真美呀，这是周家的基础哇"。但是给他唱着唱着，唱到《桧风》时，按照当时的排序方法，《国风》还剩两风，"桧"和"曹"。给他演唱《桧风》和《曹风》，他再也不吱声了，不再有所评价了。所以成语"自郐以下"实际上是一个歇后语，是不足挂齿的意思。

可实际上《桧风》有四首诗，有的作品写得不错，季札为什么不再评价呢？也许因为它是亡国之乐，桧这个国家在今天的郑州市再往南，它一进入春秋不久就灭亡了。曹国当时也很小，没有大出息，也差不多要灭亡。

《桧风》四首中有一首是《隰有苌楚》。

隰有　苌　楚，猗傩其枝。夭之沃沃。乐子之无知！
（xí　cháng　　ē nuó　　　　　　　　　　lè）

隰有苌楚，猗傩其华。夭之沃沃。乐子之无家！

隰有苌楚，猗傩其实。夭之沃沃。乐子之无室！

## 最简单的语词，最活泼的形象

"隰"就是下湿之地，平原上水比较多的地方。"苌楚"是一种蔓生植物，又叫杨桃，叶子跟桃叶很像，果实也像桃，但是很小。诗是拿它起兴，说"隰有苌楚，猗傩其枝"，"猗傩"就是婀娜，形容枝叶摆动，非常漂亮。古人的心灵离自然很近，对大自然的植物、动物体会得深、细，所以看到风吹叶子的形象，内心会起波澜。下边"夭之沃沃"，"夭"就是指颤抖的样子，风一吹摆动的样子。"沃沃"和《卫风·氓》中的"其叶沃若"同义，就是叶子润泽。风吹着苌楚，叶子摆动，闪着光很润泽。接着来了一句"乐子之无知"，"乐"就是高兴，"无知"就是没有知觉，这是一种解释。

这就是感慨了，这个世道这么艰难，可是植物们没心没肺还在那儿长着，风一吹那么漂亮，是因为它们没有知觉呀。如果这样理解的话，就反衬了人生最苦，唐代李贺就有诗句"天若有情天亦老"，天没有情所以天永远不会老，人一有了情，有了知觉，就该有苦闷了。

所以这个解释是以乐景写哀情，写人世艰辛、人世苦痛，看到没知没觉的植物起了羡慕之心,是非常沉痛的一种语调。明代学者钟惺评点《诗经》,就把"无知"理解成没有知觉,所以才欢乐,认为这就是亡国之音。这样说的根据是桧在春秋早期就亡国了,并假设这个诗作于春秋早期之前。他说此诗都不用说到自己的苦,只羡慕苌楚快乐,因为它没有感觉、无情,这样来表达,意思就更深刻了。然后还补了一句,凡是可以说出的苦,不是绝对的苦,就是苦得还不到家。这一段像辛弃疾的"而今识尽愁滋味,欲说还休",真有了愁反而说不出。

对于"无知",还有另一种说法,说"知"有相匹配的那个"匹"的意思,《尔雅》里边就曾用"匹"解释"知"。西汉时期解释《诗经》的鲁诗也说知是"匹",所以"无知"就不是无知觉的意思,而是指没有配偶。如果这样解释的话,诗的意思就完全变了,变成欢快的歌了。我们知道桧国后来被郑国所占,而《郑风》里多有男女青年自由恋爱的内容。《周礼》里记载,当时政府规定在春暖花开的某一天,让男女自由结合,有私奔的人政府不予追究,风俗予以承认。如果是这样的话,这首诗的意思完全相反,是讲在春天,遍地的苌楚蔓延的时候,在这绿色的植物之间男女唱歌。说你看这苌楚长得多好呀,它姿态婀娜,我非常高兴见到了你,我高兴你还单身。这话不是幸灾乐祸,而是我对你有意思。它表达的是这样一个快乐之情,我看上一个人,她正好名花无主。这就是男女相恋的歌了,在山谷中邂逅、一见钟情。

在现有的材料下,可以两说并存,没有足够的依据说哪个一定是准确的,哪个一定是错的。这首诗总体格调上比较活泼,所以第二种可能性大。

《桧风·隰有苌楚》:或叹人世苦痛,或歌邂逅相乐接着第二章"隰有苌楚，猗傩其华"，这个"华"就是光华，苌楚有光彩是可以通的，但是也可以说"猗傩其华（huā）"，苌楚结果子就要开花。"夭之沃沃，乐子之无家"。先按第一种说法，把"无知"理解为没有知觉。那么"无家"就是没有拖累。一个人在艰难世道养活一个家有多难，成人体会得更深一些。清代牛运震认为三个乐字——"乐无知""乐无家""乐无室"极惨，让人不忍心读。如果按照第二种解释，就是说我很高兴遇到你，你还是一个单身的姑娘或者小伙子，这也是可以的。

接着第三章，"隰有苌楚，猗傩其实。夭之沃沃，乐子之无室"，"无室"就是无家，"室"就是宿舍，家要有房子。用第一种解释仍然是没有家拖累，用第二种解释就带点儿侥幸之情，还好你没有家，你要已经有了爱人我可就伤心了。

## 天若有情天亦老

钱锺书先生在《管锥编》中谈读诗的感受，说到这首诗时，也是用传统的观点，认为"无知""无家""无室"就是没有拖累。他说此诗的意思是："苌楚无心之物，遂能夭沃茂盛，而人则有身为患，有待为烦，形役神劳，唯忧用老，不能长保朱颜青鬓，故睹草木而生羡也。"苌楚这种无心的东西，越是无心长得越茂盛，可是人就不一样了，人有身为患，用的是老子的典故，老子说我们活着有患难，就是因为我们有这个身体，我们害怕，怕饿着、怕冻着、怕渴着，甚至怕不被尊重。一切都是从这个身上起的，我们有个身体，这个身体需要物质。同时，有待为烦，这是《庄子》中说的，"有待"就是有条件，我们只要生存，就有因果关系，就不自由、就烦恼。形役神劳，我们的形体就会整天干活，我们就会劳神，有忧伤，就会变老，就不能长保朱颜青鬓，青鬓就是黑头发，朱颜就是红颜。所以，看着草木生长得这么好，就生了羡慕之情。这段话里说到一些人生哲学，人生一切的基础是有这个患难之身，而且这个身是容易坏掉的。

而第二种读法就非常快乐了，"无知""无家"是指什么？你没有配偶、没有家室的拖累，所以你是自由的。那么今天我们见面了，就可以相爱、结合，变成了男女相悦的欢歌。

两种解释都很好。这首诗也写得非常漂亮、流丽。苌楚攀缘，风吹来，枝叶婀娜，花朵婀娜，果实也婀娜。"夭之沃沃"，这句子造得非常活泼，形象非常鲜明。可见，好诗往往都是用最简单的语词，营造最活泼的形象，后代的陶渊明、白居易、苏轼等大诗人都有这个本事。

# 《曹风·蜉蝣》：死生促迫，人类永恒的主题

　　《蜉蝣》出自《曹风》。曹这个地名来自西周一个封国，周武王把自己的弟弟振铎封在了曹，在今天山东省的西南部地区，它的都城在陶丘。陶丘就在山东省定陶县西南。定陶这个地方到了战国时期可了不得，它依靠南北交汇、东西交汇的优势，发展成为一个大的商贸城市。曹国建立之后传了 24 世，被宋国所灭。它虽是小国，但贵族到了后期也非常骄奢，这是一个特点。

　　《曹风》只有四首，水平不低，还是蛮有特点的，《蜉蝣》是其中之一。

蜉蝣之羽，衣裳（cháng）楚楚。心之忧矣，于我归处（hé chù）。
蜉蝣之翼，采采衣服。心之忧矣，于我归息。
蜉蝣掘阅（juéxué），麻衣如雪。心之忧矣，于我归说（shuì）。

## 成片的翅膀像雪一样白

这首诗涉及一种小的生灵蜉蝣，蜉蝣是一种小昆虫。现在也能见到，一般到了春夏之交，在比较潮湿的地方一群一群地出现，像小飞虫，每个都长了白白的、透明的翅膀。有人研究，蜉蝣生命最短的活几个小时，最长的活几天，而且它这一辈子要经历卵、稚虫、亚成虫和成虫四个阶段。亚成虫时期非常短，然后就脱皮，飞起来了。古人常用蜉蝣来感慨人生无常。苏轼就写有"寄蜉蝣于天地，渺沧海之一粟"的句子，说我们人类像蜉蝣一样生活一辈子，像沧海的一滴水一样，体积很小、生命时间很短。"蜉蝣"这个语词就来自《诗经》。

开篇"蜉蝣之羽"不是写蜉蝣，而是一上来就写蜉蝣的羽毛，像什么？"衣裳楚楚"，像人衣冠楚楚，就是穿得整整齐齐、像模像样的。实际上这话里边隐含的意思是，你蜉蝣的翅膀再漂亮，再像人穿得"衣裳楚楚"，可是，朝生暮死，或者可能都没有从朝到暮，生了就死了。蜉蝣成群地游，晶莹透亮，是很可爱的。可越是看到这个，就越是会"心之忧矣，于我归处"，产生一种内心的哀伤，我们的归处在哪儿呢？此处，"我"是"何"的异写。"归处"就是死亡之地，所以说寓意有点让人害怕。读完第一章，我们就感觉到了非常敏感脆弱的心灵，这也是一种生命的格调，有这么一种人，多愁善感。《夏小正》这个文献里说到蜉蝣在夏历五月时很盛、很多，所以这首诗歌颂的是春夏之交的一种光景。

"蜉蝣之翼，采采衣服。心之忧矣，于我归息"，蜉蝣的翼就是翅膀，"采采"就是光华灿灿的样子，像人穿的光华闪耀的衣服。我们内心中忧伤了，忧伤什么？我们人的生命也是非常短暂的。"归息"实际上就是归处、休息的地方，死亡也是休息。"大哉乎，死也，君子休焉，小人息焉"，儒家文献里讲孔子跟子贡谈论人生，就说到死亡是休息，君子也休了，小人也息了。

接着，"蜉蝣掘阅，麻衣如雪"，"掘阅"是个联绵词，两个字的韵母相同，意思是蜉蝣蜕变，由虫子长出翅膀。之后怎么样？"麻衣如雪"，这个比喻真是太鲜明了。刘勰在《文心雕龙》里讲比兴就引了这个句子，说它给人的印象非常深刻。"麻衣"就是白色的衣服，古代麻衣穿着穿着越洗越白，像雪一样。蜉蝣变成飞虫的时候，成片的翅膀像雪一样白，堪称妙喻。"心之忧矣，于我归说"，这个"说"读成"shuì"，就是休息、停息的意思，跟"息"是一样的。这个字在《诗经》里边出现了很多回了，有时读"tuō"，有时读"shuì"，有时读"yuè"。它在先秦时期可忙了，可以表达好几个意思，要根据上下文来确定。

## 从脆弱达致积极

这首诗感慨浮华幻影，死生促迫，笼罩整个诗篇的是一片感伤情绪。我们今天倒不必一定视其为消极、没落，它实际上是人生必须面对的。我们活着，实际上活一天就少一天，用哲学家的说法叫"向死而生"，我们的存在是有时间的。所以很多文学作品说到生死都很感人，像后来的《古诗十九首》，汉末的一批小读书人事业没有希望，生活比较困顿、落魄，可是这些人锦心绣口，到一起唱歌，唱不得志，唱人生短暂。而东晋的陶渊明也经常会想到死亡，但死亡有时让他更加豁达。

这首诗体现了对死亡的一种敏感，读这种诗，我们要尊重这种敏锐的心灵。这种偏于消沉的情绪，也提供了一种向度，让我们感受人生，这是诗的可取之处。而它在艺术上最大的成就，就在于精彩的比喻，蜉蝣本弱小，但成了群以后，也的确给人一种很强大的感受，所以它的"麻衣如雪"造得是那样形象、那样生动，读一遍马上记住了。

到了春秋时期，人生百态都出来了，有些人积极进取，有些人感慨人生。而文学是不应该有禁区的，只要是生命的现象都应该去歌唱，让人面对它、认识它。我们从脆弱的心灵当中也能看到一点力量，甚至是一面镜子，当我们脆弱的时候可能恍然自失，感到自己怎么像《蜉蝣》这首诗呢！如果你这样想，它也可能会达致一种积极的态度。

# 《小雅·鹿鸣》：对美好人际关系的显扬与遵从

《小雅》的第一首诗是《鹿鸣》，我国有一位诺贝尔医学奖获得者屠呦呦的名字就取自这首诗。

呦(yōu)呦鹿鸣，食野之苹。我有嘉宾，鼓瑟吹笙(shēng)。
吹笙鼓簧(huáng)，承筐(jiāng)是将。人之好(hào)我，示我周行(háng)。
呦呦鹿鸣，食野之蒿(hāo)。我有嘉宾，德音孔昭(zhāo)。视民不恌(tiāo)，君子是则是傚(xiào)。我有旨(zhǐ)酒，嘉宾式燕以敖(áo)。
呦呦鹿鸣，食野之芩(qín)。我有嘉宾，鼓瑟鼓琴。鼓瑟鼓琴，和乐且湛(dān)。我有旨酒，以燕乐(lè)嘉宾之心。

## "呦呦鹿鸣"的雅意

这是一首好诗！它让人一念就有印象，就能入心不忘。很平易，韵味很醇厚、印象很鲜明,这就是好诗的标准。如果诗写得别扭、艰深古奥,就未必记得住。"呦呦鹿鸣","呦呦"就是鹿的叫声,"食野之苹","苹"又叫山萩、珠光香青,是一种菊科植物,茎叶呈白色或者灰白色,带有异香异气,有点儿像香蒿。这两句诗把我们带到了一个清幽的林子里,那里长满了香草、苔藓,可爱的鹿在吃到草以后呼朋引伴,这是兴。"我有嘉宾,鼓瑟吹笙","嘉宾"就是很好的客人。我们今天说客人是"宾""客"混着说,但古代二者不一样。在西周时期客跟宾都是"敬"的意思,但是"客"往往是外人,外国来客。"宾"则指本国的大臣,或者异国的使节。周代封建了很多同姓诸侯、异姓诸侯,这些人互相聘问,就称为宾,不能称客。古代的房子一般坐北朝南,尤其是正厅正堂,《礼记》中说西边是客人的位置,这就是尊宾。

"我有嘉宾,鼓瑟吹笙",嘉宾来了,我们要奏起礼乐来,表达情感。所以,按照《礼记·乐记》的说法,中国人认为音乐和舞蹈是抒情的。客人来了不能光哈哈地乐,只有表情兴奋不行,我们还要把它付诸艺术。"鼓瑟吹笙",这里涉及一些名物。"瑟"是一种弹奏乐,它在八音里边属于"丝",就是用丝竹做弦子,制作很讲究,一般都用桐木。《鄘风·定之方中》里说卫文侯建国时就种了很多桐木,"椅桐梓漆,爰伐琴瑟",干吗呢?将来好做材料、制琴瑟,也就是搞礼乐建设,这是讲卫文公很有远见。"笙"属于古代八音里的"匏"。它的实物就是一个大葫芦,把葫芦挖空做音斗,就是共鸣箱,在音斗上上下打可以对穿的圆孔。然后,插入笙管,里边放舌头,这个舌头就是竹子做的簧片,吹的时候振动簧片发出声音。按照古代宴会的习惯,招待客人时要有盲乐工四人,称为"师"。他们有两人各弹一瑟，另两人唱歌，在堂上。古代的堂就是敞开一面的屋子，前堂后室。一个大堂，主客坐着，西南的那个边上，就是偏客人那个堂口，有乐工四人坐在那弹瑟唱歌。堂下呢？吹笙。所以，"鼓瑟吹笙"他们不是对面坐着对着吹，你弹我吹，而是堂上鼓瑟唱歌，堂下吹笙奏乐，交替进行。这是古代的礼仪。而下面"吹笙鼓簧"的"簧"不是指另一个乐器，而是指笙的舌头。"承筐是将"是讲什么呢？"承"就是拿筐承着，"筐"就是我们现在还在用的那种竹子制的或者柳条编的筐，"将"就是持、进献。筐里边放着币和帛，就是一些贵重物品，这是礼物。"承筐是将"是招待异国来宾的，比如周王或鲁国招待来自齐国或者其他同姓、异姓诸侯国的宾。招待不同诸侯国的来宾要送礼。假如一个诸侯国的大臣和君主在一起吃饭，也奏乐，但是不会有这种"承筐是将"。从这里可以看出来，在中国的宴会上吃饭绝对不是简单的吃饭一件事。钱锺书先生写过，吃饭常常名不副实，实际上主要是吃菜，当然还包括喝酒。古人宴请，吃东西也不是主要的，主要的就是音乐和礼品的交换。

用礼品干什么呢？加强友谊。有一位外国学者就说在远古时代，礼物承担着以物质交换来确定友谊，这样一种很重要的作用。人终究有物质性的一面，《诗经》早就洞察了这一点。接着，"人之好我，示我周行"，说我们加强友谊不是为了纯粹的物质，而是为了增进友谊以后，你对我有益，什么益处呢？就是"示我周行"，"周行"在这里指人生大道。"周行"在《诗经》中有的时候指大道，在这却绝对不是说你告诉我马路怎么走，而是告诉我通向未来的大道。也就是说最后一句是升华，我们不是在搞物质交换，而是加强友谊，礼物换的是你对我人生的指点，诗的调子就扬上去了。

呦呦鹿鳴

集傳鹿獸名
有角〇靈臺
麀鹿攸伏
牝鹿也

《小雅·鹿鳴》：对美好人际关系的显扬与遵从

第一章的格调非常典雅平和,而且不是专门为了适应某种场合而创作的,在周代几乎所有典礼都唱它,是最受欢迎的,上下通用是它的一个特点。而《诗经》中很多其他作品,比如在亲族宴会上唱的强调兄弟团结的诗,就不太适合所有场合。

## 礼乐文明里最迷人的东西

诗的第二章,"呦呦鹿鸣,食野之蒿","蒿"就是青蒿,也是菊科,也有香味,还可以入药。"我有嘉宾,德音孔昭",这是赞美嘉宾的美名。"德音"就是美好的声誉。"昭"是显著,"孔"就是很、甚。"德音孔昭"就是"德音很昭"。我们宴请这样的朋友,他们来了。"视民不恌","视",实际上是"示",此句意为这样的朋友不轻佻、不轻薄。他们的德行,"君子是则是傚",两个"是"都是结构词,这句是说他们的表现可以让人效仿。然后"我有旨酒",就是我有厚酒、美酒。"嘉宾式燕以敖","式"和"以"构成一个"既怎么样,又怎么样"的结构,表达某种愿望。"燕"在这当安乐讲。《礼记》里边说到燕礼,"燕"都是安好、晏乐的意思。"敖"就是逍遥自在,和"遨"是一个意思,指在这比较轻松愉快地做宾做客。第二章比第一章多出来的意思,就是强调了嘉宾的德行。这里还隐含了一些内容,在酒席宴上如何敬酒、如何还礼、如何鞠躬,跟人交际的时候,人的眼光的高低、表情如何,都可以看出平日的修养。在《礼记》中有不少这样的交代。

《礼记》的头一篇就是《曲礼》,就是小礼,里面讲了贵族的行

## 食野之苹

傳苹草也集傳
苹如欽股葉如
竹蔓生〇苹無
地不生有二種
大曰和被十黃
小曰迷被十黃
葉如竹而柔軟
宜牛馬食之

为准则，怎么走路，到人家去应该怎么坐，跟人说话时应该怎么做，比如附耳跟人谈话的时候，应该把嘴捂上，因为人的嘴中有时可能因上火等出一些怪味，不要冲撞别人。这些细则在典礼当中都会表现出来，一个人是不是有教养，别人都能看到。在现代生活中，有些习惯也还保留着。所以，"视民不恌，君子是则是傚"是赞美这个嘉宾有很好的教养，这是整个礼乐文明里最迷人的东西。

我们中国人现在的行住坐卧，包括脸上的表情，仍然保持着中国色彩，那是漫长的文化传统造就出来的。比如中国的佛像跟印度的佛像差异很大，慈悲、包容、悠远，脸上的表情有文化色彩。再比如法国人、英国人遇到感到无奈的事习惯耸耸肩，中国人就不习惯这样。周代礼乐文明为中国人的行为习惯奠定了基础。这就是雅文化。当初确立原则的是贵族，但文明属于全人类，适合全人类。

## 宴饮是为了维系人心

最后一章，出现了一个新词，就是"食野之芩"的"芩"，"芩"是一种跟苇子差不多的草，比较硬。《诗经》在这儿要变韵，要跟下边的"琴"押韵，所以用了"芩"字。"我有嘉宾，鼓瑟鼓琴"，这又涉及琴。琴也有音箱，比瑟长一些。如果和筝比起来，琴更适合个人表达情感，因为它的声音小。后世嵇康、陶渊明等人都是爱琴的，琴变成了士大夫的一种文雅的标志。"鼓瑟鼓琴，和乐且湛"，"湛"在这读dān，是深厚的意思，和乐的氛围很浓厚。"以燕乐嘉宾之心"，燕乐就是款待，让他们喜欢。诗的第一章送礼，结束时让嘉宾内心欢乐，这个比物质更重要，说明宴会的真正意义在于维系人心。

这首诗是在比较正式的场合，招待来自异国的宾客。西周在各地封建了那么多诸侯，他们要形成一个整体，才能够拱卫天下。所以互相之间必须经常来往，就必须得有宴会。在宴会上"鼓瑟鼓琴"、钟鸣鼎食，搞艺术，然后款待对方。这首诗是应着这种现实制作的礼乐。它强调君子的好风采，格调中和典雅。经常诵读，它的好处我们就能慢慢感觉出来。其中求美的、好客的心意，也可以更深切地感受到。

# 《小雅·四牡》：家国冲突，抚慰性歌唱

据现有的文献看，《鹿鸣》不是单独演奏的。后世解释《诗经》，从《毛诗》开始，往往是一首一首地解释。因为那时，《诗经》已经脱离了它的礼乐背景，大家就让它们单独成篇。这样做可以了解它的主题，但是，雅颂作品有的时候得几首诗合起来读，它整个的礼乐含义才能清晰地显现出来。比如周人在典礼上，如果要唱大雅，往往就是连唱《文王》《大明》《绵》，甚至还包括《皇矣》，这些诗篇唱完了以后，整个礼乐的含义就出来了。那么《鹿鸣》和《四牡》《皇皇者华》是连在一起的。古代学子学《小雅》要连学这三首。

《四牡》这首诗一共是五章，略微长一点。

四牡騑騑(fēi)，周道倭迟(wēi yí)。岂不怀归？王事靡盬(mǐ gǔ)，我心伤悲。

四牡騑騑，啴啴(tān)骆马。岂不怀归？王事靡盬，不遑(huáng)启处(chǔ)。

翩翩者鵻(zhuī)，载飞载下，集于苞栩(bāo xǔ)。王事靡盬，不遑将父(jiāng)。

翩翩者鵻，载飞载止，集于苞杞(qǐ)。王事靡盬，不遑将母。

驾彼四骆，载骤骎骎(qīn)。岂不怀归？是用作歌，将母来谂(shěn)。

## 替公而忘私的人们想一想

读这首诗，看到有"不遑将父"、"不遑将母"和"将母来谂"这样的句子，是想家的，可以知道是在典礼中招待使臣唱的，是一种抚慰性的歌唱。

"四牡"，"四"就是四匹，后来就写作"驷马难追"的"驷"；牡就是公马、雄马，古代驾车用雄马。"骓骓"指的是马行进，四匹马嗒嗒嗒前行。"周道倭迟"，"周道"就是王朝通向各地的国道。周王朝建立以后，要管理一个很大的疆域，就修大道。"倭迟"就是漫长的意思。"岂不怀归？王事靡盬，我心伤悲"，说我们这些人跑在国道上，我哪里不想家，"怀归"实际上就是讲私情，我也有家，但"王事靡盬"，"靡盬"可以理解为一个固定语，指事情没做好，没做完。整句的意思是，我们哪里不想家，但是王事没做完啊，于是我们内心伤悲。这里就出现了一个矛盾，国和家不能兼顾，因国而顾不上家令"我"纠结。钱锺书先生曾特别拎出来这个冲突，它非常符合黑格尔给悲剧下的定义，悲剧发生于矛盾冲突。中国古代忠孝常常不能两全，两者不能兼得，这种冲突产生的矛盾和纠结，才叫悲剧。而《窦娥冤》中弱者被强者害死，是苦难，是不幸，但不是悲剧。《四牡》讲的就是忠孝不得两全。

东汉郑玄解释这两句，强调了君子应该公而忘家，但这不是诗要提倡的。设想一下，当一个个使者风尘仆仆地来了，他们都是抛家舍业的人。这时，主人应该歌唱什么？唱他们都是公而忘私的人，对使臣表示尊重，对他们那种牺牲予以承认，于是完成了一种精神补偿。这正是宴饮诗歌的价值，当我们招待使臣的时候，得替他们想想，体贴他们，这样才能真正使他们得到安慰，这是礼乐文明的精神价值。

## 疏解矛盾的礼乐文明

所以钱锺书先生也讲，虽然这符合黑格尔关于伦理本质冲突的悲剧定义，但在周代的礼乐中唱它，不是为了让大家伤悲，而是要换得一种排解和健康的心理。这样，使臣的心情就开朗多了。

这也是中国文化和西方文化不同的地方。西方人特别喜欢演悲剧，他们通过演出一连串的毁灭，排泄内心中的很多东西，净化心灵。比如古希腊悲剧《阿伽门农》的故事，阿伽门农是领袖，他要出使、征服特洛伊，结果开船时船不走，没风，有人说上天不满意了，要杀一个人祭祀，怎么办？他把自己的女儿牺牲了，于是就引起了他夫人的反对。后来他在外边待了十年，他夫人在家里边有了情夫，后来把阿伽门农杀掉,这又引起了另外一个冲突。阿伽门农的儿子要为父亲报仇,于是又开始收拾妈妈。这是西方人的悲剧。另外一种情况,西方的《哈姆雷特》是性格悲剧,主人公对该做的事犹犹豫豫,也形成了一种悲剧冲突,有两股力量在纠结。但是,中国人不擅长这些,或者说我们不这样看问题,我们的礼乐就是想把家和国的永远存在的矛盾,限定在一个范围内,千方百计地去疏解它,去缓和它,对它进行精神的补偿。简单地说,就是礼乐不要悲剧,而要缓和悲剧性的冲突。第一章就已经摆出了这个主题思想。

接着,"四牡骓骓,啴啴骆马。岂不怀归?王事靡盬,不遑启处"。理解诗中提到的悲剧后,回过头看。诗的开头很有意思,第一章,声音从远到近,嗒、嗒、嗒,在曲曲折折的周道上,走来四匹马拉的车。而到了第二章,马更近了,因为听到了马喘息、打响鼻的声音。"啴啴骆马"的"啴啴"就是马的喘息声,这个形容词还是蛮形象的。"骆马"就是长黑鬃的白马。古人对马身体的各部分都用专门的词称谓,这是因为他们观察得细,离得近,我们今天连马都见不着了,只能分辨宝马汽车是第几系的,不知道马腿叫什么,马鬃叫什么。时代变了。

接着"岂不怀归?王事靡盬",下边又有"不遑启处"。"不遑"就是没有闲暇,"启处"就是安居,"启处"这个词也不能分开解释。古人在家里,如果来了客人,招待客人时和现在跪着差不多,就是两条腿弯着放在地上支撑着身体,该表示恭敬的时候就耸起来,略微平一些,把臀部放在脚后跟上。但家里不来客的时候也不这样坐,往往都是臀部着地,这就叫作"处"。因而"启处"就是安居,我们不遑安居,因为有王事在身。

翩翩者鵻

傳鵻夫不也箋夫不鳥
之慤謹者集傳今鵓鳩
也凡鳥之短尾者皆鵻
屬○爾雅鶏鳩一名
祝又名鵻鳩似斑鳩而
臆無繡采六書故鵓鳩
斑鳩差小者頸有白點
今禿施搖立谷衣也
班聲若布穀又謂勃姑

## 精神的问题精神解决

第三章，说"翩翩者鵻，载飞载下，集于苞栩。王事靡盬，不遑将父"，从这开始，"将父""将母"会逐渐出现。"翩翩者鵻"，"翩翩"就是飞舞状，"鵻"是什么？《毛传》说叫"夫不"，一种短尾巴鸟，喜欢吃肉，也扑杀麻雀等鸟。这种鸟有一个特征，可以养，有点像鹰，如果经常喂它，它会围着人转。"翩翩者鵻，载飞载下，集于苞栩"是讲人不如鸟，鸟可以很自由地飞来飞去的，落在苞栩上。"苞"就是丛生；"栩"就是栎树，这个词在《唐风·鸨羽》里出现过。对此，还有另一种解释，说写的是一种情景，贵族驾着车去执行任务，他养的那只很熟络的鵻在他身边飞来飞去，这样就不那么寂寞了。不管怎样理解，重点在后面，"王事靡盬，不遑将父"。"将"就是奉养，因为王事做不完，我们没有时间伺候好老爹。

第四章，"翩翩者鵻，载飞载止，集于苞杞"，"杞"就是枸杞，我们今天也很常见的一种中药，可以冲水喝，宁夏因为阳光充沛盛产枸杞。"王事靡盬，不遑将母"，"将母"就是奉养母亲。这就是诗，重章叠句地唱，讲父亲母亲，分成两章。

最后一章，"驾彼四骆，载骤骎骎"，"骤"就是疾驰，"骎骎"也是疾驰的样子。"岂不怀归？"我哪里不想家，"是用作歌，将母来谂"。所以我才唱这样的歌，干吗？将母亲来谂，"谂"就是思念的意思。这儿重点说母亲，实际上也包括父亲，因为诗有字数的要求，所以有些地方就以偏概全。

《毛诗序》说这首诗是慰劳前来的使臣，用这样的诗歌安慰他，这样使臣"有功而见之"，知道自己为国家所做的贡献被别人了解，

集于苞杞

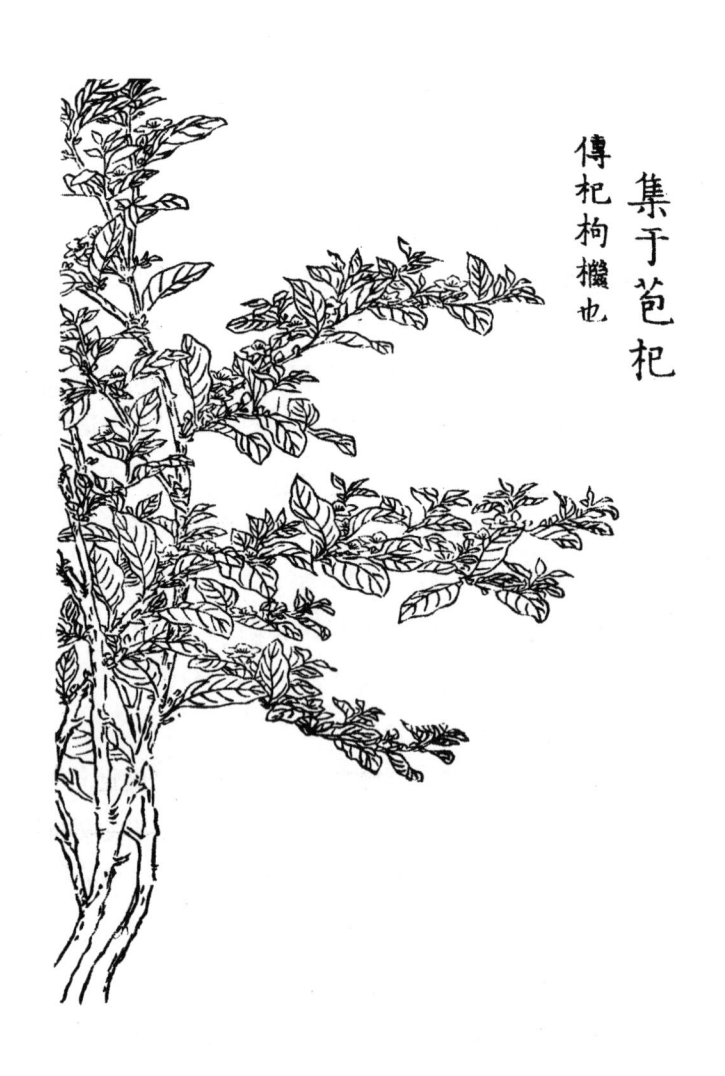

傳杞枸檵也

就很高兴。

《鹿鸣》是说客人来了我们要赞美他们，而这首诗是说要体贴他们，抒发他们内心的郁结和矛盾冲突。精神的问题精神解决，二者都是很重要的方面，共同构成一个整体。这首诗替使臣发声，放在典礼的中间，是很关键的一步。可以看出，对怎样抚慰使臣，周代文化、礼乐文明，实际上想了很好的办法。

# 《小雅·皇皇者华》：礼赞使臣为国察访民情

《鹿鸣》和《四牡》是前后相继地款待来自异邦异国的嘉宾时歌唱的，实际上典礼中还要唱第三首，那就是《皇皇者华》。

这首诗一共也是五章，它的格调和《四牡》是不一样的。

皇皇者华，于彼原隰（xí）。駪駪（shēn）征夫，每怀靡（mǐ）及。
我马维驹，六辔（pèi）如濡（rú）。载（zài）驰载驱，周爰咨诹（zī zōu）。
我马维骐（qí），六辔如丝。载驰载驱，周爰咨谋。
我马维骆，六辔沃若。载驰载驱，周爰咨度（duó）。
我马维骃（yīn），六辔既均。载驰载驱，周爰咨询。

## 明媚绚烂中，开启新征程

第一章，"皇皇者华"就是光华灿烂的花朵，"皇皇"就是煌煌。

"于彼原隰",高平之地为"原",下湿之地为"隰",这就是指原野,高高低低的原野开遍了灿烂的鲜花。读到这可以停下来体会体会,这是一个什么样的景象,什么样的心情。三首诗连着看,《鹿鸣》是主人表示欢迎,《四牡》是以使臣的口吻去歌唱,抚慰他们的矛盾和纠结,而第三篇《皇皇者华》的格调经过了一种否定之否定以后的辩证,一片明媚的光景就出来了,"皇皇者华,于彼原隰"。下面接着"駪駪征夫","駪駪"就是马疾驰的样子,"征夫"就是坐在车上奔走的人。"每怀靡及",《毛传》郑笺把"每怀"当成私怀来讲,就是指他们念家的心情,"靡及"就是照顾不到,这明显是连着上一首诗《四牡》来的,说征夫们为了国而忘了家,因为国事照顾不了自己的私怀。而第一章一开始就这样交代,意味它将成为过去。

马上下一章,"我马维驹,六辔如濡。载驰载驱,周爰咨诹",开始写自己的职责了,我驾的马是驹,驹就是好马,像李自成的乌龙驹就是好马。"六辔如濡","六辔"就是六条缰绳,中国古代的战车是四匹马在前边拉,如果每匹马有两条缰绳,应该是八条,其实不是,中间两匹马有两条绳子是固定的,所以拿的是六条缰绳。"如濡","濡"是什么?柔和,鲜泽。这是讲手里的六根缰绳抖动起来,就像六根丝绸一样柔韧、柔软。这里边也有一种使臣对自己的驾车技艺的自得之情、自豪之情。

"载驰载驱",就是"载歌载舞"这个"载",我们又是驱又是驰,就是奔腾,奔驰,不断地在马路上向前奔跑,做什么?"周爰咨诹","周"就是普遍的,"爰"就是"于","咨诹"是访问,我们为国事去访问,去到各地征询意见,肩有崇高的使命。第二章跟前一章那种悲伤不同,而这种自豪之情,实际上诗在一开头就奠了调子了。

第一章先有一个高亢而灿烂的光景，说虽然使臣心有忧伤，但他们在王命面前，意识到自己肩负的责任是值得的。

## 体贴心灵，是礼乐文明的极高价值

接着"我马维骐，六辔如丝"，"骐"是什么呢？就是马的纹路像格子一样，而且颜色很少见。"六辔如丝"，"丝"就是丝绸的丝。画家顾恺之有高古游丝描，线条飘逸，而"六辔如丝"也是写六条缰绳在我们手里边像游丝一样摆动。"载驰载驱，周爰咨谋"，"周爰"就是到处地、普遍地，"咨谋"就是咨询、谋划，我们出来是为了崇高的国家的事情，我们去咨去谋。

第四章，"我马维骆，六辔沃若"，"骆"指白马黑鬣，"沃若"在《氓》里也有，润泽的意思。"载驰载驱，周爰咨度"，"咨"是咨询，"度"是考量、商量。

最后一章，"䯄"是白杂毛，就是灰白色的马有暗花纹，"均"就是协调，"咨询"这个词我们今天还在说。整首诗强调我们重任在身，牺牲了家庭生活，是值得的。

《鹿鸣》《四牡》《皇皇者华》三首诗构成一个整体，前面写客人来，中间写客人坐下来听歌，把满心的复杂情感排泄出来，最后写客人轻松地奔向了远方，去完成自己的使命。这就是一场大型的款待客人的典礼。

礼乐文化是心灵的文化，它不是讲宗教、讲上帝、讲权利，而是讲人心，讲人心都是肉长的。人都是普通人，都有家庭，可是国事也得管啊，在国事和家事之间必须得有所牺牲，我们要体贴做出牺牲的人们，社会要承认他们的贡献，他们干着才有劲，才会为这个国家奋斗。这是一个很高雅、乐观的文明，它有一套仪态、行为方式是高雅的，其歌唱也含有极高的精神价值，那就是它体贴心灵的作用。

# 《小雅·伐木》：举大事必先顺人心

在《诗经》的宴饮诗中，除了《鹿鸣》《四牡》《皇皇者华》三首表达抚平矛盾、讲究和谐的精神，还有讲另外一些主题的，《伐木》就是其中一首。

伐木丁丁，鸟鸣嘤嘤。出自幽谷，迁于乔木。嘤其鸣矣，求其友声。相彼鸟矣，犹求友声，矧伊人矣，不求友生？神之听之，终和且平。
伐木许许，酾酒有藇。既有肥羜，以速诸父。宁适不来，微我弗顾。於粲洒扫，陈馈八簋。既有肥牡，以速诸舅。宁适不来，微我有咎。
伐木于阪，酾酒有衍。笾豆有践，兄弟无远！民之失德，乾糇以愆。有酒湑我，无酒酤我；坎坎鼓我，蹲蹲舞我。迨我暇矣，饮此湑矣！

## 好的比兴让灵魂松软下来

第一章,"伐木丁丁","丁"在这读成 zhēng,是古来相传的,如果读成 dīng 也不能算错。"丁丁",就是在山间伐木,砍伐树木的声音跟山谷发生共鸣所发出的乐音,就很好听了。我们想象一下,在深谷中伐木,"鸟鸣嘤嘤","鸟鸣"就是鸟叫,"嘤嘤"就是状声词,一伐木惊动了鸟群,鸟群怎么样呢?"出自幽谷,迁于乔木",从幽谷,这词用得多漂亮,幽静的山谷,被伐木的声响惊动了,这有点儿像王维的"月出惊山鸟",出自幽谷往哪儿迁?往乔木上迁,高大的树木叫乔木。"乔迁"这个词就来自这首诗,乔迁,往高处走,这是有象征含义的。接下来就是议论,"嘤其鸣矣,求其友声",说鸟儿受到惊吓以后,它嘤嘤然叫唤,是在干什么呢?不是抒发惊恐的情绪,而是呼朋引伴,"求其友声"。然后下面就来了一句"相彼鸟矣,犹求友声。矧伊人矣,不求友生?"说你看这鸟都知道在遇到一些非常状况之时,呼朋引伴大家一起走。"矧伊人矣",这个"矧"现在很少用了,就是"何况"的意思,又何况我们人呢?难道我们人就不应该求友声吗?"神之听之,终和且平","神"在这读 shèn,慎重的慎,就是仔细、慎之,仔细谛听吧,这会给你带来和平。"终和且平"就是既和又平,这是《诗经》里边经常出现的一种固定句式,有点儿像载歌载舞,载就不必解释了,它是用在动词前边,而这里的"和"和"平"都是形容词,"终和且平"就是既和又平,号召人们从大自然中聆听生活的真谛。这首诗就是从自然意象起兴,最终点出很重要的一点,人是社会动物,自私自利的人在社会中能获得一时的利益,但是不会长久。这就是孔夫子在《论语》中讲的

"放于利而行，多怨"，一切以利益为原则在社会中生活，这种人走不远。自私自利、很狭隘的人，谁愿意理他呢？这种道理在《诗经》里就表达过，但它是富于诗情画意地表达的，通过一种自然的光景，体悟出一种真谛。这种真谛是大自然的道理，也是人生的道理，在这个层面上，也可以说诗实际上道出了天人合一的原则，我们要从眼前的世界中，体会出某种生活的真谛，所以最后一章就说"神之听之"，你仔细谛听吧，这会给你带来和平，也就是安宁的生活。

这首诗一般认为是周宣王时期的作品，周宣王即位的时候距现在三千年左右，他是西周倒数第二代王，在位时曾经有一个中兴时期，把已经开始散乱的诸侯关系一时间又重新凝聚起来，这首诗就是要通过宴饮的方式把散乱的社会精神再提起来。否则一遇到七灾八难，人们就开始像一群动物似的四散奔逃。所以，周代的宴饮诗实际上在倡导社会要和谐，上下要和谐。

从艺术角度来讲，"伐木丁丁，鸟鸣嘤嘤"，把大家带到自然幽谷中去，听到丁丁然的伐木声、嘤嘤然的鸟鸣声，就像一次心灵的放假，到幽静的地方去待一待。这个光景让我们的精神顿时进入到一种审美的兴奋状态。接着就说"嘤其鸣矣，求其友声"。元代方回说"嘤其鸣矣"及其下六句二十四字如生蛇活龙，一起一伏，一盘一屈，妙义无穷，可一唱而三叹。方玉润《诗经原始》也说"佳句极为娴雅"。可见，好的比兴能一下让你的灵魂松软下来，从日常世俗的紧张状态放松下来，重新植入审美的、自然的、和谐的因素，再造我们的生命，艺术通着造化，就从这一点可以体现出来。像一个画家画优美的山水时，就像上帝造宇宙似的，这种创造性的东西把我们带回创生之初，让灵魂重新安排一下自己。这也是诗的优美之处。由第一章可以看出，在三千年前我们就开始写景了，本来是一首宴饮诗，但它从"伐木"这种场合起，这是多么巧妙的诗思，多么出人意表！

如果按照古代的解释，有的时候就迂腐了，说这是周文王年轻的时候劳动伐木，这是一点诗情都没有的心灵枯燥，汉代的经生把诗当成宪法来读，认为每一个字都有政治意义，都有道德楷模的意思，就有点煮鹤焚琴。

所以，我们为什么现在要讲诗？就是要重新恢复对那个时代的认识，那个时代不是整天一本正经地瞪着两只眼教训人，而是要用优美来启发大家。所以蔡元培先生讲我们要用审美替代宗教，就是因为审美可以再造人生。

## 周王宴请家族亲戚

第二章，"伐木许许，酾酒有藇"。"伐木许许"，这个"许"读作"hǔ"，在古代，像j、q、x、g、k、h这些音经常串，j、q、x、g、k、h实际上就三个音，后来分化成我们现在理解的六个音。"许许"还有两种解释，一种说是声音，就是伐木呼呼呼，锯木头的声音的确如此。另一种说"许许"是指拉锯的时候，末子衍生出来，纷纷然的样子，两种解释都可以。"酾酒有藇"，"酾"就是筛，古代的酒有糟，要拿一种比较细腻的、专用的工具，叫作筐，把酒渣子过滤了。"藇"就是指酒经过过滤以后清澈美好的样子。接着，"既有肥羜，以速诸父"，"羜"就是小羊羔，古代人吃羊肉也讲究嫩肥，说我们已经有了肥羜，干吗呢？"以速诸父"，"速"就是邀请，请我们的诸位父辈。"诸父"就是同姓的长辈，实际上也包括兄弟。周王的辈分是很低的，因为广泛地结亲，所以他见了同姓诸侯一无例外地称叔父、伯父。"宁适不来？微我弗顾"，"宁"就是宁可；"适"就是恰好，恰好他不能来，就是宁愿他不来；"微我弗顾"，我不能不请。这个道理我们今天还在讲，人有喜事要请客，有些客人你不能不请，他不来可以。"於粲洒扫，陈馈八簋"，"於"在这里读"wū"，不能简化成"于"，是叹美之词；"粲"是鲜明的样子；"於粲"就是指打扫得非常整齐雅洁，没有灰尘。"陈馈八簋"，"馈"就是食物，"八簋"，按照周家的规定，有九鼎配八簋，鼎装肉，簋装饭。"陈馈八簋"告诉我们就是王家在请客。这个诗把八簋这个最隆重的礼节、最高的礼数都拿出来了，意味着慷慨。"既有肥牡"，"牡"就是雄性的，这儿就是指公牛肉；"以速诸舅"，周王见到异姓的诸侯们，一无例外地称"伯舅、叔舅、大舅、小舅"，加强感情联络。重情分、重人情，是中国文化一个很大的特征。接着，"宁适不来"，也是说宁可他不来，"微我有咎"，我也不能有过错、出差池。

所以诗的"诸父"和"诸舅"，是两拨人，一拨同姓，一拨异姓，都是同宗或亲戚。诗写的是一个家族亲戚之间的宴会，把周王请客谱成诗篇意味着他要给天下人做榜样，过去也有老话说"皇家还有三门穷亲戚"。《红楼梦》里边，刘姥姥和贾府几乎是"八竿子打不着的"，没有什么血缘关系，就是她女婿家的老辈早年和王夫人的父亲认识，连了宗，认作侄儿，但这也是一种情分。中国人现在还重亲，哪怕是老姻亲、老表亲，来了不能错待了，这是一点人情。这就是中国，所以，要看明白中国，要读诗。

## 有热度的文字

　　第三章"伐木于阪，酾酒有衍。笾豆有践，兄弟无远"，"阪"就是高坡，"酾酒有衍"，"衍"就是指盈溢，多了，衍了，往外流。这也是讲奢华慷慨，酒哗啦哗啦往下倒，这个美酒好啊，如果一滴一滴倒就太小气了。"笾"就是竹制的一种筐子，是乘干鲜果品的，正菜上来之前，先上一些干果。"豆"有点儿像今天的高脚杯，可以托一些点心等。"有践"就是成行。"笾豆有践"就是码得整整齐齐。然后说"兄弟无远"，兄弟们不要远离，不要离心离德。接着来了一句"民之失德，乾餱以愆"，"民"就是人、老百姓，"失德"在这指人与人之间失去和谐，往往都是因为什么？"乾餱以愆"，这就有意思了。"乾餱"就是干粮，"愆"是过错，意思是，你看人啊，有的时候话讲得很好，我帮你你帮我大公无私，但是日常状态，一口干粮分配不均就可能导致失和。《左传》里就有好多这样的故事。郑国有俩公子，这里我们就称他们为甲和乙吧。甲有一天食指老是颤动，就觉得自己应该有好吃的（他之前食指动都有美味可吃），他就跟公子乙说这个事。然后两人一块到郑灵公家开会，一进门就看到郑灵公家在杀鳖，古代拿鳖当美味，两位公子相视大笑，因为刚才食指动要应在这儿了，有鳖汤喝。但郑灵公是个别扭人，他知道有一个人食指动过了，就非要找别扭，鳖汤炖成后，他偏偏不给食指动的人喝，结果这公子一生气就拿手指头放到大鼎里染了一下，然后一嘬，拿手指头吮了吮，这就是"染指"一词的来历。这个公子一生气走了，结果到了年终，他组织了一拨人把郑灵公给杀掉了，因为一口鳖汤闹出了人命。所以，不能忽略人作为物质动物的一面，如果老是宣扬伟大的理想、许诺、教诲,同时又分配不均,我少给了你,我还让你发扬风格,这个道理讲不通。

所以,《诗经》在这句里透露了一种对人性的洞察,为什么我们要请诸舅诸父都来呢?就是亲情关系不能嘴上说说,还要普遍地请客,要有相应的物质分配,这样周王室才有向心力,这是诗的要点。接着就是"有酒湑我",把酒筛出来倒给我,"湑"的意思是用草过滤酒渣。"无酒酤我",没酒给我去买。"坎坎鼓我","坎坎"就是敲鼓声,敲起鼓来;"蹲蹲舞我",蹲蹲是舞动的样子。这两个"我"有点儿相当于"哦",就是坎坎地鼓起来呀,蹲蹲地舞起来呀。"迨我暇矣,饮此湑矣!""迨"就是等待,等到我们有时间了,我们有闲暇了,就喝这个酒。

这是周贵族在宣王中兴的时候,重新振作贵族精神,也可以叫它"不忘初心"。诗中所唱的贵族原则,实际上是健康的、有效的,因为任何人群都要政治,而政治必须普遍地给民众带来好处,这就是衡量一个制度好不好的唯一标准。所以,这是这首诗的含义,它跟封建有关,而它的基本原则又是普遍性的。

总之,这首诗活脱脱是宣王时期的代表作,它比较慷慨、豪迈,热情奔放,是有热度的文字。

# 《豳风·东山》：在路上，归思绵绵

战争是《诗经》中一个重要的主题，通过审视战争诗，我们可以看一看中国人的心底对于战争是怎么评价的。同时，我们也可以理解西周王朝对对外战争采取的态度，并从中窥见中国文化的某些基本特征。

按照从战人群来分，《诗经》中的战争诗可以分成两类。

一类表现普通战士或者战士的家庭对战争的态度，如《豳风·东山》《小雅·采薇》《召南·殷其雷》。战争，"一将功成万骨枯"，有人在战争中会很得意，立了功，受赏了，我们现在看到的很多青铜器，包括不其簋、师寰簋等，都属于他们立功的记录。但是更多的人实际上是没有机会获得赏赐的，只有丧命，所以《诗经》有一部分诗篇就是站在这个立场上去反映战争生活，去表现人们在战争生活中的那种情感，这部分诗篇是最有价值的，它代表礼乐文明，礼乐文明同情这些人。

还有一类如《大雅》中的《江汉》《常武》等篇，讲的是召公如何率领军队英勇作战，最后王赏赐他、奖励他。这类诗代表的是一种贵族情调。在早期的诗篇里看不到这种东西,到了西周后期,终于他们这些人占了上风,而且表现在诗篇中。早期的诗篇写战争都是负面的,人在战争中如何哀伤,可是到了后期这帮贵族掌握了话语权,许多诗篇都是为他们颂德的,礼乐的价值严重锐减。如《小雅·六月》,是宣王命令尹吉甫率军北伐,结尾"文武吉甫,万邦为宪",夸赞他,说他"来归自镐,我行永久",写他在家里举行宴会招待人。这种诗篇和那种贵族记自己的功劳,因为某种事情获得周王的赏赐,是一个意思。它跟早期的礼乐歌唱不是一回事。

战争诗越到后期,贵族趣味越浓,他们靠着战功在王朝世代为官,打仗、建立功勋。诗篇开始歌颂他们,是一种历史的变化。《东山》这首诗不属于这个趣味,它表达了普通战士和他们的家庭对战争的态度,一共四章,每一章的内容比较长。

我徂(cú)东山,慆慆不归。我来自东,零雨其濛(méng)。我东曰归,我心西悲。制彼裳(cháng)衣,勿士行(háng)枚。蜎(yuān)蜎者蠋(zhú),烝(zhēng)在桑野。敦彼独宿(sù),亦在车下。

我徂东山,慆慆不归。我来自东,零雨其濛。果臝(luǒ)之实,亦施(yì)于宇。伊威在室,蠨蛸(xiāoshāo)在户。町疃(tǐngtuǎn)鹿场,熠耀(yì)宵行(háng)。不可畏也,伊可怀也。

我徂东山,慆慆不归。我来自东,零雨其濛。鹳(guàn)鸣于垤(dié),妇叹于室。洒扫穹窒(qióngzhì),我征聿(yù)至。有敦瓜苦,烝(zhēng)在栗(lì)薪。自我不见,于今三年!

我徂东山,慆慆不归。我来自东,零雨其濛。仓(cāng)

庚<sup>gēng</sup>于飞，熠<sup>yì</sup>耀其羽。之子于归，皇驳其马。亲结其缡<sup>lí</sup>，九十其仪。其新孔嘉，其旧如之何？

## 内心的泥泞

这首诗有不少生僻字，今天乍一念感觉很隔膜，我们可以从字句入手分析。第一章"我徂东山，慆慆不归"，"徂"就是往，"东山"就是指今天山东省泰沂山地南北。根据考证，此次周公不但征东还征南，扩张周家的地盘。"慆慆不归"，这个"慆"又写作"滔"，意思就是遥。"慆慆"就是遥遥无期。"我徂东山，慆慆不归。我来自东，零雨其濛"，这是四句对比着说，我去东山，久久不能回，盼啊盼啊，可是我今天要离开东山，却赶上漫漫的阴雨。这就是诗的格调。头两句已经含有因总也回不了家而厌恶战争的言外之意，现在战争终于结束了，是不是欢天喜地呢？不是，满天飞雨，这好像是写景，实际上是写心情。周公东征三年，下文有"自我不见，于今三年"。一个战士，一个本来过着和平生活的农民，被征调在东方打了三年仗，见了多少死亡，见了多少血与火！所以当战争结束的时候，他的心情实际上有个转换的过程，他不能马上就愉快起来。这首诗并没有用光风霁月的笔法表现士卒的凯旋，而是将其乡情笼罩在一片阴郁湿溽之中，这正是诗的不浅薄之处。而且这四句"我徂东山，慆慆不归。我来自东，零雨其濛"。实际上一直贯到结尾，到了结尾一章，虽然格调明朗了，也没有把它去掉，这都是诗人精心的地方。

《诗经》讲究重章叠调,但是它的反复有时可以变换,在这儿却一直没变,一直是零雨其濛、零雨其濛,好不容易回家了,却走在泥泞的道路上,而内心的泥泞不比脚底下的泥泞轻多少。

接着"我东曰归,我心西悲",我在东方的时候总是想着归呀归呀,总是朝着西悲伤,这含着中国人对战争的一种态度,我们是没办法才去打仗的。诗中人是个爱家的人,为了爱护家、保卫家才去打仗,战争是不得已,所以它很沉重。接着,回家怎么样呢?"制彼裳衣,勿士行枚。"我要回家穿上家常的衣服,"裳衣"就是日常生活的衣服,不是军服。什么叫"勿士行枚"?这个"士",意思与"从事"的"事"一样,行枚就是衔枚,古代打仗夜间行军,怕士兵的嘴里发出声音,每人叼一块板衔着。这儿说我要穿上平时的服装,再也不叼那个枚子了,这是他的盼望,对和平生活的盼望。

"蜎蜎者蠋,烝在桑野","蜎蜎"就是蠕动的,指肉虫子爬的时候蠕动的样子;"蠋"就是野蚕,它长得像蚕,但是不吃桑叶,是一种肉虫子,在桑野里边比较多,这是夏天的景象,"烝"是众多的样子。蒙蒙的雨水中,虫子趴在叶子底下躲雨,他就想到了自己从军三年的生活就和这个虫子差不多,整天在野外躲风躲雨。"敦彼独宿,亦在车下","敦"就是缩成一团;"独宿",每天晚上一个人睡觉,在哪儿?在车底下。趴在战车底下睡觉,这是多艰苦的生活。诗细细地写这些,三年军事生涯的艰苦、非人的日子。所以,第一章写战争结束后人不高兴反而阴郁的心情就可以理解了,因为战争在人心里造成了创伤,内心的阴霾挥之不去。

## 熠燿宵行

傳熠燿燐也燐螢火也
集傳宵行蟲名如蠶夜
行喉下有光如螢 ○二
說不同稻氏云張華詩
涼風振落熠燿宵流是
熠燿之爲螢也此說爲
得但燐非螢火孔疏詳
之

## 我的家怎么样了？还回得去吗？

第二章"我徂东山，慆慆不归。我来自东，零雨其濛"，接着下边"果臝之实，亦施于宇。伊威在室，蟏蛸在户。町畽鹿场，熠燿宵行。不可畏也，伊可怀也"。这儿除了前四句还是用来烘托气氛，接着写了一些农家情景，"果臝"就是栝楼，根茎蔓生，长得有点儿像今天的小甜瓜，一般种在房前屋后，搭个架子，它可以爬到房顶上去。此句意为果臝的果实已经爬到了房檐了。"伊威在室"，伊威是一种潮虫子，又叫鼠负（负字也作"妇"），长得扁扁的、宽宽的，发灰发白，背上还起褶，密密麻麻的脚贴着地，喜欢在潮湿的地方生活。家里边如果总是不扫地，有浮土，就会长伊威。蟏蛸是一种小蜘蛛，长腿，结网而居，又叫喜子。这是写家里边没人，潮虫子乱跑，蜘蛛到处打网。形容荒凉。"町畽鹿场"，町畽就是房屋旁边方方的空地，家里边的空地上到处是野鹿。然后"熠燿宵行"，熠燿就是闪耀，宵行就是萤火虫。实际上这不是将士回到家后见到的真景，而是他想象出来的。但是，"不可畏也，伊可怀也"。这并不可怕，这是我怀念的那个家呀。所以，战士们在路上心事重重，他实际上在害怕、担心，想着想着，家里边什么样了，还回得去吗，父母妻子还在吗？用农家特有的荒凉景象，来映现走在路上想家的那个战士，《诗经》力透纸背地表现了人物对生活的热爱、对和平生活的向往，非常有力量。汉乐府有一篇《十五从军征》，写一个"十五从军征，八十始得归"的老兵，回家后发现家变成了一片松柏树，到处是野兽、杂生的葵花和野果，就是没有人，也是写荒景。这种写法就取法于《东山》。

## 鶴鳴于垤

傳鸛好水長鳴而喜也箋鸛水鳥也將陰雨則鳴集傳鸛水鳥似鶴者也○本草鸛頭無丹頂無鳥帶身似鶴不善唳但以喙相擊而鳴凡有二種白鶴烏鶴

《豳风·东山》：在路上，归思绵绵

第三章又变了内容，真写回家了，那个家实际上跟他想象的并不一样。"我来自东，零雨其濛。"之后是"鹳鸣于垤"，鹳是一种雀鸟、水鸟，长长的嘴，形状像鹤又比鹤大，喜欢吃鱼，好在水边生活。垤就是虫子、蚂蚁等打洞的土堆，"鹳鸣于垤"，实际上是抓虫子吃。鹳在垤上鸣，"妇叹于室"，写到了自己的妻子，在哀叹。实际上妻子也在想念在外边的人。她应该是知道了将士要回来，所以"洒扫穹室"，打扫屋子。"穹室"意为熏燎和涂抹房屋内的漏洞，整理家务。"我征聿至"，外出人的征途要结束了，这是妻子的口吻。聿至，"聿"就是乃，是个结构词。接着下边，就是"有敦瓜苦"，瓜苦就是葫芦，长老以后，人们从中间破开做水瓢。古代夫妻结婚的时候有个合卺礼，就是将一个葫芦破成两个瓢然后一合，象征夫妻合在一块了。所以此处应该是联想，暗含着夫妻离别，它没有明确地说出来。"烝在栗薪"，"烝"是副词，形容"在"，就是恰好在栗薪，栗薪就是乱堆的柴火，也可以理解为木架子。终于回到家，看到了长着的葫芦。最后两句话非常动人，"自我不见，于今三年"，这是一个失声之叹，我看不到这种家的光景三年了。有一个电视剧，老版的《四世同堂》，最后一句台词，就是祁老人抱着饿死的重孙女，对着参加抗日武装回来的孙子，一见面，就叫："三儿，八年了。"这个结尾非常好。这就是一个失声之叹，人有的时候情绪波动，声音就突然变了。这首诗表现对生活的热爱，写回到家以后，他看到的景象，中国人含蓄，不会写见到妻子先拥抱，而是用看到葫芦暗示夫妻团圆。

## 归于欢乐，但对创伤感受很深

最后一章的格调开始明朗，开头四句之后，光景开始变了："仓庚于飞，熠耀其羽。之子于归，皇驳其马。亲结其缡，九十其仪。其新孔嘉，其旧如之何？"仓庚就是黄鹂鸟，在北方一到了春天，它就来了，叫声非常响亮，嫩黄的羽毛，还有黑颜色，是非常漂亮的。"熠耀其羽"就是闪着它漂亮的羽毛。诗的格调变了。"之子于归，皇驳其马"，这是有人在娶媳妇。《毛传》说周公东征，很多年轻人去之前没娶媳妇，说回来以后周公给他们娶妻子。"皇驳其马"，写黄白间杂的马，和黄鹂鸟一样，颜色很鲜亮。"亲结其缡，九十其仪"，就是亲人给女儿系配巾，这是古代出嫁的最后一道手续。"结"就是拴系，"缡"是女子身上像围裙一样的配巾。结好之后嘱咐几句，到了婆婆家，好好侍奉父母，跟小姑子、大姑子、小叔子、大伯子搞好关系。"九十其仪"，就是手续特别多特别复杂。"其新孔嘉，其旧如之何？"新人们结合，固然是很好；那些旧人，就是指久别的人，又如何呢？实际上也应该欢喜，所以最后这个场面还挺火爆，写战士归来以后，重归和平生活，写到了喜事，用"仓庚于飞，熠耀其羽""皇驳其马"等句子来衬托。诗最后结束在一片欢乐之中。终于，战争成为过去，人们心中的战争阴霾也因为最后一章一扫而光。

这首诗表现中国人对战争的态度，是非常有力量的，但这个力量不是喊出来的，而是通过对生活中点点滴滴的观察和体味来展现。诗第一章写阴雨中的野外生活。第二章写战士对家中情景的想象。"近乡情更怯"，那是一个久别家庭的人才有的特殊心理。第三章写终于真的到家。层次非常分明，而且顿挫有力，最后结束在一片欢乐之中。虽然最后归于欢乐，但让人对悲哀的情绪、战争给人造成的创伤感受很深。所以它表现战争是非常出色的。戴君恩在《读风臆评》中说这首诗曲曲折折体察人情，没有任何隐曲的地方不被透彻地表达出来，写人的情感世界，好像从三军将士们的肺腑当中摸过一遍一样，写得温和、真挚、哀婉、凄恻，是非常能够感动人的。

诗写的是周公东征，但并不正面描写战场，而是写战争结束后一般士卒回家时的心情。每一章开头的四句，写阴雨绵绵的天气，使这首诗特别有厚度，只有这样的气氛，才适合展现人内心曲曲折折的活动。

# 《小雅·采薇》：昔我往矣，杨柳依依

《小雅》里的《采薇》是一首典型的战争题材诗歌，其中"昔我往矣，杨柳依依。今我来思，雨雪霏霏"这个句子震烁千古，到今天仍然没法超越。《毛诗序》说这首诗的主旨是派遣人戍边、服徭役，但因为结尾有"今我来思"，就是"我回来"，所以说"派遣"戍役略有一点儿不妥，不过它承认了这首诗跟军事、战争有关。另外，还承认这是一次国家典礼，不论是遣戍役，还是欢迎戍役回来，都属于跟战争有关的礼乐。这首诗的主题大致如此。它略微有点长，一共是六章。

采薇采薇，薇亦作止。曰归曰归，岁亦莫(mù)止。靡室靡家，玁狁(xiǎn yǔn)之故。不遑(huáng)启居，玁狁之故。

采薇采薇，薇亦柔止。曰归曰归，心亦忧止。忧心烈烈，载(zài)饥载渴。我戍未定，靡使归聘。
shù    mǐ   pìn

采薇采薇，薇亦刚止。曰归曰归，岁亦阳止。王事靡盬(mǐ gǔ)，不遑启处(chǔ)。忧心孔疚，我行(xíng)不来！

彼尔维何？维常之华。彼路斯何(nǐ)？君子之车。戎车既驾，四牡业业(táng)。岂敢定居？一月三捷。

驾彼四牡，四牡骙骙(kuí)。君子所依，小人所腓(féi)。四牡翼翼(mǐ)，象弭鱼服。岂不日戒？玁狁孔棘(jí)！

昔我往矣，杨柳依依。今我来思，雨雪霏霏(fēi)。行(xíng)道迟迟，载(zài)渴载饥。我心伤悲，莫知我哀！

## 战争与思乡

这首诗有一个特征，就是两个主题交织。

第一章，"采薇采薇"，"采"在《诗经》里基本有两种解释，一种是指茂盛，另一种就是采集，而采集在比较多的情况下，跟怀人有关系。"薇"，按照比较通行的说法就是野豌豆，可以吃，它的叶子和果实都跟豌豆很像，只是略小。"薇亦作止"，"作"就是生长，"止"是语气词。接着，"曰归曰归，岁亦莫止"，如果直译，"曰归曰归"就是"说回来说回来"。"曰"就是语助词，没有实义。可是现在一年已经到了岁暮了。这一句总是让人联想，说回来说回来，是略微带点儿哀愁和怨气在里边。"莫"字在这里其实就是暮的意思。"莫"是本字，它的上边是"艸"，下边还是个"艸"，表示太阳落在草里边，天色晚了，后来把下边的"艸"隶定成"大"，可能这个"莫"字有了另外的意思了，比如说否定词"不"，于是又在草底下加了个

328　讲给大家的《诗经》

太阳，就成了"暮"了，这就是后起字。"采薇采薇，薇亦作止。曰归曰归，岁亦莫止"，句子造得很讲究，有一种悠长的、反复的、带有某种怨望的语气。接着下边"靡室靡家，猃狁之故"，"靡"就是没有；"靡室靡家"，就是顾不上家，顾不上室，"家"和"室"是一个意思。"靡室靡家，猃狁之故"，就是抛家舍业，是猃狁的缘故，把敌人、和平生活破坏者的身份揭示出来了。《毛传》解释猃狁就是北方草原人群北狄，后来西周灭于戎，戎可能就是这个猃狁。猃狁对西周王朝构成了严重的威胁，他们有战车，战斗能力很强。"不遑启居，猃狁之故。""启居"就是安处，在家里住，过和平生活。中国人都恋家，家在《诗经》里边像个磁石的中心一样，很多内容都朝着它，指向它。第一章的前半部分和后半部分，分别揭示了两个主题，战争和思乡。

第二章，"采薇采薇，薇亦柔止"。"柔"比第一章的"作"还要进一步，指薇的苗子开始往上长，细长的、柔弱的，实际上就是在讲时间推移。"曰归曰归，心亦忧止"，回家呀回家，随着时间的延续，思乡情绪不断地增强。接着"忧心烈烈，载饥载渴"，"烈烈"就是形容忧心如焚的样子，"载饥载渴"，这个词的结构跟"载歌载舞"一样，"载"字做结构词。"我戍未定，靡使归聘"，"戍"就是戍边，"定"就是确定，我戍守边疆的地点还不知道在哪儿，没有确定。因为猃狁到底从哪儿打过来有点儿捉摸不定，他们不断地根据敌情在走，所以"靡使归聘"，"靡使"就是没法使，"归聘"是往家传递消息。这里透露出主人公不是一般的小卒，因为他手底下有人可以帮他送信，应该是有人跟随。在古代，战车上的人往往都是有贵族身份的。第二章明显地沿着思乡这一主题走，在表达情绪。

第三章,"薇亦刚止",野豌豆变硬了,还是在强调时间的延续。"曰归曰归,岁亦阳止","阳"就是十月,古代称十月为阳月,后来也有一句俗话"十月小阳春"。在北方,十月没有风,反而有一种稳定的、比较暖和的天气出现。"王事靡盬,不遑启处。""靡盬"就是没有做好,是个固定语,王事没做好,"不遑启处","启处"跟启居是一个意思,这句说没有闲工夫。从道义上讲,我们为了国家不能够安居,但是内心还是有忧伤,所以"忧心孔疚,我行不来","疚"就是内疚、痛处,"我行"就是行役、出征,"来"就是返回、停止、休息。这一段还是沿着思乡主题。在典礼上,给战士们唱这种歌,就是要抚慰他们,充分地理解他们这种思乡情绪,这是一种人情。

从第四章开始变了,换主题了。"彼尔维何?维常之华。""尔"就是茂盛,实际上应该读"nǐ",《说文解字》里就写作"苶"。茂盛的是什么?是维常之华,常在这读"táng",就是棠棣花,它的特征是一个花托托着好多花,所以诗人用棠棣花比喻兄弟。接着下边"彼路斯何,君子之车",棠棣花在哪儿?可能是车上绘的,也可能是原野上生长的,诗人的联想是比较自由的。"彼路斯何"的"路"就是战车,也有学者说这个路本来是战车,在这儿引申为那个硕大的、坚固的车——君子之车。古代打仗,是三个贵族武士在战车上,后边跟着十个卒,西周时期应该是这样一种建制。接着就说"戎车既驾,四牡业业",戎车已经架好,四匹公马很强壮。"岂敢定居,一月三捷。""定居"就是停留,"捷"指交战,一个月要打好几次仗,可以看出战争是很频繁激烈的。诗到了第四章,格调马上就顿挫有力了。这一章是战争主题。

第五章,"驾彼四牡,四牡骙骙"。驾着四匹公马,"骙骙"也是

## 象弭魚服

傳魚服魚皮也
箋服矢服也集
傳魚獸之名似豬
東海有之其皮
背上斑文腹下
純青可為弓鞬
○陸疏一名魚
貍

《小雅·采薇》：昔我往矣，楊柳依依

强壮的样子。"君子所依",在战车上的是君子、军官、贵族,"小人所腓","腓"就是依傍,或者追随,也就是战车所配士卒。接着,"四牡翼翼,象弭鱼服","翼翼"是行列整饬的样子,"象弭",古代弓背的末梢和弓弦交接的部分装有象的骨头,取其尖利,那个尖可以解绳子,称为"弭"。"鱼服"就是鱼皮做的箭鞘,而这个鱼不是一般的鱼,据考证应该就是海豚。这两句写自己的装备,四匹马行列整齐,战士们挎着弓,箭装在鱼皮做的箭袋子里边,挂在车上。"岂不日戒?玁狁孔棘!"这个"日"字也有作"曰"的,"曰"也可以,是语词,但是这儿,日日警戒,可能更好一些。"玁狁孔棘","棘"就是军情紧急,也可以说玁狁很嚣张。到了第四章、第五章,写战争的紧急,也写一些战车上的装备,强调我方军队训练有素,装备齐全。

诗到了最后,思乡、战争两个主题交织,我们可以从中体味出主人公爱家,但是有人要夺走他在家乡的和平生活,所以他不得不去作战,去捍卫家园。两个主题有道义上、逻辑上的密切关联。他出去打仗,不是为了抓俘虏、抢东西,中国古代尤其是《诗经》时代,对战争的兴趣往往是消极的,有压力的。这与罗马人、希腊人不一样,尤其是罗马人,好战分子往往是平民,他们出去打仗,凯旋之后可以迅速增加自己的财富,而在希腊、罗马社会,一个人的财富决定着他的公民权。可是在周代的封建制中,没有这样的原则,而是讲究和谐、礼乐,讲究等级有序,一个人富了不一定贵,因为宗法制会排除那些片面地因为财富多就贵的现象。这就体现出文化的性格,有的文化喜欢扩张,有的文化缺少扩张的内在因素。中国古代,尤其是西周时期,是缺少扩张因素的。

## 千古抒情名段

所以，回过头来看这首诗，两个主题交织的最终结果是什么？就是这个千古名段，"昔我往矣，杨柳依依。今我来思，雨雪霏霏"。三千年前的诗，我们今天读着照样产生无限的感慨，这是它的感人性。当年我走的时候，家里春光明媚。那个杨柳，树梢向上长的柳树，也叫蒲柳，就是村边长着的那种低矮的柳树，一丛丛的。"杨柳依依"，就是那个柳树向我招手，"依依"本来是茂盛的样子，在这儿它似乎被拟人化了，就是有点舍不得，和小鸟依人的依、依靠的依联系起来，杨柳舍不得，实际上写自己舍不得。结果我出去打仗，几年过去了，当我回到家的时候，魂牵梦绕的是那个杨柳依依，可是看到的却是"雨雪霏霏"，这个"雨"是动词，严格地读，就是"雨（yù）雪霏霏"，下起雪，战争结束的时候是冬天，漫天大雪。这四句的情调就是抚今追昔的感伤，浓郁的感伤情绪，不是发愁，不是愤怒，不是惆怅，而是无处安放的、说不清道不明的，由战争和家、战争和和平的交织而感到人生是虚耗的，这样一种情绪。"行道迟迟，载渴载饥"，走在路上，脚步是沉重的，这和《东山》篇中近乡情更怯的情绪是相似的，家的位置太重了，几年过去了，家是什么样子了，他不是急着去看它，而是怕去看它，怕看到的是自己不愿意看到的情景。而"载渴载饥"说的是内心，他不是真饥渴，是指内心那个忧伤像饥像渴，是比喻。"我心伤悲，莫知我哀。"我内心中的哀伤，自己都说不清道不明。情绪达到高潮，诗也就在这儿戛然而止。虽然没有直说战争如何如何，但是他厌恶战争，又不得不去应对战争的复杂心绪，表达得非常清晰。

《世说新语》里记载了一段故事，谢安问他家的子孙《毛诗》中哪句最好。谢玄说是"昔我往矣，杨柳依依。今我来思，雨雪霏霏"，说若论神圣的《诗经》里边的佳句，这句话比九天还高。你看他喜欢到什么程度！的确，到今天我们仍然感觉到这样的句子出现在《诗经》的时代，是不可思议的。所以我们常说，诗歌没历史，一个天才的诗人出现了，他就造天才的句子。诗歌的历史表现为形式，比如五言诗、七言诗等，看谁对这些格律更熟，但是真正对天地的理解、对情感的抒发，实际上每一个时代都有后代难以企及之处。

# 《周颂·噫嘻》：籍田典礼之歌

《周颂》里的作品大家都以为很深奥难懂，其实它有浓郁的生活气息和强烈的情感色彩。《周颂》三十一首，虽然有些篇章很长，但"颂"诗都只有一章，《噫嘻》是《周颂》的一篇。

噫嘻成王，既昭假尔。率时农夫，播厥百谷。
骏发尔私，终三十里。亦服尔耕，十千维耦。

## 劳作是最好的诚意

"噫嘻"，作为语气词，是不以为然的样子。但诗里的"噫嘻"要严肃得多。清代学者戴震认为"噫嘻"就是"噫歆"，是祝神的声音。古代祭祀前先要高喊三声"噫歆"以招神。诗里的神就是成王。"噫嘻成王"，就是对成王招魂。因为古代重视祭祀父亲，而康王是成王的儿子，所以学者们判断这首诗是西周早期周康王时期的作品。康王曾"息民"，就是让人民休养生息，而且他制作了一些简朴的礼乐，这首诗很可能就是康王时期举行农耕典礼的时候唱的。"既昭假尔"，"昭假"这个词在《诗经》里出现了好几次，意思不外乎人神交通，即把诚意、贡品献给上天。

"率时农夫"，"率"就是统率、领导，"农夫"就是农民。在《诗经》《尚书》里，"是"一般就用"时"代替。"播厥百谷"，"厥"就是那个，"百谷"是各种粮食。这是用康王的口吻告诉成王：我们要种您老人家留下来的地了，我们把诚意献给您，马上率领农夫播种粮食。

"骏发尔私"，"骏"是大规模，"发"是耕种，"尔私"可以理解为你的私田。"终三十里"就是一眼望去，方圆三十里。总而言之，就是写春耕时节大家都在一个平坦的原野上耕种的宏大景象。"二月里来好风光，家家户户种田忙"，只是那个时代农具比较简朴，没有铁器，甚至都不用青铜器。铁器大规模地投入到农耕是春秋时期，这首诗是西周早期的作品，农具以木制的工具为主。

## 周王亲耕

西周王为了表示重视农业，有一块千亩的田，叫"千亩"或"籍田"，籍就是借的意思，借民力而为。由于当时生产力原始，就得组织力量。春天的时候周王要组织一种重要的典礼——籍田典礼，他亲自下地耕种，亲自参与管理和收获，这就是所谓亲农。这块田的产品除了周王用之外，还周济同族人，年终祭祀祖宗的粮食也一定是他亲自在典礼上耕种籍田生产出来的。所以这首诗实际上就是籍田典礼祭祀时唱的歌。

"亦服尔耕"，"服"就是用力、出力，"耕"就是农具。"十千维耦"，"耦"就是耦耕，两个人抬着耕具，一个人在前，一个人在后，一推一提，把种子放进去。因为要两个人才能操作一个耕具，"十千维耦"可能是一万人，也就是五千耦，也可以理解为十千耦，两万人。诗写到周王率领他的农夫们，在一片平旷的土地上，大规模地并肩劳作、春耕，浓郁的生活气息扑面而来。

这首诗从字里行间透露出对农耕的重视，一个"既"字下笔，根本不写如何祭神，如何搞宗教活动，而是强调实干，强调劳动就是对祖宗的尊崇。在西周早期，周王可能真是亲自耕作，不只是搞仪式。诗篇写得简古，强调去种该种的地，显示了西周早期诗歌质朴、刚劲的气息。

# 《周颂·臣工》：暮春小麦收割之前的动员令

我们说过，籍田典礼是伴随从春耕、田间管理，一直到秋收整个过程的，王于此期间下地劳动，这样年终献给祖宗的粮食才被接受。《周颂》中的《臣工》是一则小麦收割之前的动员令。

嗟嗟臣工，敬尔在公。王釐尔成，来咨来茹。嗟嗟保介，维莫之春，亦又何求？如何新畲？於皇来牟，将受厥明。明昭上帝，迄用康年。命我众人：庤乃钱镈，奄观铚艾。

## 王要检查收成了

这首诗用了很多对话体。"嗟嗟臣工"，"嗟嗟"就是说话之前的叹词，就像我们现在说话之前用哼、哈等提醒他人注意。"臣工"就是大臣、百官。"嗟嗟臣工",就是"注意了,臣工"。"敬尔在公","公"就是公家的事业,说要恭敬你们的公职。"王釐尔成,来咨来茹","釐"就是审理、考察,检查工作。"咨"是询问,"茹"是度量。整句诗就是提醒臣工们要搞好自己的工作,王要来检查了。

"嗟嗟保介,维莫之春,亦又何求?"对于"保介"的解释有分歧。有人说是给周王驾车的人,但清代学者于鬯说"保介"是负责管理田界的官员,我觉得这个说法是可取的。"维莫之春,亦又何求?""维"是结构词,"莫之春"是"暮春",即春夏之交。暮春时节了,马上要收割了,王要检查收成了,你们还有什么要求吗?然后接着问保介,如何新畬?"新"就是新开垦的田。"畬"就是种了三年的熟田。这句实际上是问新田和畬田里的麦子如何。保介回答:"於皇来牟,将受厥明。""於皇"是叹美之词,就是麦子金黄一片。"来牟"就是各种各样的麦子。"将受厥明","明"就是收成。说一大片金灿灿的麦子,马上就要收获了。"明昭上帝,迄用康年。"这也是保介说的,或者诗人站出来说的。因为我们诚心诚意敬献上帝,所以才有康年。康年就是丰年。这首诗的重点是问保介麦子长势如何。一问一答,得出认认真真地劳作、敬奉上帝是我们有康年的原因。

## 暮春的兴奋与激情

"命我众人:庤乃钱镈,奄观铚艾。""命我众人"是王的口吻,是传令官在传达王的命令。"庤"就是收藏、储备,把工具收到屋下存放起来。"钱"是一种像铁锹的翻土工具。"镈"是锄草的东西。

总而言之，"钱镈"就是锄草器，是松土用的。"奄观"就是眼看就要。"铚"是镰刀。"艾"就是收割。这句告诉众人把铲子、镈收起来，马上要用镰刀割麦了。北方的雨季是贴着麦熟来的，小麦刚上场，雨来了小麦就要发毛、长芽子，所以收麦就像追赶盗贼一样，要快。

过去常说《周颂》是敬神明的，"以其成功告于神明者也"。但从这首诗我们可以看出，它并不仅仅写神，也绝对不是整天跪着给神磕头乞求好的生活，而是带有浓郁的生活气息，甚至和风诗也是很像的。这首诗写王发大政，督促手下的传令官提醒各职能部门注意小麦收割，并问今年的小麦新田如何，熟田如何。保介回答马上是个大丰收啊！感谢上帝呀！我们没有白敬上帝，他赐予我们康年。用君臣之间的对话，把重视农业的精神传给大家。

暮春时候的北方，布谷鸟、黄鹂鸟开始叫了，杏子、桑葚熟了。如果是好年景，有凉凉的风吹着麦子，麦粒会变得很坚实，麦田将有个好收成。这是古代农耕的一个诗情画意时节。看到金黄的麦子马上要熟了，在劳作之前，有相对比较闲的那么几天，这是高潮的前夜，大自然在这个时候显示了很多丰富的内容。如果是文人，暮春时当然要留住春，会有一种感伤，体现生命的脆弱情绪，但这首诗不是这样，它反而有一种健旺、饱满的情感，带有强烈的兴奋和激情，因为丰收就要来了，可以勾起我们暮春时节的很多美好回忆。

# 《小雅·信南山》《大田》：天地有温情

《周颂》中的《噫嘻》和《臣工》，都是从王的角度讲重视农业。周人有一种观念，认为自己民族的始祖后稷也是农业的始祖，后稷在大洪水之后，负责耕种，为天下提供了食粮，天下人才能活下去。周人认为，他们所以能够主宰天下，就是因为祖宗积了德。

《小雅》中有几首诗记载了王参加劳作的情景，如《信南山》《甫田》《大田》，写了中国人对天地的那种情感。《小雅·信南山》的"信"古代读 shēn，是蔓延的意思。全诗第一、第二章如下：

信(shēn) 彼南山，维禹甸之。畇畇(yún)原隰(xí)，曾孙田之。
我疆我理，南东其亩。
上天同云。雨雪雰雰(fēn)，益之以霢霂(màimù)。既优既渥(wò)，
既沾(zhān)既足，生我百谷。

## 天为我们下雨下雪

第一章讲绵延的钟南山是禹开垦出来的,禹治理大洪水以后,许多被淹的农田重新恢复,所以禹是华夏的奠基者,这是"禹甸之"的意思。"畇畇"就是平展的原隰,"原隰"就是原野和低下的地方。"原"就是高的,"隰"是下湿的,实际上就是指原野。"曾孙来田","曾孙"是周王面对祖先时的自称。"我疆我理,南东其亩",我们划田界,我们打田垄,我们向南向东开辟田垄。"亩"就是田垄的意思。

下一章讲周人对天地的情感,写得非常有温情,这和西方人的世界观有根本的不同。西方诸神之间都是斗争的,他们你打我,我打你。在《荷马史诗》的《伊利亚特》中,太阳神阿波罗明显地站在一边,女神雅典娜又站在另一边。有的时候人间打仗,这两个神就亲自参与,跑到战场上去。这种神话对西方哲学有影响,认为世界是矛盾的、冲突的,是各种力量的对峙和平衡。而中国文化从骨子里边认为,天地是和谐的、温情的,不和谐的现象就是反常现象。西周中期,中国文化已经成熟,对我与世界的关系,甚至我与我的关系有了清晰认识,思想开始启动,传统开始缔造了。

"上天同云","同"就是聚合,上天好像有意识地把云彩召集起来,然后"雨雪雰雰",雨读 yù,是动词,这种现象在古汉语当中称作破读。破读就是一个词,声调不同,意思就不同,比如"饮"字,读第三声的时候,意思是喝,人或动物主动去喝水。当读第四声的时候,就变成给别人或动物喝水。"雰雰"就是纷纷然下了雪,多么温情的景象啊!冬天的时候,满天的大雪,这是天地对我们的恩赐。下雪不足,则"益之以霡霂"。"益"是增益的益,"霡霂"就是小雨。

冬春之际，下完雪，再下点儿细雨。"既优既渥"，"优"通"沈"，沈和油然的"油"字读音相近，意为润泽的样子。"既沾既足"，"沾"在《诗经》里就是"霑"的意思。曹雪芹的本名曹霑，就来自《诗经》。儒家认为雪跟雨不一样。雨是专往低处流，润泽万物不均衡，只有雪沾溉万物，不比高下，高处落雪，低处也落雪。"足"就是足够，水分足够，以"生我百谷"。"生我百谷"，上天好像是有目的的，要帮助我们完成作物的生长。古老的《易经》里说，宇宙、天地、阴阳，就是"生生之大德"。这种观念不是从爻卦来的，而是来自农耕经验。它表达的是在漫长的农耕岁月里，中国先民对天地的情感、对宇宙的根本认识和判断。那就是天地是一大恩德，看似玄虚，但它会引申出很多后续的结论来。比如我们对自然要感恩。当今，我们对自然不能再采取"宇宙是物质的，我们可以不断地向它索取，把它作为物质去征服"这种观念，人类在这方面已经面临生死考验，比如环境问题、核污染问题等。《诗经》里也表达了这种情感，它就是后来的"天人合一"的基本内容。我们对宇宙和自然必须抱有敬意，因为我们是它们的一部分，它们是我们的衣食父母。

## 留点庄稼给拾荒者

而《小雅·大田》中有一章是这样写的：

有渰萋萋，兴雨祈祈。雨我公田，遂及我私。彼
yǎn                qí            yù
有不获稚，此有不敛穧。彼有遗秉，此有滞穗，伊寡
              zhì          jì                        suì

妇之利。

"萋萋"指浓厚、浓郁。"有渰"就是遮盖的样子，云彩密密地汇集起来把世界盖住。"兴雨祈祈"，"兴"就是起，开始；"祈祈"就是齐刷刷的样子。"雨我公田，遂及我私"，就是雨下到我的公田里来，又下到我的私田里。下面诗马上形成一个跳跃，说："彼有不获稚，此有不敛穧。""彼"就是那，"稚"就是稚嫩，"穧"就是庄稼割倒了以后没有捆。同一片地的庄稼，有一批熟得晚，晚熟的就不收了，叫"不获稚"；我们留下它，让它长着，就是"此有不敛穧"。"彼有遗秉，此有滞穗。""遗"就是遗漏。"秉"就是禾把子，庄稼熟了收割之后把它捆起来叫秉。"滞穗"就是滞留的穗子。地里有一些晚熟的庄稼、遗漏的禾把子、穗子不收了，是为了"伊寡妇之利"，留给失去了劳动力的寡妇们。当然，寡妇只是一个代称，也就是给那些贫寒之人，让他们来拾荒，生活艰难的时候捡一捡这些也可以活命。这体现出一种粹美的人情。《信南山》说庄稼生长是天地的恩德，那么这首诗写懂得感恩的人也要懂得跟别人分享利益，懂得照顾弱势群体，所以，诗写到这儿啊美到骨髓里了。读这种诗，我们能感觉到中国文化中的厚道，那种天高地厚，真正的感恩不是跪着给自然磕头、上冷猪肉，而是关爱他人，这是《诗经》给我们提供的美好的心灵，美好的风俗，美好的传统。

# 《豳风·七月》：人在天地间生存之大韵律

《豳风·七月》这个作品用豳地古老的音乐讲述了先民农耕劳作是多么不易。"豳"在今天陕西省北部旬邑一带，这个地方曾经发现过周人克商、建立王朝之前的先周遗址。这首诗主要讲了一年四季十二个月，先民们非常准确地按照大自然的节奏辛勤地劳作，展现的是一个淳朴的、五彩缤纷的农耕世界，透露出来的是一种刚健有为的精神，同时，它语带风霜之感，是对农事生活非常有体会的作品。虽然我们不知道它的作者是谁，但它展现了我们民族文化根部的那点生机，有一种大格局的美好。大美和小美不一样：小美，风花雪月；大美，天地之美。这首诗比较长，一共有八章。

七月流火，九月授衣。一之日觱(bì)发(bō)，二之日栗(lì)烈(liè)。无衣无褐(hè)，何以卒岁？三之日于耜(sì)，四之日举趾。同我妇子，馌(yè)彼南亩，田畯(jùn)至喜。

七月流火，九月授衣。春日载(zài)阳，有鸣仓庚(cānggēng)。

女执懿筐，遵彼微行，爰求柔桑。春日迟迟，采蘩祁祁。女心伤悲，殆及公子同归。

七月流火，八月萑苇。蚕月条桑，取彼斧斨，以伐远扬，猗彼女桑。七月鸣鵙，八月载绩。载玄载黄，我朱孔阳，为公子裳。

四月秀葽，五月鸣蜩。八月其获，十月陨萚。一之日于貉，取彼狐狸，为公子裘。二之日其同，载缵武功。言私其豵，献豜于公。

五月斯螽动股，六月莎鸡振羽。七月在野，八月在宇，九月在户，十月蟋蟀入我床下。穹窒熏鼠，塞向墐户。嗟我妇子，曰为改岁，入此室处。

六月食郁及薁，七月亨葵及菽。八月剥枣，十月获稻。为此春酒，以介眉寿。七月食瓜，八月断壶，九月叔苴。采荼薪樗，食我农夫。

九月筑场圃，十月纳禾稼。黍稷重穋，禾麻菽麦。嗟我农夫，我稼既同，上入执宫功。昼尔于茅，宵尔索绹。亟其乘屋，其始播百谷。

二之日凿冰冲冲，三之日纳于凌阴。四之日其蚤，献羔祭韭。九月肃霜，十月涤场。朋酒斯飨，曰杀羔羊。跻彼公堂，称彼兕觥，万寿无疆！

## 快点儿快点儿

第一章,"七月流火,九月授衣"。七月是农历,相当于阳历的八九月,在北方,天气开始凉爽了。所以"流火"并不是形容七月份的骄阳似火,那种理解是错误的。"流火"不是指天上流着火,是指火星,东方苍龙七宿的第二颗星,又称星宿二或大火星。古人拿大火星作为判断时令的参照物,根据早晨或傍晚东方苍龙七宿在天上的位置来做出判断。到了七月,东方苍龙最亮的那颗星开始偏西,不在正南方了,这叫流火。所以"七月流火"说的是寒暑之际,夏天马上过去,天气就要转寒。"九月授衣",这里的"九月",就是指今天所说的阳历十月、十一月之间,开始给农夫发放衣服,准备过冬。"授"就是授予,"授衣"这个词非常古老,在远古时期种地不容易,一两个人、几个人办不了,怎么办?大家要联合起来,比如两个人使一个耕具,这样的话要以家族或者宗族为单位组织生产,在一个大家族里边统一发放粮食和衣服。而到了西周后期,人们就开始一家一伍地过日子了,经济也是以五口之家、六口之家、八口之家等有父亲有母亲的核心家庭为单位了,这种家庭经济独立核算,不用别人授给他衣服,可以自己生产。所以"七月流火,九月授衣"要表达的就是快点儿快点儿。《七月》从寒暑之际写起,所以不是流水账。流水账应该从一月说起,诗不是那样。开头就说马上天要冷了,意思是在天暖和的时候要抓紧生产粮食和布匹。否则九月以后的日子就非常难过了。

"一之日觱发,二之日栗烈","觱发"就是噼里啪啦,是寒风吹拂的响声。就像我们今天常常听到的,城市广告牌子和乡村的各种柴草、门窗,在寒风之下被吹得稀里哗啦、噼里啪啦的声音,很热闹。"一之"就是夏历的十一月。这个名称可能和周代过年有关系。夏朝是正月初一过年,殷商僭天下后提前了一个月,十二月过年。周人又提前了一个月,十一月过年。夏历的十一月正好进入冬季。二之日栗烈,"栗烈"就是凛冽。然后诗人反问:"无衣无褐,何以卒岁?""衣"就是上衣,"褐"是指粗布大麻衣服。"卒岁",就是完成这一年的岁月。就是说:要是没有衣服,没有遮盖保暖的东西,怎么过完这最后几天?这种反问句子,往往代表了一种强调,言外之意是要劳作,要早准备,天经地义。

"三之日于耜,四之日举趾。""三之"就是正月。"耜"就是农具,把树木削一削,然后拿它去耕地。"于耜"就是准备好农具。"四之"就是二月,"举趾"就是抬起腿来下地劳动。"同我妇子"就是召集起老婆孩子。"馌彼南亩"。"馌"在《诗经》农事诗里经常出现,意思是送饭到田头。"田畯至喜","田畯"是农官,"至"是分发,"喜"读 chì,饭食之意,这句是说把饭食分给大家。这句诗透露了一个信息,就是到了春耕的时候,王也要下地和老百姓同耕并作,以示对农耕的重视。这个时候由政府提供给参加典礼的农夫们一顿免费的饭。这是万民狂欢的节日,男女都要打扮得漂亮点儿,因为要见周王了。

古代的乡村生活有一种古老的风俗。一个聚落,人们垒房子,冬天在这儿居住,叫作邑。到了春天怎么办?大家就散到各自的田头去,在那儿搭棚子,叫作庐,草庐。所以每当第二个月的时候就是大家散去的时候。我们在汉代的文献里还能看到相关的记载。

第二章,"七月流火,九月授衣"。这是把前一章的句子拿过来,重章叠调的歌唱方式。"春日载阳","载"是开始,"载阳"就是开始变暖了。"有鸣仓庚","仓庚"就是黄莺,学名黄鹂,羽毛黄、黑、白相间,叫声婉转流利。在农耕季节的北方,黄鹂开始在早晨四五点钟鸣叫,意味着春天来了。"女执懿筐,遵彼微行,爰求柔桑","懿"就是深。"微行"就是田间小径,也有人说是靠近城墙的小径。"柔桑"就是嫩桑。这几句是说在仓庚鸟叫的时候,女子拿着大大的深筐,沿着小径去求柔桑。这个画面很有诗情画意。"春日迟迟","迟迟",舒迟的样子,有点暖洋洋的感觉。春天的时光特别舒缓,好像时光走慢了。"采蘩祁祁","采"就是茂盛,"蘩"是白蒿,一种一年或二年生草本植物,开白色的花,枝叶水煮后泡蚕茧可使茧子孵化。"祁祁"就是众多、齐刷刷的样子。"女心伤悲,殆及公子同归",女孩子采着采着桑就开始伤悲,因为该跟公子一块走了。公子有可能是女公子,身份比较低微的人要随女公子出嫁。还有一种解释,这个公子就是男的,这是一个嫁娶的季节。这是诗的第二章,以非常奢华的笔调,写了春天女孩子的一段伤心事,如诗如画。清代方玉润说这是一幅采桑图,钱锺书先生说这是伤春之词的祖先。它确实格调明朗又见妩媚。

## 劳作如同在大自然中跳舞

第三章,"七月流火,八月萑苇"。"萑苇"就是芦荻和苇子,可以做蚕箔用,用苇子或芦荻编成帘子铺在下面以托载蚕。还有一种说法认为"萑"读 wān,割取的意思。"八月萑苇",是说该割苇子了。割苇是很辛苦的,苇根很硬、很乱,很容易把脚扎伤。下边接得很灵活,不说八月怎么样,而说蚕月,蚕月就是今天的三月。夏历三月正是养蚕的时候,"条桑"就是调理、修剪桑树。"取彼斧斨","斧斨"就是斧子,椭圆孔的叫斧,方孔的为斨。"以伐远扬","远扬"就是高高的分枝。"猗彼女桑","女桑"就是落桑,就是把那些因为柔弱而歪斜的桑给它倚起来、靠起来,让它健康成长。诗的作者,对农事生活烂熟于心,所以用词非常简洁、准确。而且,取彼斧斨,以伐远扬,猗彼女桑,几个动作是连贯的,自有一种韵律在其中。这里写了一个劳作的环节,就是修理桑树。"七月鸣鵙","鵙"就是伯劳鸟。到了七月伯劳鸟就来了,这是物候现象。古人根据一些花草的开花和一些禽鸟、动物的来去判断时令,伯劳鸟叫了之后八月就该"载绩","载绩"就是纺织。"载玄载黄,我朱孔阳"是说我们纺织的丝绸,有发红的,有发黄的,颜色非常灿烂、耀眼。"孔"是十分的意思。"阳"就是光闪闪。劳作,创造了形式,创造了色彩,也创造了美。"为公子裳",就是为公子做上衣。这些绸料一般人穿不起,是为贵公子做衣裳的。

第四章,"四月秀葽","秀"就是开花,"葽"是一种苦菜,四月苦菜开花了。"五月鸣蜩",知了开始叫了。"八月其获",八月就要收获了,"十月陨箨","陨箨"就是万物纷披,叶子黄了,开始陨落。古人观察得很准确。"于貉"就是打猎,"为公子裘",就是为那些贵重人物做裘皮大衣。"二之日其同","二之日"大家聚合起来。"载缵武功","缵"就是继续,继续练武。古人驾着战车去打猎,谁的成果多,就选谁做中军主帅,这就是练武,所以打猎称为武功。"言私其豵,献豜于公","私"就是个人,"豵"是小野猪,"豜"就是大野猪。小野猪私人留下,大野猪献给公家。

"五月斯螽动股","斯螽"就是蚂蚱,"动股"是蝗虫用腿去刮

## 四月秀葽

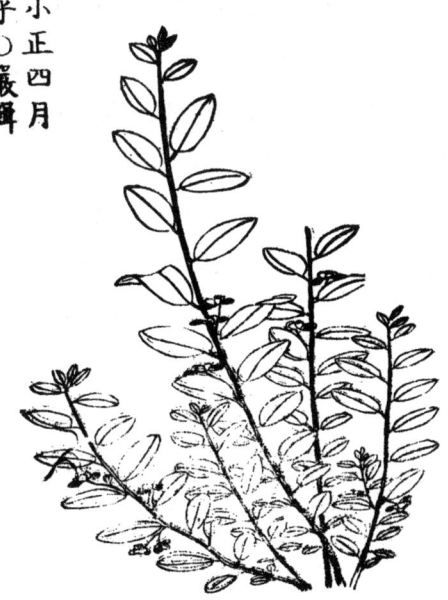

傳葽草也箋夏小正四月
王萯秀要其是乎○嚴輯
葽今遠志也其上謂之小
草謝安乃云處則爲遠志
出則爲小草

胸脯、摩擦大腿的声音。"六月莎鸡振羽","莎鸡"又叫纺织娘,也是一种蚂蚱。"振羽"就是飞。"七月在野,八月在宇,九月在户,十月蟋蟀入我床下","野"是在野外,"宇"是屋檐。"户"主要是指窗户。诗写蟋蟀七月在野外,八月在屋檐下,九月在窗户,十月就入我床下了。这是古人对昆虫的观察。古人并不像我们今天一样,喷药把这些昆虫杀死,而是根据昆虫的活动判断时令,将其当作一种野趣、一种生活的光景。诗写得很细。因为外边天冷了,所以蟋蟀也跟着人进屋了。于是初冬的时候,蟋蟀在床底下窸窸窣窣地叫。"穹窒熏鼠,塞向墐户","穹窒"就是指窒息、填塞。"塞向墐户","塞"是堵塞,"向"是朝北的窗户,"墐"是拿泥涂,"户"就是门。整句就是说把房屋顶上、屋墙里的缝子堵起来熏老鼠。"嗟我妇子,曰为改岁,入此室处。"这就是感慨:我们这一家子已经到了十一月,马上就要"改岁",又要进入新的一年了。

　　第六章开始讲吃的,"六月食郁及薁","郁"叫郁李,又叫车下李,可以酿酒。"薁"是野葡萄。"七月亨葵及菽","葵"是一种蔬菜,"菽"就是豆叶,或者是长得像豆叶的蔬菜,"亨"就是"烹"。"八月剥枣","剥"就是打,八月开始打枣。"十月获稻",十月割稻子。"为此春酒",就是冬天酿造第二年春天打开的酒。"以介眉寿"就是帮助老人,也就是说那会儿喝到春酒的是老人。"七月食瓜,八月断壶","壶"就是葫芦,八月把它摘下来了。"九月叔苴","叔苴"就是食野麻子。这就是讲光是那点儿粮食不够,还要有各种各样的水果、蔬菜才不至于挨饿。"采荼薪樗","荼"是苦菜,"樗"是臭椿。"食我农夫","食"就是养活。说我们吃的是苦菜,烧的是樗柴,是臭椿。生活非常艰苦。

采荼薪樗

傳樗惡木也
〇陸疏樗檪
及皮皆似漆
青色耳其葉
臭圖經樗檪
二木形榦大
秪相類但椿
木實而葉香
樗木疎而氣
臭

第七章写收获。"九月筑场圃","圃"就是菜园子,"场圃"就是打谷场,打谷场是要把地耕了,然后拿水泡了,拿碌碡压了,压的时候还要放上一些麦秸子,让它平整、结实,然后用来打谷。这种地方种不了别的作物了,所以打完谷以后再拿水泡,翻耕了以后种菜,叫场圃。九月修场圃,十月禾稼就要上场了,即纳禾稼。"黍稷重穋","黍"就是黍子,它的子实煮熟后有黏性,可以做年糕;"稷"是高粱,"重穋",先种后熟的谷物叫"重",后种先熟的谷物叫"穋"。"禾麻菽麦","禾"是禾苗,"麻"是芝麻,"菽"是豆子,"麦"是小麦。用八个名词垛在一起,表示丰饶。丰收了,"嗟我农夫",感叹我的农夫。"我稼既同",我们的收获已经完了,我们还要执宫功。"执宫功"就是修建公共建筑,于是"昼尔于茅,宵尔索绹。亟其乘屋,其始播百谷"。白天打茅草,晚上编草绳子,"亟"就是指急忙,"乘",登上屋顶,修房屋,因为又要离开住处到草庐里生活、种百谷了。

在《荀子》中有一则故事,讲子贡对孔子说,自己跟孔子学道学累了,想休息。孔子问他想去干什么,子贡说想去侍奉君主,是不是要比读书好点呢。孔子说"侍君难",诗云"温恭朝夕,执事有恪",侍君要态度恭敬,早请示晚汇报,很累。子贡又说他想回家伺候父母,孔子又说伺候父母难,《诗经》里讲"孝子不匮,永锡尔类",好好当孝子,让老人什么都不缺,老天才赐福给你,侍亲也难。子贡还选了很多其他工作,孔子都引用《诗经》里的句子,告诉他难。最后子贡说要当农民,孔子就说农民累呀,《诗经》里说他们"昼尔于茅,宵尔索绹。亟其乘屋,其始播百谷"。于是,子贡问他什么时候休息,孔子让他往远处看那些坟,说人到了那个地方就可以休息了。儒家说话办事喜欢引经据典,这段对话是个例子,引用很多《诗

取彼狐貍

爾雅貍狐貒貈醜
其足蹯說文云
蹯掌也此四獸之
顆皆有掌蹯

《豳风·七月》：人在天地间生存之大韵律

经》的句子形容各种生活的不易。

## 生活是艰辛的，同时也是美好的

最后一章，"二之日凿冰冲冲"，"二之"就是最冷的时候，"冲冲"是象声词，凿冰的声音。凿冰然后藏起来，"三之日纳于凌阴"，就是把冰放到凌阴里，"凌阴"就是藏冰的地窖。古代政府和豪富人家冬日藏冰，夏日消暑。"四之日其蚤，献羔祭韭"，"蚤"就是较早的时候。开冰之后要杀一只小羔羊，割点韭菜祭祀。在这首诗里，祭祀只是一年里的小小环节，它已经退到生活的节日里去了。我们的先民是很实际的。英国社会学家马林诺夫斯基认为，只要是古代的人能够把握的地方，比如耕种，他们就不会怪力乱神，不会整天去祈祷鬼神。宗教祭祀、祈祷往往在他们没有把握的地方。到了《诗经》写作的时代，中国农业有了五六千年的历史，人们对如何耕种、什么时候耕种，都有把握了。所以讲起农事来，《诗经》里的祈祷和祭祀，与其说是一种祈求，倒不如说是一种节日典礼，一种凝聚人们劳作干劲的活动。《七月》全诗大体是按着时间顺序走的，可是经常会出现跳跃，此处说完二之日、三之日、四之日，接着就是九月，"九月肃霜"，肃霜就是"肃爽"，形容深秋清爽的感受。"十月涤场"，"涤"就是洗涤，十月，打谷场不用了，要打扫干净。对此王国维还有另一种解释，他说涤场就是涤荡，因为场、荡古音相近，涤荡说的是东风涤荡、吹拂万物。这个时候也彻底地农闲了。"朋酒斯飨"，"朋酒"就是双酒，古代大概也有这种习俗，好事成双，两个酒杯一起。"斯飨",喝酒的宴会叫"飨"。就是这个时候要准备好酒。然后"曰杀羔羊",开始杀羔羊准备年终大祭。"跻彼公堂,称彼兕觥,万寿无疆","跻"就是跻身、置身。"兕觥"是酒器,一种弯曲似牛角的酒杯。这几句的意思是人们登上公堂高举兕觥,大家互相高喊祝贺万寿无疆。这里的祝语万寿无疆不是给帝王的,是大家互相之间赞颂生活,祝福美好的生活永远延续下去。这跟诗开始"无衣无褐,何以卒岁"的沉重发问形成对比。诗最终以一种欢呼昂扬的格调结束,前后呼应,显示了先民对生活的自信。

这首诗的时间词特别多,88句诗、45个以上的时间词构成一个时间环,这就是大自然。一方面,诗里很少有自然景物的描写,只是不断地提到如斯螽动股、莎鸡振羽之类的物候现象、自然光景,而且点到为止。另一方面,对人事的劳动,如八月其获、一之日于貉等,只是多多地列举,对于每项具体的劳作并不细写,还是点到为止。两方面都节省笔墨,是为了强调一种节奏,人踩着大自然的节律去劳作,间不容发,整首诗的格调就好像我们在舞场,踏着快节奏的步伐,嘣嚓嚓嘣嚓嚓地跳舞,有一种大韵律。这就是诗的大美,人在大自然之中靠着劳作在起舞,"赤橙黄绿青蓝紫,谁持彩练当空舞"。

另外,这首诗物象纷披、明丽绚烂,时光流转五光十色、色彩斑斓,劳作这种艰辛已经不在话下,人们步伐非常稳健地在劳作,充满了自信、踏实、坚实之感,这就是中国人在农耕中所显示的品质,应了《周易》里边那句话:"天行健,君子自强不息。"诗歌风格刚健、质朴、清新,感慨生活是艰辛的,但同时也是美好的。所以最后写到酒宴的狂欢,生活也是值得庆祝的。整首诗有一种无限丰厚的意韵,是《诗经》的农事诗中水准最高的经典之作。